그렌졸렌

Project. R ep.01

# 그렌졸렌

장우승 판타지 소설

봄솔

# 나는 환상문학을 다룬다

21.

이것은 내가 펜을 처음 잡게 되었을 때 유일하게 응원해 주었던 분과의 오랜 약속이다. 맨 앞에 당신의 이름을 닮은 이 숫자를 넣는 것이 그분의 소박한 바람이었다.

대기근人饑饉은 배고프다고 보채지 않을 테니 살려달라고 비는 자신의 자식을 부모 스스로 살해하도록 만들고, 종교는 일부 사람을 뻔뻔스러운 살인자로 만들기도 한다. 더 많은 예를 들지 않아도 꿈같은 일들을 우리는 매일같이 현실에서 접하고 있다.

대부분의 사람은 즐기기 위해 영화관을 찾고 책을 찾는다. '지식 습득'이라는 목적 역시 그 사람에게는 즐거움인 것이다. 그런데 영화관에 가서마저, 현실에서 얼마든지 경험할 수 있는 것을 연장해서 경험하고 싶지 않다는 것이 내 생각이었다. 그래서 나는 환상적인 소재를 다루고 싶었다. 전봇대가 사랑을 옮긴다든지, 아내가 사고가 나기 전으로 돌아가 사고를 막기 위해 애를 쓴다든지….

현재 대한민국에서 대중적 판타지 소설이라고 하면, 용이 나오고 신과 마족이 싸우고, 게임의 히든피스를 발견해 근본적으로 탁월한 캐릭터를 소유하기도 하고, 현실에서 넘어간 고등학생 나이의 주인공이 아름다운 여자가 되거나, 혹은 발길질로 산을 날려버리는 능력을 소유한 초월적 존재가 '판타지'라는 정형된 세계에서 기능하고 있다.

많은 사람들이 이런 신神적인 주인공에게 긍정적인 몰입감을 이야기하지만, 나는 그것에 동의하지 않았다. 그것은 단지 동경일 뿐 진정한 몰입은 될 수 없다고 생각했다.

많은 현대 철학자들은 인간이 어떤 것을 지각할 때에 연산규칙을 받아들이는 데 동의한다. 연산규칙을 궁극적으로 환원하면 0과 1인데, 우리가 '하늘'을 인식할 때 '01010111'같은 방식으로 이해한다는 것은 도무지 받아들이기가 힘들다.

이처럼 우리는 우리와 다른 것을 받아들일 때 많은 어려움이 따른다. 설령 그것이 진리에 가까울지라도 우리가 알지 못하는 것에는 다가가기 힘든 것이다.

결국 유아독존의 주인공에 대한 독자의 몰입이라는 것은 독자가 투사한 초월적인 능력을 가진 자신, 즉 '자신이 꿈꾸는 영웅(투사체)'에 대한 몰입이지 자기 자신에 대한 몰입은 될 수 없다.

그래서 나는 독자적인 세계관을 구성하려 했다. 그것은 단지 용이 나오지 않고 파이어 볼을 파이어 스트라이크로 바꾸는 변화가 아니다. 실제로 내가 사용한다면, 실제로 그것들이 존재한다면 어떤 느낌일까 하는 고민에서 출발했다는 점이다.

따라서 현실에서 넘어간 주인공은 그 세계에 적응하는 것이 고작이고,

육체적으로 강한 힘을 얻는다 하더라도 정신적인 성장은 더디기만 하다. 주인공은 그의 능력과 별도로 우리처럼 두려워하고, 두려워하지 않는 영웅들을 동경하고, 평범하게 사랑을 하고 혹은 차이고 술을 마신다.

어떤 다른 세계가 있다면 '우리가 그곳에 가면 어떤 일이 벌어질까'라는 근본적인 환상문학에 대한 의문에, 나는 현실과 크게 다르지 않다는 답을 내리고 그 주인공들의 자질구레한 여행 수기 같은 느낌에서부터 출발하고자 했다.

사실 이것은 현재의 트렌드는 아니다. 기성 작가의 필력을 따라가기도 힘들고, 그렇다고 중2병 걸린 주인공을 그리고 싶지도 않았다. 그래서 난 어려운 길을 택할 수밖에 없었다.(웃음) 이 글을 읽는 독자 여러분들도 마찬가지다. 쉬운 여행이 되진 않을 것이다.


이 텍스트가 작가인 내 손을 떠나기까지 참 많은 시간이 걸렸다. 너무 오랜 시간 동안 한 세계관만을 고집해 온 탓일까, 이제는 내가 설정한 세계가 꼭 내 자식 같다.

이 탈 많았던 프로젝트 RUNE의 첫발이라 할 수 있는 '그렌졸렌'을 편찬하기까지 관심을 가져주시고 도움을 주신 가족, 우리 팀원, 나오면 꼭 사서 보리라 다짐해주신 많은 지인 분들, '내' 일처럼 도와주신 사장님과 민상 형님, 마지막으로 여성 캐릭터의 섬세한 심리를 정성껏 알려준 나의 연인에게 감사의 인사를 드린다.

2012년 봄
장우승

## 설정자료

### 샤란Sharan

고도의 이성과 감성 모두를 지닌 인간형 생물을 일컫는다.

| 세우는 자 | 엘로 샤란 | 인간 |
|---|---|---|
| 보호하는 자 | 로사 샤란 | 수호령족 |
| 구조화의 자 | 엘프 샤란 | 엘프 |
| 엎드린 자 | 엘딘 샤란 | 마족 |
| 높은 자 | 흐루 샤란 | 거인족 |

이 중 엘프는 귀가 약 30센티 정도이고 수명은 천년 정도다. 인간과 섞인 하프엘프는 귀와 수명이 엘프의 절반이고, 하프엘프와 인간 사이의 자녀인 쿼터엘프는 귀와 수명이 하프엘프의 절반이다.

### 시기를 다스리는 신神 일람

1월 아르테(아르테 미오스): 스스로 존재하다.

2월 세이테: 세상을 둘러보다.

3월 그논: 숨을 쉬니 그논이 생겨났다.

4월 안테스: 땅을 밟아 대지를 세우다.

5월 사르겔: 머리를 흔들어 대기를 움직이다.

6월 로젠베르디: 구름이 모여 비를 뿌리다.

7월 오소스: 창조를 시작하다.

8월 모딘포라온: 샤란을 창조하다.

9월 니아르치아: 샤란들에 이성을 부여하다.

10월 엘라페: 생명의 풍요.

11월 아이리스: 생명의 고난.

12월 제로메테: 끝과 시작의 물림.

13월 잉그라: 잉그라데미오스.

### 카라모스Cara-mos

머리 높이 약 2.5m, 등 높이 약 1.5m, 몸무게 약 455kg의 조류. 대부분 파란 빛깔의 깃털을 가지고 있고 몸집이 커 비행은 주로 활강에 의존하며 지상에서 최고 시속 110km를 달린다. 잡식성이며 조류임에도 알을 낳지 않고 포유류와 같이 출산한다. 초원지대에 서식하고 먹이사슬의 상위권에 있다. 인류가 전쟁의 도구로 사용하면서 개체 수가 급증하게 되었다. 임신 기간은 190~210일이고, 수명은 약 60~70년이다.

## 카폴글리너Kapoel-gleaner

머리 높이 약 8.5m, 등 높이 약 4m, 몸길이 약 13m, 핀 날개길이 약 23m, 몸무게 6t의 용금鰫金류. 앞발과 뒷발이 거의 같은 길이로 4족 보행을 하지만 앞발은 네 갈래의 손톱이 있어 먹이를 쥐기도 하고 긴 꼬리는 채찍처럼 휘두르기도 한다. 폐에 수소를 압축해 담아 비행에 활용하고, 그것을 이용해 이빨을 부딪쳐 불길을 내뿜기도 한다. 기본적으로는 초식성이지만 공격해오는 동물과 싸우게 되면 물리쳐 잡아먹기도 하는 잡식성이다. 고대 용금류의 용Dragon이 퇴화했다는 설도 있고, 혹은 그 사촌뻘이라는 설도 있다.
임신 기간은 380~400일이고, 수명은 250~280년이다.

## 캄엘camel

머리 높이 1.9~2.1m, 몸길이 약 3m의 포유류. 등에 혹을 가지고 있어 지방을 분해하여 수분을 충당하는 사막에 적합한 동물이다. 특별한 진화나 퇴화를 거치지 않아 고대학자들의 연구소재로 많이 찾는다.
초식성이고 임신 기간은 340~360일에 수명은 약 40년이다.

## 슬리두르Slidur

꼬리를 제외한 몸길이 최대 1.3m, 꼬리 길이 최대 50cm, 몸무게 최대 45kg까지 자라는 개과 동물. 무리생활을 하며, 야생의 개과 동물 중에서 가장 사냥 능력이 탁월하다. 새끼에서 성체로 한 순간에 변태하는 특수한 짐승이다.

## 그논Gnon

곳곳에 산재한 에너지원으로 눈에는 보이지 않는 입자다. 생명 활동이 많은 곳에서 밀도가 높고 일반적으로 공기 중에 흩어져 있다. 이것이 실제로 부피와 질량을 가지고 있는가는 지금도 논란 중에 있다. 자연 속에 흩어져 있는 그논을 자연그논이라 한다.

## 그논회로

그논이 흐르고 저장되는 것으로 대자연은 물론 생명체는 모두 그논회로를 가지고 있다. 사실 그논이 이동하고 머무는 곳을 그논회로라고 명명하는 것이지, 그논회로가 공간적 의미로 실재하는 것은 아니다.

## 그논코드

고유의 그논 성질을 말한다. 모든 그논은 일련의 흐름 단위로 존재하는데, 그 흐름들은 모두 성질이 다르다. 같은 코드를 가진 그논끼리는 물과 물, 공기와 공기가 만나듯 자연스럽게 섞이게 된다. 어떤 공격적인 그논코드에 대항하여 자신의 그논코드를 그것과 동일하게 조절해 데미지를 0으로 하는 행위를 '내성 굴림'이라 한다.

## 체내그논

생명체의 몸속에 머무는 그논이다. 이것은 그 생명체 고유의 그논코드를 가지고 있어 몸속에 머물려는 성향을 보인다. 따라서 잠을 자는 무의식 상태라 하더라도 체내그논이 쉽게 자연 그논화되지는 않는다.

## 체외그논

자연 상태의 그논과는 달리, 몸 밖에 있지만 컨트롤할 수 있는 그논이다. 일반적으로는 가질 수 없고, 몸속에 한계까지 체내그논이 들어찬 경우 체내그논이 경계를 확장하면서 체외그논이 자연히 생기게 된다. 이 체외그논은 엄밀히 말하면 체내그논의 연속 선상에 있으나, 신체라는 경계를 기준으로 해서 체외그논은 체내그논보다 다소 빠르게 자연화가 진행될 수 있다.

## 인식결계

사전적 정의는 체내에 축적한 그논의 마력화에 따른 인지영역의 물리적 확대이다. 체내그논을 의식적으로 확장시켜 그 내부의 것을 감각적으로 인식하는 것이다. 대부분 원형의 모습을 하기 때문에 감사구, 경계원 등 여러 가지 다른 표현을 가지고 있기도 하다.

인식결계는 절대적으로 사적인 영역으로 그 안에 들어오는 것은 수련에 따라 자그마한 벌레는 물론 바람과 그논마저도 느낄 수가 있다. 단기적인 훈련으로 성장되는 것이 아니기 때문에 아카데미에서도 방법적으로만 가르치지 실질적으로 강의 콘텐츠에 넣지 않는 것이 일반적이다. 다시 말해 이 인식결계가 넓다는 것은 선천적이거나, 아니면 아주 오랜 시간에 걸쳐 늘려나간 것이다.

## 퀴론Curon

대상의 전투능력을 분석하여 도출되는 수치로 가이아 지역을 제외한 전 세계에서 통용된다. 아카데미와 같은 큰 규모의 시설이 있는 곳에서 규정된 방식대로 측정되며, 고유의 그논코드로 등록되어 노탈리콘으로 쉽게 찾아볼 수 있다. 이그드라실 네트워크에 기반을 둔 노탈리콘에 등록된 각각의 고유한 그논코드들은 시시각각 변화에 반응하여 자동적으로 조정된다.

### 쓰리피엠(마가력)

체내의 그논을 활동시켜 근력으로 바꾸는 기술. 자신의 잠재된 근육을 모두 활용하고 최고의 집중상태를 내는 단계를 100% 활용단계, 즉 100pppm라고 한다. 페르 퍼 피시디엠[pppm, 쓰리피엠]의 단위를 사용한다.

### 제피Zephy

체내의 그논에 적의를 실어 뿜어내는 일련의 행위로, 아군을 고양시키고 적의 의지를 꺾는다. 기합이나 짐승의 울부짖음 모두 포함되는데 이것은 소위 살기라는 무형의 형태로 전달될 수도 있다.

### 통일력Unification Era

리디아 대륙을 처음으로 통일한 엘슈나인 통일왕국은 화폐, 측량법, 도량형, 서체뿐만 아니라 새로운 시대가 도래함을 알리기 위해 새로운 연대를 제정했다. 그것이 U.E. 통일력이다.

### 페르Per

종전까지는 부피만 해도 코티아: 0.3리터, 에닉스: 4코티아 / 1.2리터, 헥세우스: 8에닉스 / 9.6리터, 메디로스: 6헥세우스 / 57.6리터로 구분하고 길이는 또 여덟 가지의 다른 단위로 표기했다.

리디아 첫 통일왕조 엘슈나인에서 측량단위를 통일시키면서, 고대에서 쓰여 오던 다양한 단위를 '페르', 하나로 묶었다. 엘슈나인의 후예를 자처하는 리디아 대륙의 나라들은 모두 페르 단위를 사용한다. 먼 과거에 사용하던 미터/킬로그램 단위를 찾아내고 측량단위의 통일을 추진한 사람 '펠'의 이름을 따서 페르라고 이름 붙이게 되었다.

### 노탈리콘Notarikon

현대에 가장 유명한 공정마법사 탈로스와 마과학자 멜로임이 개발한 단말기를 통칭한다. 공정마법의 공식을 간소화시킨 약식영창을 발견한 탈로스의 이론을 마과학에 접목시키면서 세계적으로 문자문화의 패러다임을 문서에서 디지털로 변화시켰다.

### 이그드라실 넷Yggdrasil Net

세계 곳곳에 퍼져있는 그논입자를 관통하는 파장을 발산해 일종의 사이버월드인 에이나이를 구축하는 네트워크다. 개인용 단말기인 노탈리콘들은 이 전산망을 통해 각종 정보를 공유할 수 있다.

그논과 정상 작동하는 노탈리콘만 있으면 접속이 가능해 기본적으로 원거리 대화는 이 노탈리콘을 통해 이루어진다. 다만 가격이 비싼 편이라 일반적으로는 소유하기 어렵다. 단, 신분제가 없는 노테오 같은 곳에선 복지가 좋아 대부분의 시민이 가지고 있기도 하다. 오직 텍스트만이 오고갈 수 있다.

### 예이나이Aeinai

가상현실을 말하며 이그드라실 네트워크가 뻗어 나가 형성하고 있다. 실제 물리적인 공간이 아니라 노탈리콘의 유저들이 공유하는 인터넷과 같은 공간이다.

### 그리타비니페라Gritavinipera

포도과의 과일로, 줄여서 그리피라고도 한다. 알 하나의 크기가 직경 6~8페르센티미터로 크지만 많이 달려있지는 않다. 그리피는 단맛이 강하고 재배가 쉬워 세계적으로 인기 있는 과일이다. 그 자체로도 많이 먹지만 주스나 술 등으로 만들어서 먹는 것이 일반적이다.

### 실버 아이리스Silver Iris

보드카의 종류로 눈의 여신 아이리스가 산다는 펠렌드의 눈을 녹인 물과 폭풍설꽃 '댄싱 아이리스'로 만들어진다. 증류 과정에서 댄싱 아이리스의 진액을 담가 매우 옅은 핑크빛을 띠는데, 크리스털 잔에 담으면 정말로 아름답다고 한다. 알코올 농도 80도의 술로 우유 등과 섞어서 마시는 게 일반적이지만 주량을 과시하기 위해 스트레이트로 마시기도 한다. 펠렌드라인이 있는 로니에르와 레이서스 외에는 리디아 대륙에서도 구하기 쉽지 않다.

### 바잘Bajal

보리를 싹틔워 만든 맥아을 발효시켜 만든 술, 맥주. 통일력 훨씬 이전부터 만들어졌는데, 마시기도 했지만 벌레 등에 물렸을 때도 사용했던 기록이 남아있다. 엘슈나인을 기점으로 양조장이 본격적으로 퍼져나가 현재엔 류멘슈타인이나 라파스에서도 찾을 수 있다.

### 리디아 대륙 화폐단위

1런: 한화로 약 10원

1쉘: 1,000원

1엔: 100,000원

1퀴엔: 10,000,000원

1라퀴엔: 10억 원

차례

# ✝프롤로그

약간의 농담으로 수면이 흔들리듯 웃음이 퍼져 나가는 자리였다. 부모와 자식을 불러 그 자식이 얼마나 제 일을 잘하고 있는지 칭찬을 하고 듣는, 의례적인 모임이었다.

억지웃음을 짓느라 다소 피로하고 시장했으나 간식거리로 나온 밴디고* 육포를 씹는 것으로 즐거움과의 비중을 얼추 맞출 수는 있었다.

평소 때라면 칼로리가 높다며 잔소리를 늘어놓을 전속 하녀들도 손님 앞이라서인지 잠잠했다.

드넓은 복도를 가로지르며 창문 너머 별들 사이로 떠오른 보름달을 훔쳐보았다. 저 조잡한 하늘을 인공적으로 본떠서 만든 내 왕관은 어째서 그 본래의 것보다 아름답지 않은 것일까.

나만 한 사람이 열 명도 더 누울 수 있는 크고 푹신한 침대 속으로 파고들었다. 평소에 생각이 많으니 모든 것이 평소와 같았다. 그리고 일상처럼 금세 잠에 빠져들었다.

잠을 일상으로 느끼는 삶은, 비단 여흥뿐만 아니라 업무라는 현실계와 꿈이라는 상상계 사이에서, 매일매일 꿈으로 도망가고자 하는 겁쟁이의 삶

---

*육지에 사는 문어과 연체동물

이다. 나는 왕이기 때문에 누구보다도 겁쟁이로 남는 것이 용서받지 못한다. 자신을 돌아보는 것도, 반성하는 것도 용납되지 않는다. 전쟁 통에 반성하는 왕은 그 위엄을 잃을 것이었다.

따라서 나는 꿈에 집중하곤 했다. 흔히 무의식의 발현이라고도 하는 꿈을 꾸는 시간만큼은 잡념을 내려놓고 오로지 나 자신에게 집중할 수 있는 시간이기 때문이다. 그런 소중한 시간을 방해한 것은 무엇이었을까.

팔을 스치는 감촉에 눈을 떴다. 새까만 어둠 속에서 그가 내 몸 위에 올라타고 있었다. 희미하게나마 그의 모습이 눈에 들어왔다. 내 방의 어둠과 동화된 검은색의 머리카락과 눈동자를 가진 그가 내 얼굴만 한 큰 손으로 목을 찍어 눌렀다. 그의 힘은 마음만 먹으면 당장이라도 내 목 같은 것은 성냥개비처럼 부러뜨릴 수 있을 것 같았지만 그는 나를 쉽게 죽일 생각이 없는 모양이었다.

아니면 듣고 싶은 말이 있는 것일까?

눈물이 났다. 숨을 쉴 수 없다는 고통이나 낯선 공포 때문은 아니었다. 내가 사랑하는 사람이, 사랑을 나누려는 것이 아니라 날 죽이기 위해 깔아뭉개고 있다는 불쾌감 때문이었다.

나는 그의 손을 부여잡는 대신 이불을 쥐어짰다. 슬슬 호흡이 한계가 왔다. 질식사만큼 흉한 죽음도 없다던데…. 내게는 추억조차 없는지 짧은 인생의 그림이 슬라이드처럼 스쳐 가는 대신 그런 쓸데없는 생각이 들었다. 뭐, 좋다. 이것이 네 결정이라면 받아들여주지 못할 것도 없겠지.

담담하게 죽음을 받아들일 생각이었지만 내 몸이 펄떡거리며 산소를 갈구했다. 고개를 휘저으면서도 나는 오기로 그의 눈을 눈에서 떼지 않았다. 어느 때보다도 비장한 이마의 주름마저 사랑스러웠다. 그는 그런 내 시선이

거북한지 다른 한 손으로 내 머리를 쓸어 올리고 눈을 덮었다.

다시 어둠이 덮쳐왔다. 다리가 경련을 참지 못하고 점잖지 못하게 떨렸다. 주변이 점차 고요해졌다. 내가 항상 갈망해 왔던 나의 침묵이 이런 기분이었다면 바라지 않았을 텐데….

희미하게 폭발음이 들렸다. 고개를 흔들어 눈을 가린 손을 털어내자 창밖에서 번쩍하고 빛이 들어왔다. 빛과 함께 쾅음이 터져 나왔다. 창졸간에 소란이 일어나니 궁성의 카라모스며 카폴글리너들이 날뛰며 비상종보다 먼저 위기를 알렸다. 남자는 소란에 놀랐는지 나에게서 떨어져 거리를 두었다. 바깥의 소란스러움에 하던 짓을 중단할 정도의 각오로 여기까지 잠입했다는 건가. 그 귀여운 한심함에 눈물이 고였다.

「떠날 건가?」

「노테오로 떠날 겁니다.」

나는 고개를 끄덕였다. 그래. 이 전쟁이 파괴한 것은 다름 아닌 인간이었다. 괴물과 싸우는 자는 괴물이 되는 것을 경계하라 했던가. 나는 훌쩍 창밖으로 몸을 날리는 사내를 말릴 수 없었다.

멀거니 창틀에 손을 얹고 밖을 응시했다. 곳곳에서 터져 나오는 불길과 혼란스러운 병사들의 움직임 속에서도 나는 카라모스 위에 올라타고 있는 한 기사에게 시선을 고정했다. 말을 모는 그의 탄탄한 등은 여전히 아름다웠다.

# 1막

종전의 여왕

# 1장

# 그렌졸렌, 비

창문을 때리는 빗소리가 점점 드세졌다. 먼 하늘에서 가는 빛줄기가 지면으로 떨어졌다. 흠뻑 젖은 사내가 현관문을 노크 없이 열고 들어오며 습기 가득한 숨을 내쉬었다. 그는 문 옆의 스탠드에 빗물이 흥건한 겉옷을 벗어 던졌다. 바지는 한여름 얼음을 삼킨 유리잔처럼 이내 바닥을 흥건히 적셨다.

「도련님! 마구간입니다.」

집사보다도 빠르게 주인의 기척을 알아챈 하녀가 치맛자락을 부여잡고 달려와 황급히 턱짓을 했다. 버릇을 문제 삼아 회초리를 쳐도 모자랄 행동이었지만 사내는 곧장 저택을 가로질렀다. 그리브* 밑창의 물기가 바닥과 밀착하며 삐직 삐직 거슬리게 울었다.

사내는 뒷문을 통해 다시 밖으로 나섰다. 하인들이 우산을 들고 달려들었지만 그의 빠른 걸음을 쫓을 수 있는 사람은 없었다. 사내가 뒤뜰을 지나 마구간에 이르렀을 무렵엔 우산을 든 하인들은 수십 페르미터나 뒤쳐졌고

---

* 갑옷의 일종으로 무릎 아래에서 발까지 통으로 된 갑옷이다.

사내는 온몸에 물을 뒤집어쓰게 되었다. 하지만 그는 전혀 개의치 않고 사람들이 모여 있는 곳으로 걸음을 옮겼다.

「키에에——엑! 키엑! 키쉬쉬쉬쉬쉬쉬… 키에에——엑!」

짐승의 비명소리가 날카롭게 귀를 찌르고 있었다. 버둥거리는 짐승을 둘러싸고 저택 대부분의 사람들이 그곳에 모여 있었다. 사내는 그의 부모에게조차 인사를 건네지 않고 널브러진 짐승 곁을 홀로 지키고 있는 여성에게 다가갔다.

「올림페! 뭔가 문제라도 있어?」

「아— 도련님.」

여성의 얼굴은 피와 땀으로 엉망이었다. 그녀는 반쯤 울먹이며 힘겹게 짐승과 씨름하고 있었다.

「아이가 자꾸 머리부터 나옵니다. 몇 번을 다시 집어넣어도….」

어미 짐승이 고개를 꺾으며 올림페의 목덜미를 부리로 절단하려 했다. 올림페는 침착하게 그것의 몸을 토닥였고, 짐승은 다시 발버둥을 쳤다. 올림페가 세상으로 나오려는 새끼의 머리를 다시 어미의 자궁 속으로 집어넣었다. 그녀의 팔은 이미 끈적이는 피로 가득했다. 올림페는 인상을 쓰며 어미를 토닥였다. 그리고 쉰 소리로 말했다.

「…렌도, 새끼도 한계입니다. 이번에도 머리부터 나오면 강제로 끄집어내겠습니다. 이러다간 새끼도 죽겠어요.」

「그럼——」

이대로 낳든 다리부터 나오길 기다리든, 어미는 이미 가망이 없다고 은연중에 알리자 사내는 끝내 말을 잇지 못했다. 어미는 긴장이 풀리는 대로 숨이 넘어갈 것이다. 사내는 새로운 생명의 탄생과 함께 자신의 정든 카라모스가 죽는 것을 보겠구나, 하며 각오를 다져야 했다.

「힘내 렌, 마지막이야. 마지막이야.」

올림페는 자신에게 하는 것인지 어미 짐승에게 하는 것인지 모를 격려를 하며 짐승의 등을 세게 두드렸다. 그러자 짐승은 전의 그것을 무색케 할 만한 괴성을 지르며 몸을 뒤틀었다. 짐승의 새끼는 이번에도 부리부터 나와 공기를 마셨다. 어미는 이미 힘을 잃고 늘어졌고 새끼는 올림페가 잡아당기지 않고도 스스로 자궁을 열고 밖으로 기어 나왔다. 조류임에도 알에서 태어나지 않는 카라모스는 태어나서 한 시간 안에 걷고 삼일 안에 초원을 질주하는 동물이다. 이 새끼는 태어날 때부터 자비라는 것을 모르는 듯했다. 자궁의 입구에 걸린 날개 뼈를 능숙하게 처리해내며, 올림페는 핏덩어리를 품에 안았다.

「오오! 암컷입니다.」

작은 안경을 치켜 올려 자신이 본 것을 확신하며 집사가 탄성을 지어냈다. 그에 하인들이 맞장구치며 기뻐했다.

「세상에, 주인님. 공주님과 같은 해 같은 날에 태어나다니요.」

「틀림없이 아르테미오스께서 내리신 겁니다. 훌륭한 군마軍馬가 될 거예요.」

사내는 새끼를 안은 여인을 토닥이며 하인들이 웅성거리는 것을 흘깃 보았다.

「비가 그쳤군요.」

그는 무심하게 한숨을 흘렸다. 빗줄기가 한결 잦아들더니 이내 지면을 튀기던 물소리가 멎었다. 하인들은 하늘도 축복한다며 한껏 들떴고, 주인 부부는 대견하다는 듯이 고개를 끄덕였다. 사내는 밝은 얼굴로 일어나 주인 부부에게 다가갔다.

「인사가 늦었습니다.」

「그래. 성에서부터 달려오느라 고생이 많았다. 공주마마라는 소식은 들었다. 피로연에 불참한 것에 문제는 없겠니?」

「모함꾼들을 피할 방도가 있어 행운이었습니다.」

「하하! 그러하느냐.」

아버지는 인자하게 웃으며 아들의 당당한 어깨를 두드렸고, 어머니는 아들 옷의 물기를 털어내고 그의 뺨을 만지느라 여력이 없었다.

「아들, 왜 이렇게 비를 맞았니. 무겁지는 않니? 갑옷부터 벗거라.」

「괜찮습니다.」

「밀린 이야기나 하자꾸나.」

「예, 곧 들어가겠습니다. 먼저 들어가 계세요.」

사내는 모친의 손을 꼭 쥐며 피투성이의 여성을 눈에 담았다. 하인들이 눈치를 보며 각자의 자리로 돌아갔고, 주인 부부도 하인들의 인도를 받아 저택으로 들어갔다. 사내는 널브러진 어미 카라모스에게로 다가가 한쪽 무릎을 꿇고 앉아 그것의 뱃가죽을 쓸어내렸다. 십여 년 동안 느껴왔던 카라모스의 강인한 털이 거짓말처럼 늘어져 있는 것을 보며 눈썹을 찡그렸다. 그는 주문처럼 작게 기도를 읊었다.

「아르테미오스의 사랑과 모딘포라온의 변덕으로 태어난 엘라페의 후예여, 아이리스의 인도로 다시 구름 위의 궁전으로 돌아가니 그 길 부디 평온하기를.」

「도련님, 새끼 카라모스가 태어날 때 2할 정도의 확률로 어미가 죽습니다. 조류지만 알을 낳지 못하도록 된 조물주의 저주라고도 하죠. 이 아이는 어미 렌의 영혼을 이어받아 왕녀를 수호하는 군마가 될 거예요.」

더러워진 여인이 정성스럽게 어미 살해자를 보듬었다.

「렌은 어떻게 할 거지?」

「전통대로 들판에 두고 와야죠. 카라모스가 달리는 것을 멈출 때는 죽을 때뿐이고 카라모스가 죽을 때는 언제나 들판 위에서니까요.」

사내는 주변을 정리하며 지푸라기로 죽은 렌의 몸을 덮었다. 주저앉아있는 올림페의 어깨와 사내의 어깨가 살짝 부딪혔다.

「아야.」

올림페는 과장된 반응을 보이며 자신의 어깨를 주물렀다. 잠에 빠진 갓 태어난 카라모스를 어미에 기대어 눕히곤 몸을 일으켜 사내의 등 뒤로 접근했다. 그녀의 손끝이 갑옷 깊숙한 곳에 숨겨져 있는 이음 고리를 해제시켰다. 어깨와 흉부, 복부를 감싸고 있던 쇳조각들이 분리되어 바닥에 차곡차곡 열을 맞췄다. 여인은 사내의 앞으로 서서 허리를 감고 아래쪽의 갑옷을 끌러 내렸다.

「잘 지냈어?」

「응, 뭐⋯. 알다시피 라슈비크 공작가의 나리와 부인께서 워낙 좋으시니.」

사내가 허리를 두른 갑옷을 벗겨 내리는 여인의 손을 부여잡았다. 여인이 고개를 들어 사내와 눈을 마주쳤다.

「도련님, 이 미천한 것이 지금 너무 더럽사오만.」

「네가 그런 말을 하면 정말 섹시한 것 같아, 올림페.」

「그렇사옵니까.」

두 남녀는 서로에게 키스를 퍼부었다. 여인의 손에서 갑옷이 예의 없이 추락해 지푸라기 위에 떨어졌다. 그런데 갑자기 올림페가 몸짓을 멈추었다. 사내는 머리를 쓰다듬던 손을 어깨로 내려 올림페의 옷을 벗기려 했지만 올림페는 그 손을 덜어냈다.

「브레멘, 오늘은 이러지 말자. 공작님께 가 봐. 새끼는 내가 잘 보살필 테니까.」

「여기서 잘 거야?」

「그래야지요~.」

「얘기하고 올게.」

「환영파티는 못해줘.」

「필요 없어, 그런 건.」

뿌리치듯이 여자를 뒤로하고 남자는 올 때와 마찬가지로 빠르게 걸어 밤 속으로 미끄러졌다. 그리 오랫동안 집을 비우고 있던 것은 아니었지만 그가 하는 일이나 부모님의 성격 등을 고려했을 때 사실 대화는 대화답지 못할 것이 자명했다. 대화라고 할 수 있을지도 의문이었다. 대화는 쌍방 간의 오감이 있어야 대화이다. 브레멘이 부모님의 말에 제대로 답변이나 할 수 있을지도 몰랐다. 물론 다른 공작가의 경우를 생각하면 그의 부모는 믿기 힘들 정도로 자애롭고, 신분에 맞는 행동을 강요하지 않는 편이었다. 어쩌면 그가 친자식이 아니기에 가능한지도 모르는 자유방임적인 태도일 것이다.

그가 어릴 때에, 브레멘은 브레멘이라는 이름이 아니었다. 그는 어느 날 라슈비크 공작가의 저택 마구간에 나타났다. 하인들의 눈에 먼저 띄인 그는 라슈비크 가家 소유의 카라모스 '렌'과 놀고 있었다. 하인들이 놀라 그를 붙잡으려고 했지만 웬일인지 '렌'은 그를 보호했고, 소식을 듣고 달려온 주인 부부는 말도 통하지 않는 그를 양자로 들였다. 그것은 어떤 특별한 계시가 있었던 것은 아니었다. 다만 그 부부는 금슬 좋기가 전 세계적으로 유명했는데, 마흔이 넘도록 자식이 없었던 것이다.

처음에는 소년이 사용하는 언어를 도무지 알아들을 수가 없어서 자기 집을 찾을 때까지만 보호할 생각이었으나, 그러기에는 소년이 너무나 사랑스러웠다.

그렇게 1년, 2년 지나가며 소년이 언어를 배우고 공작 부부를 양어머니 양아버지라고 부를 즈음, 공작 부부는 공식적으로 그를 양자로 신고하고 브레멘이라 부르게 되었다. '브레멘'은 처음이자 마지막으로 아이를 가졌을 때 공작부인이 직접 지은 태명이었다. 그 이름을 불러 대답하는 자식이 생긴 공작 부부는 사랑과 지극정성으로 브레멘을 길렀다.

그러나 브레멘은 청년 시절 겪게 되는 한 번의 사건으로 말미암아 '착한 아들'에서 벗어나 표독스러울 만큼 무예에 집중하는 '무인'이 되어 버렸다. 그는 국내에서는 적수를 찾아볼 수 없을 정도로 강해졌지만 기사騎士; knight 칭호 외에는 어떤 지위나 직업도 마다했다. 국가가 로니에르와의 전쟁으로 혼란스러운데도 그저 기사로서 왕궁에 있을 뿐, 전쟁터에 나가려 하지 않았다. 명예를 최우선으로 삼지 않는 부모로서는 달가운 일이었지만, 정계로부터 받는 정치적 압력이나 비꼬는 시선은 감내하기 힘든 부분이었다.

「아버지, 늦은 시각에 찾아뵙게 되어 죄송합니다.」

「그래. 네 어머니는 기다리다가 그새 잠이 들어 버렸단다. 한잔 하겠느냐?」

공작은 붉은빛이 나는 비노vino의 코르크를 열며 잔을 권했다. 브레멘은 조심스럽게 고개를 저었고, 공작은 자신의 잔만 채워 조금 맛을 보았다.

「소식은 이미 노탈리콘으로 들었다. 3페르킬로그램이 넘는 건강한 공주님이시라고.」

　브레멘은 아무 대답도 할 수 없었다. 비록 그 속내를 내비치지는 않지만 공작은 분명 직접 궁에 가서 경사스러운 일을 보고 싶었을 것이다. 그런데 그렇게 하지 못한 이유가 자신에게 있다는 것을 브레멘은 알고 있었다.

　「로니에르 놈들이 대륙을 통일하겠다는 목적으로 남진을 시작한 후 전쟁이 벌써 80년이나 지속되고 있다. 이 전쟁에서 난 아버지를 잃었지.」

　공작은 술이 당기는지 잔에 가득 담긴 비노를 식도로 밀어 넣었다.

　「아들아. 공작公爵이 왜 공작인 줄 아느냐?」

　「높은 의무와 권력을 갖고 있지만, 모든 일을 공평하게 대하고 다루기 때문입니다.」

　「그래, 나는 내가 가진 책무와 권리를 알고 그것을 만인 앞에서 공평하게 다루어야 한다.」

　브레멘은 지체없이 무릎을 꿇고 공작의 명령을 기다렸다. 공작이라는 지위를 가진 자로서 가져야 할 덕목과 책임. 그의 권력은 그 의무를 수행할 때에만 주어지는 것이다. 비록 브레멘이 전체주의를 신봉하지는 않았지만 '국가를 위해서'라는 명제에서 '공작'이 가지는 책무는 어마어마했다. 재산은 물론 가족마저 희생하는 것이 빈번할 정도였으나 브레멘은 그런 것에 아무 감정이 없었다. 전쟁에 나가지 않는 것은 개인의 신념 때문이었다.

　「아버지, 죄송하지만 저는 전쟁터에는 가지 않겠습니다. 제가 지켜야 할 것은 불특정 다수나, 이 국가가 아닙니다. 전 수도가 불타는 상황이 온다 하더라도 앞으로 나아가 전사하지 않고 가족과 식솔, 사랑하는 이들을 데리고 그 자리를 피해 도망을 칠 겁니다. 결코 국가에 매이기는 싫습니다.」

　「안다, 알아. 미안하다….」

「사과는 그만하십시오. 아버지의 탓이 아니지 않습니까.」

「네가 전쟁에 나가기 싫어하는 것은 잘 알고 있다. 그렇지만 공작 가문으로써 국가가 위기일 때 강한 자식을 가졌음에도 군인으로 내보내지 않는 것은 본보기가 될 수 없는 일이지 않느냐. 네 어머니와 많은 이야기를 나누었단다.」

공작의 얼굴은 이내 벌겋게 달아올랐다. 술을 마시면 금세 티가 나버리는 것은 여전했다.

「그러니 이제 이 길밖에 없다. 너는 공주마마의 그렌제Grenze가 되거라.」

브레멘은 고개를 숙였다. 그것은 최선의 선택이었다. 과연 부친이라고 밖에는 생각할 수 없는 선택이었다. 공주의 그렌제가 되는 것은 가문 대대로 영광인 일이고, 그렌제는 그의 레이디(졸렌)가 직접적으로 연관되어 있지 않으면 무력을 사용할 필요가 없었다.

그렌졸렌은 여성이 집을 지키고 남성이 사냥을 다녔던 옛 제국 엘슈나인 고유의 풍습이었다. 따라서 그렌제는 반드시 남성이어야 하고 졸렌은 여성이어야 했다. 보통 그렌제가 되면 졸렌의 집에 얹혀살게 된다. 졸렌이 다른 남성과 결혼을 하더라도 마찬가지다. 그렌제는 졸렌에게 소속되어버리는 것이다. 졸렌이 허락할 경우 짧게나마 귀향하기도 하는데, 일반적으로는 귀향할 경우 그렌제의 집안에서 대단히 수치스러운 일로 생각한다. 그렌제는 평생을 두고 졸렌을 지키는 것이 의무이며 명예이다.

오랜 전쟁 중에 태어난 공주, 그리고 국내 제일의 청년 기사. 모든 조건이 완벽했다. 브레멘은 공작의 뜻을 따르겠다고 자신의 의사를 표현했다.

「노고가 많을 텐데 그만 물러가거라. 렌의 곁도 좀 지켜주고.」

브레멘은 조용히 물러났다. 그는 먹을 것과 마실 것을 챙겨 들고 렌과 올림페에게로 향했다. 올림페는 브레멘이 가져온 것을 조금 맛보더니 브레멘의 어깨에 머리를 기대었다.

달빛이 구름 사이로 잠깐 고개를 내밀자 누추한 마구간에 은빛의 스포트라이트가 쏟아졌다.

「그럼… 승낙을 한 건가요? 브레멘.」

「으음….」

「…이제 바빠지겠군요.」

여인의 목소리가 쓸쓸했다. 브레멘이 그녀의 어깨를 감쌌다.

「비공식적으로는 난 언제나 너의 그렌제야.」

「또 그 얘기… 이제 그 일은 그만 잊어.」

올림페가 더 깊이 브레멘에게 머리를 기댔다.

「그럴 수는 없어.」

브레멘은 팔로 강하게 그녀를 끌어당겼다. 올림페는 가슴이 배겨 불편했지만 투정을 별로 하지 않고 사내가 이끄는 대로 몸을 맡겼다.

「왜 점점 아래로 미는 거야? 뭘 원하는 거야?」

브레멘은 당황하며 손에 힘을 뺐다. 여자는 배시시 웃으며 머리를 귀 뒤로 쓸어 넘겼다. 아주 미세하게 뾰족한 귀를 감싸는 부드러운 솜털이 달빛을 받아 투명하게 빛났다.

「저 아이 이름은 정했어?」

「아니 아직.」

「내가 정해도 돼?」

「처음부터 네가 정하는 편이 좋겠다고 생각했어.」

브레멘은 흔쾌히 선택권을 넘겼다. 올림페는 이미 생각해 놓았던 듯이,

「메디치. 이 아이의 이름은 메디치가 좋겠어.」

하고 못을 박았다.

「아르테미오스께서 그러했듯이, 당신 뜻대로. 마이 졸렌.」

　그렌제와 졸렌은 구름 뒤에서도 힘껏 빛을 발하는 태양의 거울 아래에서 입을 맞추었다. 두 남녀는 비 온 후 달빛에 여물어가는 땅처럼, 탐스럽게 여문 서로의 과실을 탐닉했다. 처음 몸을 부빌 때처럼, 렌 옆에서 서로의 사랑을 확인하며 길고도 짧은 밤을 보냈다.

# 2장
## 올림페, 한숨

올림페는 그레이피스 태생이었다. 북방 경계선 부근에서 살던 어린 시절에는 그런대로 평화로운 시간을 보냈지만, 로니에르 군대가 점차 남하함에 따라 전쟁고아로서의 고통을 감당해야 하는 상황에 처하게 되었다.

그녀는 출생 등록이 되어 있지 않아 그레이피스의 난민을 위한 복지 혜택을 전혀 누릴 수가 없었다. 천성이 야무진 올림페는 어떻게든 일자리에 파고 들어가 작은 몸으로 고된 노동을 소화해냈다. 그녀는 카라모스를 빌려주고 파는 곳에서 짐승들의 배설물을 치우고 그들을 씻기며 근근이 생활해 나갔다.

그러다가 하루는 한 거대한 저택 안에서 들리는 우렁찬 카라모스의 소리를 듣고 마구간으로 숨어들었는데, 그녀가 마주한 카라모스는 그녀가 다루었던 어떤 짐승들보다 거대한 몸집을 가지고 있었고 그 몸에서부터 풍겨 나오는 힘은 대단한 것이었다.

그러나 어딘가 공허한 울음이라는 것을 느끼고 그녀는 자신이 일하는 곳에서 몰래 새순을 잡히는 대로 집어 그 카라모스의 앞에 가져갔다. 그 거대한 카라모스는 경계하지 않고 그것들을 먹었다.

「뭐, 뭐 하는 거야?」

올림페가 놀라 뒤를 돌아보았다. 그곳에는 열두세 살쯤 되어 보이는 소년이 그녀를 황망히 바라보고 있었다. 그것이 올림페와 브레멘의 첫 만남이었다.

브레멘은 올림페가 자신의 또래쯤 될 거라 생각하며 특별한 경계심 없이 올림페에게 말을 걸었지만, 올림페는 달랐다. 그녀는 짚풀 바닥에 납작 엎드려 용서를 빌었다. 공작의 저택이라는 것은 알지 못했지만 높은 분이 사는 곳이라는 것쯤은 당연히 알고 있었기 때문이었다.

그러나 브레멘은 말을 제대로 하기 시작한 지 얼마 되지 않은데다가 집 밖에 나가본 적이 없었던 터라 상대방의 그런 행동이 낯설게만 느껴졌다. 한편 올림페는 벌벌 떨며 엎드린 자신에게 일어나라고 손짓을 하는 브레멘의 친근한 목소리를 듣는 순간, 그가 자신을 용서해준 것이라고 받아들였다. 올림페는 이내 브레멘과 친구가 되었다. 귀족 집안의 어린 자녀와 평민층의 또래 아이가 천진하게 잠시 친구가 되는 일은 그리 이상한 일이 아니었다.

그 후 올림페는 달이 뜨는 날이면 가끔 카라모스와 소년을 보러 저택에 조용히 드나들곤 했다. 그러나 그 은밀한 만남은 오래가지 못했다. 도련님을 수행하는 고용인이 이를 발견하고 주인에게 보고를 한 것이다.

그날 밤, 공작 부부는 브레멘의 뒤를 밟았다. 양자인 브레멘의 입장을 충분히 이해할 수는 있었지만, 누추한 차림을 한 허락받지 않은 방문자를 경계하지 않을 수 없었다.

공작 부부를 본 올림페는 사색이 되어 브레멘에게 그랬던 것처럼 바닥에 엎드렸다. 만나게 되리라고는 상상도 하지 못했던 사람들이 달빛을 받으며 자신을 향해 걸어왔기 때문이었다. 그들은 그레이피스 왕국에서 열 가문도 되지 않는 공작 집안이었던 것이다.

공작은 하인을 부르더니 의자를 가져오게 했다. 그리고 소년과 소녀를 앉혔다.

「네 친구니, 브레멘?」

부부는 먼저 소년에게 물었다. 브레멘은 망설임 없이 고개를 끄덕였고, 부친은 몹시 언짢은 표정을 지었다. 올림페는 사시나무 떨듯이 몸을 떨었다.

길거리에서 살아갈 때였다. 그녀의 친구가 공을 줍기 위해 마당에 잠깐 들어갔다 나온 걸 알게 된 귀족이 주인을 물어뜯은 짐승을 다루듯 친구를 두들겨 패는 것을 보았기 때문이었다. 다른 친구들은 죽거나 갇히지 않은 것이 다행이라며 오히려 위로를 했다. 올림페의 눈앞에서 비명을 지르며 짐 승처럼 맞던 친구의 모습이 순간 어른거렸다.

「왜 우리에게 먼저 소개시켜주지 않았니. 섭섭하구나.」

공작의 입에서 나온 말은 너무나 온화했다.

「네 친구는 어떤 아이니. 내게 들려줄 수 있니?」

브레멘은 담담하게, 다소 어눌한 어투로 '올림페'에 대해 소개했다. 올림페는 고개를 숙인 채 그것을 듣지 않으려 했다. 공작 부부는 단 한 번도 브레멘의 느릿한 말을 자르지 않고 차분히 경청했다. 소년의 말이 끝나자, 어머니는 소녀에게 시선을 돌렸다.

「브레멘, 어미가 네 친구의 이름을 물어봐도 되겠지?」

브레멘이 머뭇거리자,

「아들아. 혹시 네가 친구의 이름을 모르고 있는 것은 아니겠지?」

올림페는 고개를 숙인 채 떨리는 목소리로 대신 대답했다.

「화, 황송하오나 크게 자애로우시고 두터운 자비로 어두운 거리를 밝히시고 펠렌드 만년설 위를 거니시는 아이리스께서 그러하듯 위대하신 고, 공작부인님, 이 비천한 것은 위로도 아래로도 가문이 없사옵니다….」

「아이야.」

공작부인이 근엄하게 소녀를 불렀다.

「아이야. 이곳이 밝지는 않지만 사람과 대화를 나눌 땐 눈을 봐야 하는 것이란다.」

올림페는 자신의 귀를 의심하며 조심스레 고개를 들었다. 소녀는 귀족이 평민에게 '대화'라는 말을 쓰는 것은 금시초문이었기 때문이었다. 공작부인은 '이렇게'라고 하듯이 눈을 맞추며 미소를 지었다. 올림페는 왈칵 쏟아질 것 같은 눈물을 애써 참으며 공작부인의 눈을 바라보며 다소곳이 앉았다. 공작부인은 올림페의 그런 모습을 보며 조금 놀라더니, 소녀의 귀를 부채로 가리켰다.

「아이야. 머리를 귀 뒤로 넘겨보겠니?」

올림페는 천천히 머리칼을 뒤로 쓸어 넘겼다.

「역시, 쿼터엘프로구나. 나이는 어떻게 되느냐.」

「올해 스물둘이옵니다.」

「그래? 우리 브레멘보다 연상이구나.」

공작은 부인의 어깨를 어루만지며 호탕하게 웃었다. 그리고 몸을 약간 앞으로 기울이며 말을 이었다.

「그보다, 우리 렌에게 먹이를 주었다고?」

「예, 예… 이 비천한 것이 넓게 인자하시고…」

「자기 하대는 그만하려무나. 그리고 미사여구도… 너는 우리 아들이 초대한 손님이지 않느냐. 우리는 대화가 필요한 것이지.」

「예, 예…. 소, 소인이 감히 추측하기를 렌―이라는 이 아이는 군마로 양육된 것이 아니옵니까?」

「맞다.」

「에―――― 에일루너스(ailunus ; 유사 팬더)는 흔히 대나무나 죽순만을 먹는 것으로 알려진 짐승이지만, 사실은 사냥을 잘 하려 하지 않을 뿐 육식도 즐깁답니다. 카, 카라모스도 마찬가지로 본래 수분이 많은 식물이나 과일을 자주 섭취하는 잡식 동물입니다. 군마로 키우기 위해 육식 위주로 식단을 짜면 오히려 영양 균형이 깨져 본래의 강인함을 잃을 뿐만 아니라 성격이 난폭해집니다. …렌의 울음소리가 그래서… 제가 주제넘게 새순을 먹였습니다.」

올림페는 공작 부부 앞에서 이렇게 길게 말한 자신에게 놀라며 떨리는 숨을 삼켰다.

「모르고 있던 것이구나. 우리 하인들은 그런 얘기를 해준 적이 없어서.」

「화, 황송하옵니다….」

올림페가 다시금 머리를 조아리자 공작부인이 질문을 이어갔다.

「아이야. 너는 가문이 없다고 했지만 그렇게 예의가 반듯하니 네게 부모님이 안 계시다는 걸 믿을 수가 없구나.」

올림페는 올 게 왔구나 하는 심정으로 사실을 고했다.

「제 아비는 위대하신 캇테스누프께서 수호하시고 은혜로우신 엘슈나인 전하께서 통치하시는 이 땅, 그레이피스의 정(精)으로 태어난 평민이고, 제 어미는 '청취자의 푸른 숲'에서 태어난 하프엘프입니다. 그러나 모정이 깊어 저를 자녀로 등록하지 않고 전쟁으로 목숨을 잃으셨기에….」

올림페는 울음이 터져 나올 것 같아 더는 말을 잇지 못했다. 마구간의 공기가 숙연해졌다. 공작 부부는 손을 맞잡고 소녀의 무릎 위에 떨어지는 눈물을 보며 침묵을 지켰다.

「멜리오스님, 저를 받아주신 것처럼 이 아이를 집에 들일 수는 없나요?」

「…그게 그렇게 간단한 일은 아니란다. 우리에겐 이미 네가 있지 않느냐. 그리고… 아이야, 조금 전에 모정이 깊어 너를 가족으로 신고하지 않았다는 게 무슨 뜻이냐. 나는 이해가 되지 않는구나. 어미 된 자가 자식을 가족으로 들이지 않는 것이 어찌 모정이더냐.」

올림페는 감정을 추스르고 작게 숨을 몰아쉬었다.

「황송하오나 공작부인님. 조화로운 샤란의 수명은 세우는 샤란의 열 배에 이르고, 조화로운 샤란과 세우는 샤란의 자녀도 세우는 샤란보다 다섯 배 오래 삽니다. 배우자와 사별하고 자녀마저 먼저 늙어 죽는 것을 보는 부모의 마음이 어떠할지, 저는 아직 어리석어 헤아리지 못하겠습니다.」

공작부인은 자리에서 일어나 오물이 묻고 헤어져 너덜거리는 옷을 입은 소녀를 끌어안았다.

「내 어리석은 질문을 용서하려무나.」

올림페는 공작부인의 어깨가 작은 떨림으로 들썩이는 것을 느끼며 그녀를 마주 안았다.

「공작부인의 자애로움을 대하니 제 어머니의 품속에 다시 안긴 것 같습니다.」

공작부인은 결심한 듯이 소녀를 품에서 떨어뜨렸다. 그녀의 표정은 굳건했다.

「아이야. 지금 일하고 있는 곳이 있느냐.」

「예…. 서쪽의 작은 카라모스 취급 업소입니다….」

부인은 왼팔을 머리 높이 치켜들며 큰 소리로 말했다.

「이제부턴 아니다. 에거쉬 집사!」

「예, 주인마님.」

어둠 속에서 백발이 성성한 노인이 단정한 옷을 입고 미끄러지듯이 나타났다.

「도시 서쪽에 카라모스를 취급하는 곳이 몇 군데인가요?」

「그쪽의 상권은 브랜든 남작이 쥐고 있습니다.」

공작부인이 부채를 접어 노인의 어깨를 살며시 두드렸다.

「이 아이는 이제부터 라슈비크 가문에서 보호합니다.」

「말씀하신 대로 조치하겠습니다.」

집사는 곧바로 물러났다. 올림페는 바닥에 왼쪽 무릎을 꿇고 앉아 공손하게 허리를 숙였다.

「부디 제게 이름을 내려주십시오, 주인마님.」

「그래, 이제 네 성씨는 묻지 않으마. 그 대신 네 부모가 네게 어떤 이름을 주었는지 알려다오.」

「올림페….」


「올림페. 왜 그래?」

「응? 뭐가.」

「방금 굉장히 이상한 표정으로 웃었잖아.」

올림페는 브레멘의 제복 매무새를 가다듬어주다가 손을 멈추었다. 그녀는 말없이 브레멘의 등 뒤로 돌아가 하던 일을 계속했다.

「아무것도 아냐. 잠깐 옛날 생각이 났어.」

올림페는 완벽하게 그의 옷매무새를 정돈해주고 나서 브레멘 앞에 섰다. 그리고 지금까지 자신이 매만진 사내를 꼼꼼히 훑어보았다.

「괜찮아 보여?」

「그럼요. 누가 한 건데요.」

「그래, 네가 했으니 당연히 완벽하겠지.」

서둘러도 모자랄 시간인데 브레멘은 좀처럼 올림페 앞에서 떠날 줄을 몰랐다.

「가보셔야죠. 가서 공주님의 그렌제가 되셔야죠.」

「그렇지 않아….」

올림페는 감정 표현이 서툰 남자가 귀여워 샐쭉 웃으며 과장된 몸짓을 했다.

「왜? 도련님. 설마! 이 미천한 고용인을 염두에 두시고?! 화, 황송하옵니다~.」

「오린페 그만둬.」

「오린페가 아니옵니다. 올림페! 발음을 똑바로 해야 존경을 받사옵니다.」

「버릇이라는 거 알잖아, 올림페.」

올림페는 까치발을 들고 브레멘의 어깨에 양팔을 올렸다. 올림페의 풍만한 가슴이 어느새 브레멘의 몸에 밀착되었다.

「무엇이 그리 고민이십니까? 마이 그렌제—.」

브레멘의 입술에 올림페의 뜨거운 숨결이 닿았다. 브레멘은 고개를 숙이고 여인과 이마를 맞대었다.

「이제 없어. 마이 졸렌.」

올림페는 한번 쿡 웃었다. 그녀와 브레멘의 그렌졸렌 관계는 공식적인 것이 아니었다. 그렌졸렌은 완벽하게 명예를 위해 만들어진 귀족들만의 여흥에 불과했다. 평민이 얽혀 있는 이상 결코 누군가의 그렌제가 되거나 졸렌이 되었다고 입 밖에 낼 수 없었다. 서로를 사랑하지만 언약으로 맺어질 수 없는 올림페와 브레멘 둘 만의 희망사항에 지나지 않는 것. 올림페는 브레멘이 공주의 수호기사가 될 것이라는 것에 냉철하게 자신을 다스렸던 것이다. 브레멘이 공주와 공식적으로 그렌졸렌의 관계를 맺게 되면 자신과 브레멘의 관계에 분명한 파장을 가져올 것이다. 올림페는 그 사실을 가슴 깊숙이 품었다. 자신은 비련의 여주인공이 아니라고 계속 되뇌면서.

「다녀오세요. 공주님의 그렌제가 되지 못하면 오늘 저녁은 없을 테니까요.」

소녀는 소년을 떠나보냈다. '그렌제가 되어 돌아오다', 그것은 엄밀히 말하면 불가능한 일이었다. 어떤 졸렌의 그렌제가 된다는 것, 누군가의 수호기사가 된다는 것은 그 레이디를 언제 어디서나 호위하고 목숨을 바쳐서라도 외압으로부터 지켜내는 것이다. 그렌제가 졸렌을 놔두고 집에 돌아와 희희낙락 저녁 식사를 한다는 것은 언어도단인 일이었다.

올림페는 잠시 동안 그의 침대에 걸터앉아 시트를 어루만지다가 정신 차리라는 듯이 자신의 양 볼을 손바닥으로 두드리고 방을 정돈하기 시작했다.

# 3장
## 공주, 생일

브레멘은 자신과 마찬가지로 늘어선 기사들 사이에서 늘어지게 하품을 했다. 지루함과 떨림이 공존하는 가슴을 쓸어내리며 네 시간을 목석처럼 서 있었다. 다리가 떨려도 부끄러워할 필요가 없을 정도로 길고 긴장되는 자리였다. 공주의 여덟 번째 생일이었으니 더 말할 필요가 없었다.

내로라하는 예술인들이 모여 갖은 공연을 펼치고 연설은 끝이 없었다. 나이가 찬 공주의 생일에 그렌제와 졸렌의 연을 맺는 것은 잔치의 가장 마지막인 '선물 개봉' 파트 중에서도 가장 마지막이다. 공주의 그렌제가 되고자 하여 사전 심사를 통과한 기사들은 그저 식장의 구석에 가만히 서서 차례가 오기만을 기다리는 것 외에는 할 일이 없었다.

옆의 기사가 브레멘을 팔꿈치로 툭툭 건드렸다.

「미쳤어? 여기서 하품을 하다니!」

브레멘은 처음 보는 자가 친근하게 잔소리를 던지자 문득 아는 사람인가 싶어 자세히 살폈다. 능글맞은 얼굴은 비밀을 잔뜩 숨기고 있는 듯했다.

「넌 아까 짝다리 짚었잖아.」

브레멘은 하품 때문에 눈물이 맺히자 고개를 살며시 들어 흘려보냈다. 그러면서 흘깃, 이제 갓 여덟이 된 공주의 모습을 훔쳐보았다.

선대를 닮은 곱고 긴 금발, 약간은 도도한 듯 화난 눈매는 옷이나 환경을 뒤로 하고서도 위엄을 물씬 뽐내고 있었다. 아니, 실제로 그녀는 네 살 때에 언어를 깨우치고 여섯 살 때에 이미 전문 학자 수준의 책을 읽었다 하였다. 그 비범함으로 보나 외모로 보나, 그레이피스 왕국의 적녀嫡女로서 필히 역사책에 이름을 드높일 인물이 될 것이었다.

'로니에르와의 화평을 위해 선물로 포장되지만 않으면 말이지.'

브레멘은 시시각각 무거워지는 갑옷의 무게를 공주의 행동거지를 관찰하는 것으로 견디고 있었다. 길고 긴 연주가 끝나고 그만큼 긴 박수가 터져 나왔다. 그리고 다른 가수가 무대 위로 올라가자 브레멘은 기절할 뻔 했다. 그러나 감사하게도 그 무대는 밖에서 대기하고 있었던 병사에 의해 저지되었다.

「친애하는 렝게 더 엘슈나인 공주마마.」

식장이 술렁이고 잔잔히 지속되던 음악이 멈추었다. 렝게 공주는 예의 그 화난 듯한 눈으로 병사를 내려다보았다.

「무슨 일이냐.」

「…무녀가 찾아왔습니다. 이즈프리그라고 하는….」

「무녀?」

렝게가 작게 되묻자, 옆에서 수행하던 노인이 귀띔을 했다.

「노테오론 아카데미에 있는 세계수의 수호자인 듯합니다. 들라 하심이 좋을 듯싶습니다.」

「판단은 내가 하오.」

「황송하옵니다.」

렌게는 팔을 한 번 휘저었다. 그녀의 부모라 할 수 있는 그레이피스의 왕족은 모두 로니에르와의 전쟁 때문에 전선 부근으로 올라가 있었다. 현 그레이피스의 국왕(왕녀) 밀레이유 더 엘슈나인이나 그 남편 엘리노어 더 엘슈나인은 부부가 모두 맹군猛君이어서 필두에서 군을 지휘했다. 사정이 그러하니 그 아들들 모두 한자리에 모여 검을 잡고 있었으므로 현재 왕궁에서 왕족이라고는 렌게 공주가 유일했다.

내정의 실질적인 모든 선택권은 렌게 더 엘슈나인이라는 이름의 여덟 살 여자아이가 쥐고 있는 것과 다름없었다.

「나는 그렌제를 먼저 정하겠다. 그 뒤에 들라 하라.」

공주의 말이 떨어지기가 무섭게 기사들이 공주의 앞에 열을 맞춰 정렬했다. 오랜 시간을 기대에 차 기다린 기사들이었으나 정작 그들에게 어떤 종목에 대한 심사가 이루어질지는 알 수 없었다. 어린 공주가 기사들을 바라보며 질문을 던졌다.

「묻겠다. 위엄이란 무엇인가.」

침묵이 흘렀다. 공주가 질문을 던질 것이라고는 그 누구도 예상하지 못했을 것이다. 브레멘 역시 그렌제에 대한 선발을 야외가 아닌 궁성 내에서 진행하는 것을 의심쩍어하기는 했지만 문답형일 것이라고는 생각할 수 없었다. 브레멘의 옆에서 하품을 지적했던 기사가 양손을 모아 이마께로 들어 올렸다.

「말하라.」

「소인은 랜시스 가문의 둘째로…」

「소개는 추후 듣겠다. 답을 말하라.」

「아, 옛… 높은 자가 낮은 자의 앞에서 가져야 하는 것이옵니다.」

브레멘은 인상을 찌푸렸다. 그런 사전적인 대답이라면 그 역시 가능했다.

「그대의 이름은.」

「옛! 소인은 랜시스 가문의 둘째, 길프 랜시스라 하옵니다.」

「길프 랜시스…. 분명 브랜든 랜시스 남작의 차남이랬지.」

「그러하옵니다, 공주마마.」

「내가 요즘 잠이 안 와서 말이지. 베개를 바꾸니까 잘 오더군.」

「예…?」

여덟 살 공주는 비웃음을 하사했다.

「그대는 내가 베고 자던 판사레스의 국가론을 줄 터이니 돌아가는 길에 읽어 보도록. 그대가 짚은 268h의 내용은 367b에서 재정립하고 있네.」

장내는 어색한 웃음소리로 메워졌다. 그러나 웃는 사람 중 어느 누가 진심이겠는가. 기사들의 표정이 한없이 어두워져 갔다. 저 길프라는 기사의 대답은 결코 저급한 답변이 아니었다. 이미 1차 심사로 기본적인 상식이나 무예가 검증된 기사들이었고, 길프는 거기서도 상위권으로 합격한 기사였다. 판사레스의 국가론은 쉽지 않은 책으로 정평이 나 있었다. 아카데미에서 심화학습을 거치지 않은 무인으로서 그러한 대답을 했다는 것도 충분히 대단한 일이었음에도 렌게의 추방에는 자비가 없었다.

기사 랜시스는 웃음바다가 된 장내에서 터덜터덜 빠져나갔다. 굴욕적인 탈락이 분명했지만 그의 표정에서는 분노 같은 것은 찾을 수 없었다. 그저 '탈락인가. 그럼 집에 가야지'라고 생각하는 듯한.

브레멘은 계단 위의 소녀가 희대의 악마 같았다. 그는 소녀의 머리에 뿔이 돋아난 상상을 하다가 저도 모르게 쿡 하고 웃었다. 하필 웃음소리가 끝난 직후였다. 렌게의 시선이 딱, 그에게로 돌아갔다.

「그대. 그대는 식 중에 줄곧 날 쳐다봤지.」

공주는 여지없이 브레멘의 앞으로 나아갔다.

「공주마마의 아름다움에 그만 시선을 떼지 못하였나이다.」

「그대가 질문에 답해보라.」

렌게는 칭찬 같은 것에는 관심조차 없는 듯 답변만을 강요했다. 브레멘은 마음속으로 한숨을 내쉬었다. 그는 허리를 꼿꼿하게 세우고 렌게를 내려다보았다. 그는 팽팽하게 기세를 올려 식장 전체에 자신의 기운을 뻗쳤다. 잠잠하던 자연그논이 요동하며 바람을 이룰 정도의 기세였다. 그리고는 다음 순간, 한쪽 무릎을 꿇고 경건하게 앉아 고개를 조아렸다.

「황공惶恐*하옵니다.」

공주가 자신의 곁에서 계속 신변을 지킬 사람을 고르는 데 검 실력을 우선으로 뽑으려 하지 않는 것은 나름의 이유가 있었다. 그녀가 이해하는 무武는 주로 책에 담긴 것이었고, 검의 기교보다는 철학적인 것이었다.

카리스마는 신이 내린 재능이었다. 따라서 그것은 후천적으로 획득할 수 없는 성질의 것이었다. 위엄 있는 자는 간신배가 감히 접근하지 못한다 했으니, '공주의 수호기사;그렌제'라는 직위의 위엄을 이해하는 사람을 고르려 한 것이었다. 브레멘은 자신의 무력을 보인 후, 작고 연약한 공주 앞에서 두려워했다. 그것은 '공주'라는 직위가 가진 위엄을 이해하고 있다는 대답이었다. 렌게는 브레멘의 대답에 만족한 듯이 고개를 끄덕였다.

「좋은 대답이지만 난 칭찬을 듣고 싶은 것이 아니다.」

그때 다소 누그러진 렌게의 얼굴에 용기를 얻은 것인지 한 기사가 손을

---

* 송구하다는 뜻. 위엄이나 지위 따위에 눌려 두렵다는 사전적인 해석도 있다.

올리며 발언했다.

「아뢰옵기 황송하오나 공주마마, 저뿐 아니라 이들 대부분이 짧은 삶 동안 공주마마를 지키는 검이 되고자 자신을 갈고 닦았을 것이옵니다. 공주마마께서 듣기를 바라시는 것은 문인文人의 역량인 줄 아옵니다.」

렌게는 천천히 그 기사의 앞으로 걸어갔다.

「그대의 이름은?」

「바레인 로잘리스라 하옵니다.」

「바레인 로잘리스, 정녕 그리 생각하느냐.」

「황송하옵니다….」

렌게는 손짓을 하여 의자를 끌어오게 했다. 그 작은 엉덩이를 그녀의 다리 길이에 맞게 제작된 의자 위에 올려놓았다.

「그대는 검을 수련한 지 얼마나 되었느냐.」

「8년입니다.」

「그래? 고개를 들라.」

식장의 모든 시선이 그 기사에게 모였다. 설마 이것으로 끝인 것인가 하는 근심이 기사들 무리에서 생겨났다. 이러한 압도적인 분위기에서도 할 말은 하는 것, 그것 또한 용기일 수 있었다. 그러나,

짝!

하는 경쾌한 소리가 울리고, 담 작은 부인들은 흠칫 놀라 남편 뒤로 숨었다. 렌게는 기사의 뺨을 있는 힘껏 때렸다. 그리고 이어서 한 번 더.

「그대는 어찌하여 내 손을 피하지 못했지?」

「…아 …그, 그것은…」

「공주라는 자체가 위엄이기 때문입니다.」

다른 기사가 대신 대답했다.

「옳다. 그대의 이름은.」

「비쉬렌 리차드 3세이옵니다.」

렌게는 고개를 끄덕였다. 소녀는 자신보다 세 배는 더 살았을 불쌍한 기사의 턱을 손끝으로 끌어올렸다.

「무武의 궁극점은 싸우지 않고 이기는 것이다. 내 말이 틀렸느냐.」

기사는 그저 고개를 숙였을 뿐이었다. 브레멘은 속이 부글부글 끓었다. 공주는 평생을 수련해온 두 기사의 긍지를 불과 몇 분 만에 시궁창에 던져넣었다.

「바레인, 메난 로잘리스 경에게는 나의 질문이 너무 속되어 대답하지 못했다 하라. 여기서의 일은 그 누구에게도 새어나가지 않을 것이니.」

브레멘은 짧은 순간 공주가 사실은 착할지도 모른다고 생각했다가,

「브레멘 라슈비크와 비쉬렌 리차드 중에 결정하겠다. 참여해준 경들에게 존경과 감사를 전하는 바요. 그대들의 이름은 언제나 잊지 않을 것이다.」

브레멘은 자신의 이름을 밝힌 적도 없는데도 지명한 공주를 악마로 결정했다. 조금 전 길프 랜시스의 가족까지 파악하고 있었던 것으로 짐작하기는 했었지만, 그녀는 이미 눈앞의 기사들에 대한 정보를 어느 정도 숙지하고 있다는 확신이 들었다. 렌게 공주는 브레멘과 비쉬렌 두 기사를 제외한 모든 기사들을 물러가게 하고 두 기사를 나란히 서게 했다.

「그대들에게 먼저 사과하겠다. 올바른 그렌제를 선출하려는 과정에서 다소 기사들의 긍지를 위해함을 피할 수 없었다.」

두 기사는 말없이 고개를 숙였다.

「둘 모두에게 묻겠다. 셰라프와 그렌제는 어떻게 다른가.」

간단한 질문인가 아닌가. 순간 그렇게 생각했던 브레멘은 자신의 한심스러움에 진저리를 쳤다. 간단할 리가 없었다. 셰라프라는 것이 퍼스트 레이디의 그렌제를 일컫는, 한 국가에 단 하나뿐인 명예직이라는 의미를 묻는 것일 리가 없었다. 요는 그 안의 철학에 대해 듣고 싶은 것이겠지.

비쉬렌 리차드가 먼저 팔을 모아들었다.

「세상 모든 그렌제 중, 가장 위대한 졸렌을 수호하는 가장 위대한 그렌제인 줄 아옵니다.」

브레멘은 천천히 팔을 올렸다가 한 마디로 대답하고 도로 내렸다.

「둘은 차이가 없습니다.」

렌게는 턱을 살짝 들어 올려 재미있다는 표정을 지었다.

「차이가 없다? 셰라프는 셰라프이기에 셰라프라 하는 것이고 그렌제는 그렌제이기에 그렌제라 하는 것인데 차이가 없다면 둘은 어떻게 구별되는 것인가.」

「아뢰옵기 황송하오나 셰라프를 셰라프라 하는 것은 불명예스럽기 그지없는 일입니다.」

렌게가 처음으로 눈을 동그랗게 떴다. 소녀는 의자를 바짝 당겨 앉으며 대답을 촉구했다.

「어째서이지?」

「세상 모든 그렌제에게 있어 졸렌은 특별하게 사랑스러우며, 세상 모든 졸렌에게 있어 그렌제는 특별하게 강인한 존재입니다. 따라서 모든 그렌졸렌에 부정관사를 붙여 호칭할 수 없고 정관사를 붙입니다. 그렌졸렌의 본이 이러할진대, 어찌 졸렌의 신분에 따라 다른 칭호를 쓴단 말입니까.」

렌게는 한동안 말을 받지 않다가 눈을 가늘게 뜨며 긍정했다.

「응, 응. 맞는 말이다. 그렇다면 브레멘 라슈비크, 그대에게 있어 그렌졸렌이란 어떤 것인가?」

「결혼과 진배없는 것 아니겠습니까?」

「결혼과 그렌졸렌 맺음은 차이가 없다는 것인가?」

「섹스 없는 결혼 정도겠지요. 그렌제는 본래 한계라는 뜻이오, 졸렌은 당위當爲입니다. 그렌졸렌이란 따라서 마땅히 있어야 할 자 안에서 자신의 한계를 만드는 것입니다.」

렌게가 무릎을 손으로 탁 쳤다.

「오늘부터 그대가 내 셰라…큼! 그렌제다.」

「황송하오나 공주마마, 공주마마의 신변을 지키는 것은 강하지 않으면 안 되옵니다. 브레멘과의 결투를 허락해 주십시오.」

비쉬렌이 공주에게 용감히 아뢰었다. 렌게는 뒷짐을 지고 의자에서 몸을 일으켰다. 수행인들이 의자를 치우자 소녀는 본래 자신의 자리로 걸어갔다.

「그래. 둘의 결투를 허락한다. 그러나 승패에 관계없이 내 그렌제는 브레멘 라슈비크다. 혹여 내 그렌제를 상처 입히는 일이 없도록. 그대들은 물러나도 좋다. 무녀를 들라 하라.」

황실과 그 밖을 연결하는 두터운 문이 열렸다. 그 문 너머로부터 가녀린 여성이 천천히 걸어 들어왔다. 160페르센티미터는 될까? 작고 연약해 보이는 그 모습은 영락없는 소녀였다. 브레멘은 이야기책이나 역사서에서만 전해 듣던 이그드라실의 무녀에 대한 소감을 비웃음으로 정리했다. 저 어린 소녀가 80년 전에 벌어진 로니에르의 마도기 회수 전쟁을 예언했다는 것은 그녀의 귀가 일반적인 세우는 샤란의 그것임을 고려했을 때 얼토당토않는 일이라 생각했기 때문이었다.

새하얀 로브를 뒤집어쓴 소녀는 옷과 금으로 된 목걸이 외에는 일절 몸에 지닌 것이 없었는데, 흰색의 긴 생머리와 마찬가지로 희고 긴 눈썹만이 그녀에게 신비로움을 유지시켜주고 있었다.

「내 오랜 벗이 수호하는 이 땅을 다스리는 샤란의 생일을 맞아 경하드리기 위해 찾아왔습니다.」

한 번의 쉼도 없이 인사를 올렸다. 내부는 의심스러운 대화로 수군거렸지만 렌게가 다시 자리에서 일어나 무녀에게 다가가자 이내 조용해졌다.

「그대의 귀는 나와 같은 세우는 샤란의 그것일진대 어찌 100년 전에 한 예언이 그대의 것이라 믿을 수 있겠는가.」

「밀레이유도 내게 똑같은 질문을 했지요. 그녀가 공주님의 나이였을 때의 일기장에 제 모습이 그려져 있을 것입니다.」

이즈프리그는 언뜻 무표정한 얼굴이었으나 브레멘은 왠지 모를 인자함 같은 것을 강하게 느꼈다. 두 무표정한 소녀들이 대면하고 있는 것은 브레멘에게 있어 굉장한 장관이었다.

「예언을 주러 왔느냐?」

「아까 말했듯 오랜 벗이 수호하는 땅의 공주의 생일을 축하하러 온 것입니다.」

무녀는 한 뼘 정도 길이의 막대기를 공주에게 건넸다. 공주는 근위병들의 제지가 미치기도 전에 그것을 받아들었다.

「그것은 단음피리요. 공주께서 그것을 불 때에 그 소원이 간절하면 이루어질 것입니다.」

브레멘은 속으로 혀를 찼다. 그런 것은 흔한 말장난에 불과했다. 소원을 빌며 피리를 불었는데도 소원이 이루어지지 않았다면, 그것은 공주의 마음이 간절하지 못했다고 발뺌하면 그만인 것이니. 그러나 브레멘은 렌게 공주의 표정에서 이미, 자신이 생각한 것 정도는 흘러가버렸다는 것을 짐작했다.

공주는 그 자리에서 피리를 불었다. 피리에서는 낮은음이 지속적으로 흘러나왔고, 어린 여자아이의 폐활량이라고는 믿을 수 없을 만큼 길고 안정적으로 식장을 메웠다. 공주는 여봐란 듯이 피리를 도로 무녀에게 내밀었다.

「안 이루어지는데? 내 소원은 국가를 위함이요, 또한 간절하다. 그렇지 않으면 뭔가. 내가 내 나라에 대한 마음이 소원을 이루기에 부족한 것이냐?」

「소원은 이루어졌습니다, 공주.」

이즈프리그는 로브 자락을 쥐고 옆으로 벌렸다. 그녀의 로브 안쪽에는 역사책에서나 보이던 그 마도기魔道機들이 들려 있었다. 몸을 수색했던 병사는 아연실색하여 손을 떨었고, 마도기들이 마치 녹슨 무기 버려지듯 바닥에 널브러졌다. 그것들을 갖기 위해 전쟁까지 일으킨 로니에르 측에서 보면 까무러칠 상황이었다. 그곳에서 경이로움에 몸을 떨지 않은 것은 렌게 공주뿐이었다.

「자문 장로, 이것들은 확실하게 캇테스누프 시리즈인가?」

여덟 살 소녀의 침착한 질문에 노인이 가슴을 쓸어내리며 간신히 대답했다.

「고, 공주마마… 제 작은 목숨이라도 걸 수 있습니다…!」

「그대가 목숨을 걸 것은 없다. 그러나 무녀여. 나는 다른 소원도 빌었다.」

렌게는 만족을 모르는지 다시 무녀를 다그쳤다. 무녀는 일관된 표정으로 고개만을 숙였다.

「그것 역시 머지않아 이루어질 것입니다.」

이즈프리그의 말을 제대로 듣지 못한 채, 브레멘의 등 뒤에서 문이 닫혔다. 야외로 브레멘을 끌어내는 리차드 가문의 손길은 굳건했다.

「그대에게 악의는 없다. 그러나 그대의 뺨에 굳이 장갑을 던지게 하지 말라.」

「그러니까 렌게 공주님은 그쪽에서 명예를 위한 결투를 용인하면서도 사실은 막아둔 거요. 모르겠소?」

「모를 것 같나? 그대도 기사라면 그 입 다물라.」

비쉬렌은 정원에 도달하자 다짜고짜로 검을 뽑아들었다. 기사들은 왕성 입장을 위해 실제 검이 아닌 날이 없는 장식에 가까운 연무용 검을 장착하고 있었기 때문에 화려했지만 무겁고 뭉툭했다. 그러나 신장이 190이 넘는 기사가 휘두른다면 충분히 상대를 죽일 수 있는 것이었다. 브레멘은 별수 없이 그의 무기를 꺼내 들었다.

「비쉬렌 리차드, 리차드 3세. 결투를 신청한다.」

「라슈비크 공작 가家, 브레멘 라슈비크. 결투를 승낙한다. 그대의 검에 자비를.」

「그대의 검에 자비를.」

비쉬렌은 말이 끝나기가 무섭게 이를 앙다물며 돌진해 왔다. 그 무시무시한 체구에서 나오는 속도라고는 생각하고 싶지 않았다. 브레멘은 그 기세에 혀를 내두르며 검을 움직였다.


공주의 수호기사가 다시 그의 레이디 곁으로 돌아왔을 때, 공주는 승패 여부에 대해서는 일절 묻지 않았다. 다만 모든 일정이 끝날 때까지 자신의 옆에 머물게 했을 뿐이었다.

그렌제는 엄밀히 말하면 직업이 아니었다. 그것은 기사 칭호와 마찬가지로 단지 명예를 상징할 뿐인 것이다. 따라서 기본적으로 졸렌의 안위를 챙기는 것 외에 그렌제의 일이 딱히 정해져 있는 것은 아니다. 어떤 그렌제는 가정교사와 같이 졸렌을 보살피기도 했고, 어떤 그렌제는 평생을 부부처럼 졸렌과 사랑하기도 했다. 브레멘과 렌게 공주의 경우, 나이 차이를 고려했을 때 보통은 가정교사의 역할이 주가 될 터였으나 그 누구도 감히 렌게에게 가르침을 하사하지 못하는 실정이기에 그렇게 될 가능성은 희박했다. 그것은 '앞으로' 일어날 일이라 브레멘에게 어떤 걱정이나 두려움이 있지는 않았지만 마음에 걸리는 것은 있었다. 그렌제는 졸렌의 곁에 있는 존재. 따라서 브레멘의 졸렌이 공주인 이상 그는 그녀와 함께 궁성에 있어야 하는 것이었다. 떠나올 때 올림페가 남긴 말이 못내 떨쳐지지 않았다.

아름다운 공주가 화려하고 큰 의자에 지루한 듯이 앉아 쳐다보지도 않고 자신의 그렌제를 다그쳤다.

「그대의 근심이 신경 쓰이는구나.」

「아무것도 아닙니다.」

브레멘은 재빨리 고개를 숙이며 대꾸했지만 렌게의 눈을 속일 수는 없었다. 렌게는 한켠에 정성스럽게 세워져 있는 마도기들을 바라보며 턱을 괴었다.

「그렌제와 졸렌이란 뭘까, 브레멘.」

브레멘은 순간 심장이 강하게 뛰었다. 처음으로 들어보는 상냥한 공주의 목소리였다.

「황송하오나, 공주마마…」

「렌게라 부르란 말이다. 네 대답을 듣고 현명하다 여긴 것이 내 착각이라고 할 셈이냐?」

「하오나….」

「로니에르의 적자와 적녀들은 노테오론에 있는 아카데미에도 수행하러 간다던데. 딱딱한 관계에서 벗어날 수 있는 친구 한 명쯤은 허락되어도 되지 않아? 그것이 내 그렌제라는 것이 큰 문제인가?」

브레멘은 정중히 고개를 내렸다.

「그 누구도 감히 공주마마의 허락 없이 공주님을 슬프게 할 수는 없사옵니다.」

렌게는 자신의 어깨 뒤쪽에 서 있는 브레멘을 잠시 눈에 담고 다시 턱을 괴었다.

「저것들, 저것들이 뭔지 알아?」

렌게는 가지런히 정렬된 마도기들을 바라보며 말했다. 브레멘은 망설임 없이 답했다.

「지금으로부터 100여 년 전인 엘슈나인 통일력 40년, 전 국왕 폐하 안잘롯 더 엘슈나인께서 1차 리디아의 심판에 대한 종전을 기리며 위대한 수호자 레드드래곤 캇테스누프의 도움을 받아 일곱 자루의 마도기를 만들었습니다. 그것들은 각각 암흑, 경계, 불, 물, 번개, 빛, 바람의 본성을 상징하며, 리디아 대륙의 5개국과 전범국가 류멘슈타인 제국 남, 북령에 각각 하나씩 지급되었지요.」

브레멘은 설명 도중 이미 렌게가 알고 있을 내용일 것을 깨달았지만 중간에 그만둘 수 없어 최대한 간결하게 말을 맺었다. 망극하게도 렌게는 그의 말을 끊거나 하지 않았다. 다만 쓸쓸한 얼굴로 마도기들을 응시하고 있었을 뿐이었다.

「저것들은 그냥 무기야…. 선대의 취지는 만릿길에 흩어지고 로니에르의 탐욕스런 무리들이 이것들을 독점하려고 전쟁을 일으켰지.」

「마도기들이 없었다 하더라도 전쟁은 일어났을 것입니다. 마도기를 이용한 마력구동엔진을 개발한 마과학자 역시 그럼 전범인 것이겠지요.」

「마과학이라는 것은 결국, 우리가 사는 세계는 물론이고 우리들을 창조한 신마저 위협하는 양날의 검이야. 그러니 지식이라는 금단의 과실을 샤란들에게서 떨어뜨려 놓은 거지. 우리 세우는 샤란들은 그럼에도 지식을 갈구하는 존재지.」

브레멘은 덤덤하게 웃었다.

「그렇다면 공주… 렝게님, 걱정할 필요가 없지 않습니까. 마과학이라는 것 역시 큰 의미에서는 신의 섭리 안에 있으니.」

렝게 공주가 눈을 동그랗게 뜨고 자신의 그렌제를 바라보았다. 자신의 선택이 올바르다는 확신이 들었는지 몹시 기쁜 모양이었다.

「그대의 말은 정녕 옳구나. 적어도 대화가 되지 않는 고통은 없겠어.」

브레멘은 렝게의 투정과 같은 칭찬에 대답하지 않고 고개만 숙였다.

「그러고 보니 브레멘, 라슈비크 공작가의 가훈이 '바람은 멈추면 사라진다'라고 들은 것 같은데.」

「맞습니다. 바람은 멈추는 순간 사라진다.」

「간단한 수준의 추상적 의미인 거야? 아니면 다른 의미가 있나?」

「렝게님께서 받아들이지 못할 말씀을 다른 이들에게 어찌 가훈이라 말할 수 있겠습니까. 의미하는 그대로입니다. 바람은 언제나 곁에서 들어주고, 조용히 머물고, 끊임없이 달립니다. 한 기의 카라모스와 한 명의 자녀만을 양육해 한 쌍의 기사로 만드는 저희 라슈비크 가문의 가훈이옵니다.」

「그래….」

렌게는 무언가를 말하려다가 그만두고 손가락으로 마도기 중 하나를 가리켰다.

「저기 왼쪽에서 두 번째가 '바람'의 마도기야. 이제부터 그대가 쓰도록.」

브레멘은 소스라치게 놀라 렌게의 정면으로 가 섰다.

「마…!」

「그대가 쓰도록, 하사한다.」

「무슨…!!」

하사라니. 캇테스누프 시리즈라 불리는 일곱 마도기는 본래 '한 국가에 하나'로 벼려진 용의 무기, 아니 신의 무기였다. 그것이 한자리에 모여 있는 것은 그것만으로 이미 역사적인 일일진대 한 개인에게 하사한다는 것은 분명 납득할 수 없는 처사였다.

「화, 황송하오나 공주마마, 소인이 감히 받을 수 없사옵니다.」

브레멘이 무릎을 꿇으며 간청했다. 그런 것은 감히 차고 다닐 수도 없었다. 마도기를 개인이 소유했다는 것이 알려지기라도 하면 분명 그것을 노리는 누군가의 손에 죽임을 당할 것이었다.

「협박하는 건가? 렌게라 부르라 했는데.」

「아무리 졸렌의 부탁이라 할지라도 받을 수 없사옵니다. 그렌졸렌은 서로가 잘못된 결정을 할 때에 서로를 이끌어주는 존재여야 합니다. 통촉하여 주시옵소서.」

「그대는 내가 질문한 위엄에 대해 대답하였다. 지금 다시 묻지. 위엄이란 무엇인가.」

브레멘은 대답할 수 없었다. 자신의 졸렌이 원하는 것이 무엇인지 알 수 없었다. 그의 등에서는 연신 식은땀이 즐비하게 쏟아졌고 질끈 감은 눈을 타고 땀이 바닥으로 떨어졌다. 그는 그저 공주가 명령을 철회하기를 바랄 수밖에 없었다.

「그대, 내 질문을 무시하는 것인가?」

「아, 사람은 알지 못하는 것에는 침묵해야 한다고 배웠습니다.」

「그렇다면 모르는 것은 여덟 살짜리 공주에게서라도 배워야 한다는 것도 배웠겠네.」

「….」

「위엄 있는 자에게는 간사한 이의 손이 미치지 못한다. 그렌제라는 자가 한낱 쇳덩어리의 위엄에 질려서야 어찌한단 말이냐. 그렌제의 '한계'를 규정하는 것은 졸렌의 역할이다. 검을 들어라. 당당하게 허리에 감아 뭇 사람들의 앞에서 그대의 위엄을 드러내라.」

브레멘은 그리 말하는 공주의 위엄에서 자유롭지 못했다. 그는 필사적으로 머리를 굴려 생각하다가, 렌게가 자리에서 일어나는 의자 끌리는 소리를 신호로 답을 했다.

「그, 그러하오면 렌게님, 마이 졸렌. 제 위엄은 고작 쇳덩어리에 머물러 있으나 당신의 위엄은 대지를 품습니다. 부디 졸렌께서도 저들 중 하나를 취하소서.」

렌게는 '호오?'하며 기분 나쁜 소리를 내었다. 그것은 브랜든 가문의 기사를 쫓아내기 전에 보였던 사악한 음색이었다.

「그렇다면 그렌제여, 나는 어떤 것을 취하는 것이 옳겠는가.」

브레멘의 어깨에 쇳덩어리가 내려앉았다.

'첩첩산중이로구나.'

「그…」

브레멘은 마땅히 둘러댈 말조차 떠오르지 않았다. 눈앞이 새하얗게 되어 정상적인 사고조차 불가능했다. 그는 그저 보다 성스러운 본성을 찾았다.

「캇테스누프 시리즈를 만든 선대 폐하께서 그러하셨듯 지고지순하신 공주께 어울리는 것은 빛의 마도기뿐인 줄 아룁니다.」

「빛인가? 좋다. 어차피 마도기들은 전쟁에 나서지 않고 왕궁의 창고에 장식될 것, 내가 빛의 마도기를 취하겠다.」

브레멘은 몰래 안도의 한숨을 쉬었다. 공주의 그렌제로서 캇테스누프 시리즈 중 하나를 소유한 것은 다분히 목숨을 위협받을 수 있고 정치적으로도 문제가 될 것이었으나, 그의 졸렌인 공주가 함께 소유한다면 정당성이 확보될 수 있었다. 그러나 렌게는 밖으로 향하며 그러한 브레멘의 알량한 희망을 짓밟았다.

「나는 검을 다루지 못하고 나의 검은 그대이니, 그대가 나의 것도 같이 사용하라.」

브레멘은 렌게보다 먼저 도망치듯 집무실을 빠져나가 화장실로 향했다. 입을 막고 달려가는 자신의 그렌제를 보며 졸렌은 간악한 표정으로 웃으며 능쳤다. 브레멘은 위에 있었던 것들을 게워내며 자신의 앞길이 결코 평온하지 않을 것을 확신했다.

## 4장

# 두 졸렌, 두 여자

렌게와 지내는 하루하루는 브레멘에게 있어 어떤 수련과도 비교할 수 없는 모험이었다.

렌게는 책을 읽을 때 질문을 던지곤 했는데, 그것들은 그녀에게 지식을 가르치는 스승들을 질겁하게 만들었다. 스승들이 대답하지 못하면 면전에서 지독하리만치 창피를 주었고 스스로 답을 내렸다. 대부분의 스승들은 이틀을 버티지 못하고 그만두었다. 그녀가 여간 영특한 것이 아니라는 소문을 듣고 지식에 뜻을 두었던 많은 사람이 찾아와 스승이 되거나 말벗이 되려 하였지만, 렌게는 여지없이 단판에 스승과 제자를 뒤엎어 버렸다. 그녀가 스승으로 인정한 인물은 일생에 단 한 명이었으며, 그는 조화하는 샤란-700년을 산 엘프였다. 그러나 그 스승도 고작 3년을 함께한 것이 전부였다.

또한 그녀는 스스로를 시험하는 것을 좋아했다. 그녀는 역사와 같은 일반적인 분야는 물론이고 공정마법에서나 필요한 고급 수학 같은 것도 치열하게 공부했는데, 선생들이 할 일은 그녀가 스스로 공부해온 것들을 테스트하고 확인하는 것뿐이었다. 한 번은 자신의 지도 능력에 자신이 있었는지 유명한 가정교사가 회초리를 들고 찾아왔는데, 결국 그 회초리에 맞은 사람은 가정교사 당사자일 정도였다. 그나마 브레멘에게 있어 다행이었던 것은, 렌게의 그 용암처럼 뜨거운 학구열을 그에게 강요하지는 않았다는 것이다. 하지만 렌게만큼은 아니더라도 문무에 모두 출중했던 브레멘 역시 어깨 너머로 많은 것을 배울 수 있었다.

렌게의 학식과 교양은 이미 왕의 그것이었기에 렌게는 무리 없이 정치적인 일까지 소화해 냈다. 브레멘은 정치라는 것은 지식만으로는 불가능한 것이라 처음에는 만류했지만 렌게는 보란 듯이 의회를 좌지우지하며 자신의 철학을 뿌리내리게 했다. 렌게는 '대중은 재산 분배가 불평등할 때 불평하고, 배운 사람은 공직 분배가 평등할 때 불평한다'고 입버릇처럼 말하며 위로는 철저한 능력 위주의 인사관리를 하고 아래로는 유기적인 복지정책을 펼쳤다. 그 업무 능력이 카라모스처럼 빠르고 요새처럼 견고해 환호가 끊이지 않았다. 그녀는 왕관만 없을 뿐이지 실질적인 왕과 다름없었다. 그녀가 상소문 등을 처리한 사례들은 후에도 역사책이나 이야기책에서 오래도록 귀감이 되게 되었다.

그렇게 4년이라는 시간이 흘렀고, 브레멘은 1년에 단 열흘 정도만 자택에 귀가하며 왕성에서 살다시피 했다. 렌게는 열두 살에 이미 정권을 거머쥐었으며, 더욱 까다로워졌다. 그녀는 새벽에 일어나 조깅으로 몸을 덥히고 간소한 아침을 즐겼으며, 티타임이나 자신의 그렌제와 수다를 떠는 시간을 정기적으로 가지면서도 산더미 같은 업무를 모조리 처리해 내었다. 일주일에 한 번 이상은 반드시 브레멘만을 대동해 변장을 하고 거리를 거닐며 백성들의 모습을 두 눈에 직접 새겨 넣기도 하였다.

그러나 아무리 법을 개선하고 오류를 해결하고 모순을 바로잡아도 상소는 전혀 줄어들지 않았고, 렌게의 업무는 오히려 점점 늘어만 갔다. 하나부터 열까지 모두 렌게가 직접 처리하려 했기 때문이었다.

「그러나 공주마마! 벌금을 비율로 일괄적으로 수정하는 것은 많은 귀족들의 반대를 얻을 것이옵니다.」

「만약 벌금이 누군가에게 적은 액수라면 그가 유혹에 빠지지 않기만을 기도해야 하지 않는가.」

「공주마마, 실정법 판례상 결혼사기를 유죄로 인정한 경우 자체가 없사옵니다. 이러한 것은 전문 판사들에게 맡기심이….」

아뿔싸. 브레멘은 손가락으로 관자놀이를 누르며 고개를 저었다. 자신의 졸렌이 가장 듣기 싫어하는 것 두 가지 중 하나가 그것이었다. 그녀 스스로 무언가를 할 때에 그것을 타인에게 전가시키는 것이 그중에서도 첫째였다. 이제 저 신하는 렌게가 기분이 좋다면 모욕을 당할 것이고 기분이 좋지 않다면….

「부디 통촉하여 주시옵소서…. 법이란 무릇 열 명의 범죄자를 잡아들이기보다는 한 명의 무고한 사람이 억울하게 처벌을 받지 않게 하는 것을 우선으로 해야 하옵니다. 마마께서 지시하심이 판례가 되면 사사로운 연애조차 감시의 대상이 될 것이옵니다.」

「노년을 힘들게 하는 것은 관절염이 아니라 여물지 못함 때문이리라. 그대에게 묻겠다. 악惡이란 무엇인가.」

늙은 신하는 고개를 조아리며 그저 렌게의 재고再考만을 촉구했다. 그러나 렌게가 자신의 질문에 대답하지 않는 자의 말을 들을 리가 만무했다.

「악은 선의 결함이야. 결함이 있다는 것은 완전하지 않다는 것이지. 완전하지 않은 것은 완전하지 않기 때문에 돌파해낼 수 있어. 명백히 죄를 지은 자를 처벌하지 못하면 누가 법을 지키려 하겠는가. 물러가라.」

렌게는 한숨을 푹 쉬었다. 한쪽 턱을 괴고 스윽 천장을 바라보았다. 그것은 언제나 자신의 뒤에 서 있는 그렌제를 부르는 행위였다.

「브레멘, 나는 사랑이라는 것을 판단하기에 너무 어린 걸까?」

「언젠가 렌게님이 제게 들려주셨지요. 양팔이 없는 남자를 사랑한 어린 소녀의 이야기요. 그리고 그 소녀가 왜 훌륭한지도 말씀하셨죠.」

「조금 더 편안한 삶을 위해 보통은 한쪽이라도 훌륭한 쪽을 찾지. 그 소녀의 배우자는 훌륭하지 않아도 좋은 거야. 그 소녀가 이미 훌륭하기 때문이겠지.」

「자신의 그렌졸렌이기 때문에 사랑하는 것이 아니라 사랑하기 때문에 그렌졸렌이 되는 것이지요. 결국 조건에서부터 자유로워야….」

「전자의 경우도 안 되는 건 아냐.」

렌게는 한 번 톡 쏘고는 다시 정면을 주시했다. 브레멘은 자신의 레이디의 눈치를 살피다가 결심한 듯이 그녀의 어깨를 조심스럽게 건드렸다.

「오늘 펠렉서스 공작 가에서 개최하는 무도회가 있다고 들었습니다. 저녁에 들러 스트레스라도 좀 푸시겠어요?」

렌게의 고개가 잠시 들썩였다.

「트루히에서? 흐, 흠. 그럴까…. 몇 시인데?」

「일곱 시 반부터 시작이니 렌게님이라면 업무를 미루지 않고도 시간에 맞출 수 있을 겁니다.」

「다음 안건을.」

렌게는 다소 힘이 솟는지 허리를 펴고 의욕을 나타냈다.

「후─」

빵 조각을 입에 문 여인이 셔츠를 하의 속으로 꼼꼼하게 밀어 넣었다. 움직임이 많은 노동에 불편한 차림이었지만 그녀에겐 스타일이 더 중요한 모양이었다. 열린 창문으로 들어오는 바람이, 항아리에 꽂혀 있는 활과 화살들 사이를 거닐며 따닥따닥 구두소리를 냈다.

달캉

문을 닫는 소리가 났다. 방에 들어온 건장한 남자는 다짜고짜 올림페의 어깨를 잡고 벽으로 밀어붙였다. 올림페는 온 힘을 다해 몸을 돌려 남자와 마주 보았다. 남자는 한 손으로 올림페의 손목을 낚아 벽에 누르고, 한 손으로 상의의 단추를 빠르게 풀어 내렸다. 사내가 목을 숨으로 핥았다. 올림페는 달아오른 숨을 작게 뱉으며 사내를 끌어안았다.

예의고 분위기고 차릴 필요가 있겠는가. 사내가 올림페의 옷을 떼어내듯이 벗기며 다시 뒤를 보게 하여 벽으로 밀었다. 브래지어의 후크를 한 손으로 끌러내고, 다른 손으로 자신의 하의를 풀어헤쳤다. 사내는 성난 물건을 쥐고 가야 할 곳으로 대거리를 들이밀었다.

이내 방 안에 거친 숨소리와 함께 올림페의 신음이 울렸다. 짧고 굵은 일차전이 끝나고 사내는 개운한 표정으로 주섬주섬 옷을 집어 들었다.

「천하의 멜리오스께서 오늘은 한 번 뿐인가요?」

「허허. 그러게 말이다.」

멜리오스 라슈비크 공작은 허탈한 웃음을 지으며 올림페의 손에 무언가를 쥐여주었다.

「브레멘이 나타나기 바로 전날 방문했던 보석상에게 산 물건이란다. 용기 있는 자에겐 검을, 진리를 탐구하는 학자에게는 거울을, 그리고 지혜를 추구하는 자에게 보석을 주라고 했으니.」

「저, 아름답다거나 하는 말이 나올 줄 알았는데요.」

올림페의 눈에 눈물이 고여 있었다. 그것은 오직 하품 나오는 내용 때문이었다. 런닝 타임도 짧은 편이었고 내용도 부실했다. 공작과 관계를 갖는 것도 이번이 끝이라고 다짐했다.

「페리도트*군요.」

「나도 늙었으니 당분간은 자제하는 것이 좋을 것 같구나.」

올림페는 말없이 고개를 끄덕였다. 엘프나 하프엘프를 집안에 들이는 것은 가정파탄의 지름길이라는 사회 통념은 정확했다. 올림페 역시 자신이 하고 있는 것이 불륜이고 브레멘에게도, 그의 부모에게도 좋지 않다는 것을 알고 있었지만 순간적인 욕망을 누르는 것은 그녀에게 무척 힘든 일이었다. 금세 손이 아랫도리로 향하곤 했던 것이다.

'다 브레멘, 당신 탓이니까요. 집에 거의 오지도 않잖아.'

「그럼, 입으로 해 드릴까요?」

「됐다. 아, 조금 전에 나랏일이라며 메디치를 데려갔단다. 바쁘지 않으면 마구간 뒷정리를 해주었으면 하는구나.」

「지금 가볼게요.」

올림페는 손가락으로 입술을 문지르며 메디치의 침소로 향했다. 하루에도 몇 번씩 찾는 곳이었기 때문에 사소한 변화에도 민감한 그녀는, 마구간이 어딘가 어수선하다는 것을 금방 느낄 수 있었다. 몸을 눕히고 쉬는 지푸라기 더미는 흐트러져 있었고 고약한 냄새도 났다.

'설마?'

---

*감람석 중에서도 투명한 녹색을 띄는 것. 우정을 의미한다.

올림페가 몸을 낮추고 냄새가 나는 곳을 찾아 지푸라기를 걷어냈다. 카라모스는 나름 초식동물인지라 육식동물을 피해 자신의 배설물 등을 지푸라기로 덮는 습성이 있기 때문이었다. 그녀의 직감은 역시나였다. 흩어져 있던 짚더미를 들어내자 그곳에는 토사물이 가득했던 것이다.

'소화가 거의 되지 않았어. 위가 안 좋은가?'

올림페가 불현듯 몸을 일으켰다. 그녀의 등줄기에 식은땀이 좋지 않은 예감이 속삭이듯이 등을 타고 내려갔다. 오늘 메디치를 데려갔다면 펠렉서스 가문의 축제에 참석하는 것이 분명했다. 펠렉서스 가문은 축제를 열 때마다 카라모스 라이딩 대회를 벌였으니, 스트레스가 쌓여 있는 메디치를 데리고 출전이라도 하게 되면 무슨 일이 벌어질지 모를 일이었다.

라슈비크 가문은 대대로 한 명의 자손과 한 마리의 카라모스만을 양육해 하나의 기사로 만드는 것을 전통으로 한다. 그 아슬아슬한 상황이 라슈비크가를 언제나 강하게 유지시킨 비결이었다. 혹여라도 둘 중 하나에 문제가 생긴다면 그 대가 끊겨 버린다. 메디치를 관리하는 것은 올림페의 역할이었으니, 메디치에게 문제가 생긴다면 문책 정도로 끝날 일이 아니었다.

올림페는 겉옷을 대충 걸치고 무작정 카라모스 승강장으로 달렸다.

「예? 트루히까지 말입니까? 지금 당장이요? 하하! 그런 거리는 카라모스로 무리라고요. 카폴글리너면 모를까.」

「두 사람은 무리지만 저 혼자 타면 되잖아요. 라이센스도 있다고요.」

「이봐요. 여긴 카라모스를 대여해 주는 데가 아니야.」

「급해서 그래요. 그럼 카폴글리너라도…」

「아 카폴글리너가 뉘 집 슬리두르 이름이요? 당신 같은 평민은 일생 구경도 못할 귀족님들이야.」

올림페는 망설임 없이 주머니에 있던 것을 남자에게 던졌다. 카운터에 앉은 사내는 반사적으로 그것을 받았지만 올림페의 부탁을 단칼에 거절했다. 그도 그럴 것이 일하던 차림으로 나온 후줄근한 여자가 카폴글리너를 태워달라니! 탑승하기 위해서는 예약이 필수이고, 대륙 간 이동을 주로 하기 때문에 수십 엔의 비용이 든다. 어디서 허름한 차림의 여인이 와서 타고 싶다고 해도 탈 수 있는 것이 아니었다.

그러나, 그 여인네가 가공되지도 않은 원석가격만 해도 2퀴엔이 넘는 보석을 던졌다면 이야기는 달랐다. 남자는 신음을 흘리며, 여자의 손을 잡고 안으로 이끌었다.

「얼마나 급하신 거죠?」

「잔돈이 필요 없을 만큼요.」


렌게는 아홉 건에 이르는 안건을 평소보다도 빨리 처리하고 곧바로 드레싱 룸으로 향했다. 궁녀들을 대동하고 삼십 분 만에 단장을 마치고 나왔다. 문밖에서 기다리던 브레멘은 렌게의 모습을 보고 기절초풍했다. 평소에도 거리를 시찰할 때엔 평민처럼 변장을 하곤 했지만 이번에는 새로운 패러다임이기도 했고 무척 파격적인 것이었다.

「잘 어울리는데요.」

「그대라면 그렇게 말할 줄 알았다. 궁녀들이 더 즐거워 보이더군.」

「그 복장이라면 마차는 탈 수 있겠지만… 아, 설마 저도 분장해야 하는 겁니까?」

「음음, 그렇지 않으면 그대 때문에 들켜버리지 않겠느냐. 내가 남장을 하였으니 그대는 여자….」

66

「여장하라고 하시면 못 가게 할 겁니다.」

브레멘은 귀족 남성의 예복을 입고 머리마저 모자 안에 말아 넣은 공주의 모습을 보며 단호하게 거절했다.

「내가 가겠다는데 그대가 못 가게 하겠다는 거야? 어떻게?」

「안아 들고 놔주지 않으면 되지 않겠습니까, 마이 졸렌.」

렌게는 퉁명스러운 얼굴로 고개를 살짝 숙였다. 수상쩍게 얼굴을 붉히고 있었다.

「그, 그것은 그것 나름대로 괜찮겠지만…. 정말 같이 안 갈 거야?」

브레멘은 한숨을 크게 쉬며 고개를 절레절레 저었다. 렌게는 업무 등에는 천재라는 말이 부족할 정도로 비상한 두뇌를 가졌지만 그 외에는 웃음이 나올 정도로 빈틈투성이였다.

「졸렌이 가는 길을 그렌제가 어찌 마다하오리까. 펠렉서스 가의 영애를 꼬시라고만 하지 않으신다면야.」

「그런 건 명하지 않아. 아무튼 갈아입고 오도록.」

브레멘은 시녀들의 도움을 받아 렌게의 변장에 누가 되지 않을 정도로만 치장했다. 시녀들이 여장을 해보자고 설득해보려 했지만 브레멘은 극구 사양했다.

카라모스 네 마리가 끄는 마차에 도달한 브레멘은 맨 앞에 있는 붉은 깃털의 카라모스의 미간을 쓰다듬었다.

「키쉬쉬… 키쉬쉬쉬….」

「오늘도 잘 부탁한다, 메디치.」

브레멘은 카라모스를 쓸 일이 있을 때엔 언제나 자신의 애마를 대동하게 했다. 메디치는 워낙에 힘이 넘쳐 간간이 달리게 해주지 않으면 스트레스를 받기 때문이다. 그리고 메디치 안장 속에 올림페의 애정 어린 쪽지가 숨어 있기도 했다.

안에 있던 렌게는 자신의 그렌제가 들어오자 실망한 기색을 여과 없이 드러냈다. 그는 '브레멘 라슈비크'라는 것만을 감추었을 뿐 별반 다르지 않은 모습이었기 때문이었다. 카라모스들이 질주하기를 잠시, 마차는 하늘로 서서히 떠올랐다. 마차는 뉘엿뉘엿 해가 져가는 하늘을 가로질러 달을 쫓을 기세로 날았다. 티격태격하며 한 시간 정도 이야기를 나누고 차를 즐긴 그 렌졸렌이 펠렉서스 공작가의 저택 앞에 내렸을 때 표현하지는 않았지만 그 웅장함에 감탄했다.

「대단한 크기구나. 왕성이 부럽지 않을 정도야.」

「저희 라슈비크 가의 저택은 워낙 수수하여 몰랐습니다. 그의 부와 권력은 분명 지금은 없어졌지만 전前 대공大公의 가문이라 하기에 부족함이 없는 것 같군요.」

「음, 영주권 내 사람들은 아직도 대공이라 부르기도 한다더군.」

브레멘은 눈을 찌푸렸다. 렌게는 귀족들을 놀려먹기 좋아하는 매우 사악한 공주였다. 평민으로 위장해 거리에서 횡포를 부리는 자들을 직접 색출해 추후에 징벌하는 것이 취미일 정도였으니. 전부터 펠렉서스 가문은 왕권 바로 아래에 있는 실질적인 No.2의 권세를 가진 집안이었다. 공주는 '그 영지에서 백성들이 착취당하고 있다'는 흉흉한 소문을 길거리에서 들은 것을 계속 생각하고 있었던 것이다. 브레멘은 그저 파티 소식을 전한 것이었지만 공주는 자신의 그런 호기심을 헤아려줬다고 착각한 것이었다.

「마이 졸렌, 부디 소란은 일으키지 말아주세요.」

브레멘은 진심으로 걱정하여 말했다. 이미 살기라고 할 만큼 흉흉한 제

피를 발산하고 있는 공주가 그것을 들을 리 없다는 것도 잘 알고 있었지만.

브레멘은 렌게보다 먼저 마차에서 내려 마차에서 내리도록 손을 잡아 주었고, 입구를 지키는 남자들의 앞으로 걸어가 미리 준비된 가짜 신분 증서를 내밀었다.

「남쪽 벨트람 후작님의 영식슈<sub>息</sub> 산도 벨트람이십니다.」

「어서 오십시오.」

문지기들이 정중히 인사하는 가운데 렌게는 도도하게 브레멘의 옆을 걸어 저택 안으로 들어갔다. 과도하지도 부족하지도 않게 후작의 어린 아들을 표현하는 적절한 도도함에 브레멘은 사뭇 도리질이 쳐졌다. 전 대공의 사택은 전체적으로 하얀색으로 된 벽면이 달빛보다 밝게 빛나는 듯했다. 온 벽에 아지랑이와 같은 선들이 수놓아져 왕성에 견줄 만큼 화려했다. 포도넝쿨이 느긋하게 늘어진 정원을 지나니 저택의 입구에 좌우로 수십 개의 거대한 기둥이 세워져 있었는데, 그것들의 머리와 밑동이 모두 황금으로 장식되어 있었다. 렌게는 그것을 보고 흥! 하며 심통을 부렸다.

「원래 왕성 외에는 기둥에 향목과 황금장식을 쓸 수 없는데 잘난 집안이야.」

「놀러 온 겁니까, 일하러 온 겁니까.」

「놀러 왔어, 놀러 왔어.」

렌게가 천진한 소녀처럼 방긋 웃었다. 그 내면에 숨겨진 악독함을 잘 아는 브레멘이 가장 두려워하는 얼굴이었다. 틀림없이 무언가 난동을 부릴 것 같은 불안함과 후작의 영식으로서의 역할을 충실히 연기하는 믿음 사이의 갈등. 브레멘의 머리는 대체로 불안을 승리로 이끌곤 했다.

「오오! 브레멘 저거 봐!」

렌게가 정말로 어린아이처럼 소리를 지르며 허공을 가리켰다. 브레멘이 올려다보자, 카라모스를 탄 라이더들이 고난이도의 비행 기술을 선보이며 재능을 뽐내고 있는 것을 쉽게 볼 수 있었다. 화사한 불빛 사이를 멋들어지게 날아다니며 장애물을 통과할 때마다 박수가 터져 나왔다.

「그대도 저렇게 탈 수 있어?」

「무리입니다.」

「치, 거절이 빠르잖아.」

렌게가 핀잔을 줬다. 어디에서 심통이 났는지 모르는 바 아닌 브레멘이었지만 묵묵히 렌게를 에스코트하여 파티의 중심지로 걸어갔다. 렌게의 경쟁의식에 호응하게 되면 결국 고생하는 것은 자신임을 이미 경험으로 체득하고 있기 때문이었다. 파티를 통해 렌게의 주의를 돌리면 되는 일이었지만 불행하게도 둘이 음식을 먹어치울 동안 아무도 말을 걸지 않았다.

변방의 후작 입김 정도로는 이곳에서 주목을 받기가 힘들어 보였다. 브레멘은 렌게가 카라모스 비행에 관심을 끄고 왕실 요리사의 음식과 비교하는 것에 집중하자 오히려 다행이라고 생각하며 음식을 빠르게 먹었다. 그는 차라리 이렇게 무관심 속에 있다가 돌아가기를 기대하고 있었다.

렌게는 아름답다는 칭찬을 듣는 것을 좋아하지 않는다. 특히 사교를 위해 렌게의 외모에 존경을 표했던 귀족들은 하나같이 공주의 잔인함에 희생되었다. 남성들에게는 호불호가 갈리는 편이었으나 귀족 여성들 사이에서 렌게는 최악의 상전이었다. 렌게가 다정하게 대하는 사람은 오로지 순수하고 거짓 없는 피해자나 힘없는 백성뿐이었으니. 그러한 렌게의 성질이 널리 퍼지면서 공주를 뵙고자 하는 레이디들의 출입은 거의 없어졌기 때문에 아마도 공주의 얼굴을 알아보는 사람은 없는 것 같았다. 변장도 완벽하긴 했다. 하녀들의 정성에 혀를 내두를 수밖에. 혼자만의 가면무도회를 오직 브레멘과 즐기고 있던 차에 한 레이디가 렌게에게 다가왔다.

「어머, 아름다우신 분이군요.」

붉은색의 풍성한 머리를 가진 여성이 우아하면서도 자연스럽게 렌게에게 호감을 나타냈다. 여성 쪽에서 남성에게 먼저 호감을 보이는 것은 어디까지나 평범한 일이었지만 그 남성이 남장을 한 렌게라면 사정이 달랐다.

「방해하지 말고 물러가라.」

「네? 하?!」

쳐다보지도 않고 명령하는 렌게에게 레이디는 금세 인상을 구겼다. 브레멘이 한 발 나서 고개를 숙였다. 렌게는 그런 브레멘을 보며 표정을 굳혔다.

「용서하십시오, 레이디. 저희 영식 분께서 사교파티가 처음이라 결례를 범했습니다.」

「어… 어느 분의 영식이신가요?」

레이디는 어지간히 기분이 상했는지 따지듯이 물었다.

「남쪽 벨트람 후작님의 영식 산도 벨트람이십니다.」

「벨트람 후작 경이요? 그분은 올해 일흔이 넘지 않으셨나요?」

「남자는 무릇 포크를 들 힘만 있어도 자신의 레이디를 안아야 한다는 것이 주인님의 입버릇이시죠.」

「어, 어머! 못하는 말이 없으셔. 저는 서쪽의 도라돌 백작가의 차녀, 아일 도라돌입니다. 당신은 벨트람 가의 고용인인가요?」

「그런 몸입니다.」

「벨트람 영식님의 가정교사 얼굴을 보고 싶군요, 정말로.」

「다시 한 번 사죄드리겠습니다, 레이디. 레이디의 자비로움이 그 아름다움만큼 훌륭하시기만을 바라옵니다.」

브레멘이 이전보다 더 깊이 허리를 숙이자 렌게의 눈썹 사이에 주름이 졌다.

「뭐, 됐어요. 아까부터 혼자인 듯해서 말을 건 것뿐입니다.」

「산도 영식께서는 단지 사교의 장이 어떤 곳인지 둘러보고자 하셔서 현재는 아무런 준비가 되지 않은 상태입니다. 하지만 곧 훌륭한 신사가 되어 전국에 이름을 알릴 것입니다.」

아일 도라돌은 조금 더 브레멘과 말을 나누다가 자리를 떴다. 브레멘은 한숨을 쉬곤 렌게를 나무라기 위해 그녀의 키에 맞춰 한쪽 무릎을 내렸다. 그러나 말을 하지는 못했다. 렌게의 눈매가 전에 없이 어두웠기 때문이었다. 그녀가 사악한 웃음을 짓거나 하는 것은 자주 봐왔지만 그러한 얼굴을 보는 것은 브레멘조차 처음 겪는 일이었다.

「렌게님…?」

그녀는 브레멘을 향해 돌아섰다.

「세 번.」

「예?」

「그대는 저 암컷에게 세 번이나 머리를 조아렸어.」

「그거야…」

렌게는 자신의 실크로 된 왼쪽 장갑을 벗어 오른손에 들었다. 그리고는 그것으로 브레멘의 왼쪽 뺨을 세 번 후려쳤다. 렌게의 힘이 센 것도 아니었고 부드러운 장갑이라 소리가 크지도 않았지만 브레멘이 받은 충격은 통나무로 얻어맞는 것과 같았다.

「그대는 내 그렌제다. 내 허락 없이는 그대의 부모라 해도 머리를 조아리지 마라..」

「…알겠습니다, 마이 졸렌..」

브레멘은 렌게의 손에 야무지게 쥐인 장갑을 다시 그녀의 왼손에 씌웠다. 무엇이 마음에 들지 않는 것인지는 잘 모르지만 그의 졸렌이 도라돌 백작의 영애에게 직접 모욕을 주지 않고 참았다는 것은 짐작할 수 있었다. 브레멘이 잘해야 하는 것, 그것은 유례없는 명군의 자질을 갖춘 렌게의 마음의 위안이 되는 것이었다. 그 가장 첫 번째 역할은 렌게가 생색을 내지 않게끔 마음을 헤아리는 것이다. 렌게가 자신의 그렌제에게 생색을 내야 하는 일이 반복된다면 그렌제는 마땅히 있어야 할, 자신이 있을 자리를 제대로 파악하지 못한 것이며 따라서 그 자리에 있을 자격이 없게 된다.

「가정교사의 역할을 하는 그렌제가 어린 졸렌의 손등을 회초리로 쳤다는 얘기는 들어봤어도 졸렌이 그렌제를 때려 다그쳤다는 것은 처음 듣는군요.」

무겁게 내려앉은 그렌졸렌 곁으로 다른 한 명의 침입자가 나타났다. 파티장 내 누구보다도 우아한 드레스를 입은 아름다운 여성이었다. 그 에메랄드색의 머릿결은 은하수와 같이 황홀하게 바람에 나부꼈다. 브레멘은 방금 전에 렌게의 명을 받았지만 어쩔 수 없이 고개를 숙이며 그녀를 맞이했다. 다른 이라면 모를까, 그녀에게만은 어쩔 수가 없었다. 그는 인사를 하면서도 렌게가 행여나 똑같이 반응하면 어쩌나 싶어 눈치를 살폈는데, 언제나처럼 그런 것은 브레멘의 우환이었다.

「셀리온 펠렉서스 영애님이 아니십니까. 뵙게 되어 영광입니다.」

렌게는 맞서 우아하게 웃으며 레이디를 반겼다.

「초대된 손님이신가요?」

「당치도 않습니다. 저는 남쪽 변방의 벨트람 후작가의 사람이옵니다, 레

73

이디. 다만 펠렉서스 대공의 영애분의 아름다움이 대륙 너머 류멘슈타인까지 건너갈 정도라기에 자의로 참석했습니다. 실제로 뵙고 나니 소문이 과장된다는 말이야말로 과장된 것 같군요.」

셀리온 펠렉서스는 입을 가리며 작게 웃었다.

「아일 도라돌이 다녀가는 것을 봤습니다.」

「저는 가장 아름다운 레이디 한 분께만 경의를 올릴 것이라 하였더니 물러가더군요. 그러나 제가 어려 감히 당신의 화사한 꽃잎에 입을 맞출 수 있겠습니까.」

「물론이죠. 그대와 같이 아름다운 분께라면야.」

셀리온이 천천히 손을 들어 올리자 렌게는 그 손을 받아들고 손등에 가볍게 입을 맞추었다.

「영광입니다 레이디(암캐 년).」

브레멘은 등줄기를 타고 싸늘한 무엇인가가 지나가는 것을 느끼며 몸을 움츠렸다.

「그나저나 멋진 파티군요. 카라모스의 비행을 이렇게 가까이에서 보는 것은 처음입니다.」

「아, 비행경연은 처음 보시는군요. 사실 우리나라에서는 많이 알려져 있지 않지요. 로니에르에서 들어온 기사들의 자존심 싸움 같은 거랄까요.」

「전문가들이 기술을 뽐내는 게 아니라 경연인가요? 누구라도 참석할 수 있나요?」

「물론이에요. 카라모스 라이딩 라이센스만 있다면….」

렌게가 방긋 웃으며 브레멘을 바라보았다.

「우리도 하자! 가서 등록하구 와!」

「하아….」

참가자 수가 많은 것도 아니었는지라 등록과 출전은 일사천리였다. 브레멘은 메디치를 이끌고 통로를 따라 3층으로 올라갔다. 길고 화려한 복도를 가로질러 탁 트인 발코니 같은 곳에 섰다. 위에서 보니 진정 장관이었다. 렝게의 정원만큼이나 정교하고 넓은 정원에 백 명도 넘는 굴지의 귀족들이 모여 있었다. 카라모스 비행 경연은 파티의 여흥거리 정도여서 그다지 주목을 받고 있는 것은 아니었으나, 브레멘은 바로 아래에서 양손을 번쩍 들고 흔드는 자신의 졸렌의 시선에 긴장하지 않을 수 없었다.

활강을 앞두고 브레멘은 자신의 오랜 파트너의 안색을 살폈다. 녀석도 시선을 느끼는지 다소 흥분한 듯 몸을 움직이며 숨을 몰아쉬었다. 힘은 평소보다도 넘쳐 보였다.

메디치의 등에 올랐다. 사실 직접 메디치의 등에 오른 것은 상당히 오랜만의 일이었지만 거의 평생을 함께해 온 익숙한 등의 움직임이 금세 그를 진정시켰다. 문제는 없어 보였다. 다리에 힘을 주고 고삐를 당겼다. 기왕하게 되었다면 대충 할 수는 없었다.

「Lech dahh! Medichi! lech!」

파트너의 지시를 받자마자 메디치는 숨을 깊게 들이마시고 길게 울부짖었다.

「키―에―에―에―엑!」

날개를 활짝 펴고 그 붉은 깃털을 바짝 세웠다. 살기에 가까운 메디치의 제피는 그야말로 압도적이었다. 비행 중이던 카라모스들은 저마다 울음을 울며 라이더의 말조차 듣지 않고 땅으로 내려앉았다. 발코니 끝을 그 강인한 발톱으로 움켜쥐고 자신의 힘을 과시했다. 푸르거나 파란 것어 대부분인 카라모스들 중에서 붉은 깃에 거대하기까지 한 메디치는 눈에 띄기 마련이었다. 메디치는 제피로 다른 카라모스들을 제압한 것이었다. 어디에 가서도 무리군주의 자리를 꿰차는 녀석인지라 브레멘은 쑥스러운 듯이 볼을 긁적이곤 몸을 던지듯이 앞으로 몰았다. 날개가 펄럭이며 무시무시한 바람을 일으켰다.

카라모스의 날개의 힘은 상상을 초월한다. 날개를 휘젓는 것만으로도 그 육중한 몸을 띄울 만한 바람을 일으킬 수 있다. 활강하여 저택을 벗어난 곳에서 천천히 고도를 높이며 어떤 기술을 보여야 할까 생각했지만, 멍석을 깔아놓고 보니 막상 보일 것이 없었다. 실제로 브레멘은 뛰어난 라이더는 아니어서 고급 기술은 쓰지 못했다. 결국 그가 할 수 있는 것은 가장 기본적이면서도 임팩트가 있는 것이어야만 했다.

이윽고 그는 결심한 듯이 고삐를 힘차게 당겼다. 메디치의 시선을 하늘로 이끄는 손에 망설임은 없었다. 메디치가 그녀의 거대한 날개를 땅으로 뿌렸다. 관중들에게서 탄성이 흘러나왔다. 수직상승비행이었다.

카라모스는 조류이지만 그 비행은 대부분 활강에 의존했다. 그 날개 힘이나 날개 크기 모두 비행하기에 충분하긴 했지만 반 페르톤을 넘는 몸으로 작은 새처럼 민첩하게 움직이는 것은 불가능했기 때문이다. 수직으로 고도를 높이는 것은 성체가 된 카라모스에게 있어서 전력질주를 하는 것과 같이 굉장한 체력과 힘을 필요로 하는 것이었다. 그것을 브레멘과 메디치는 보통 카라모스의 기록의 4배가 넘는 200여 페르미터까지 치고 올라갔다. 아래에서는 카라모스의 날개만 확인할 수 있을 정도로 올라간 브레멘이 저택 쪽으로 메디치를 몰았다. 그들은 저택 위를 크게 선회한 후, 이번엔 수직으로 내리꽂혔다. 땅에 부딪히기 일보 직전에 방향을 틀어 지면을 훑듯이 비행하여 빠른 속도로 장애물을 통과했다. 박수가 터져 나왔다. 셀리온 펠렉서스는 레이디답지 않은 박수를 치며 렌게에게 찬사를 보냈다.

「정말 훌륭한 카라모스와 라이더네요! 수직운동으로 저렇게 높이 올라가는 분은 처음 봐요. 산도 영식님은 장차 저분께 라이딩을 배우시면 되겠네요.」

「저 정도면 잘 타는 건가요?」

「물론이죠. 멋진 라이더의 뒤에 타는 것은 뭇 레이디들의 꿈이지요.」

「난 별로….」

「라이딩과 무예를 겸비한 기사는 그 자체로 기사도를 완성했다고도 하는걸요. 저 힘찬 움직임을 좀 보세요. 저희 가문의 어떤 카라모스도 저렇게 높이 올라간 직후에 저토록 활발한 방향전환을 할 수 없어요.」

렌게는 어깨를 으쓱하며 콧잔등을 살살 긁었다. 다행인지 불행인지. 셀리온 펠렉서스는 우아하면서도 감정에 솔직했다. 그녀의 성 역할이 고정적인 사고방식은 썩 마음에 들지 않았지만 적어도 렌게의 기본적인 커트라인은 통과한 셈이었다.

「자세히 아시는군요.」

「어머, 모르셨나요? 저도 C급 라이센스가 있답니다. 멋져요. 저 깃털 색도 특이하고요. 그야말로 붉은 바람 같군요.」

렌게는 한 입 머금은 잔을 내려놓는 것도 잊고 눈을 동그랗게 뜨고 물었다.

「공작가의 영애 분께서 다리를 쫙 벌리고 카라모스를 타셨다는 건가요?」

렌게가 순간적으로 셀리온에 대해 판단한 바대로 다소 직설적으로 물었으나, 셀리온 펠렉서스는 대단치도 않다는 듯이 대답했다.

「남녀와 지위에는 차이만 있을 뿐 어찌 차별이 있을 수 있겠습니까.」

렌게는 고개를 갸웃했다. 셀리온의 사상은 조금 뒤섞여 있었다. 필히 본성과 교육된 것이 서로 충돌되는 것이리라.

「그것은 뮤라곤 펠렉서스 공작님의 방침이신가요?」

「예… 아버님께 직접적으로 가르침을 받지는 않았지만 저는 아버님의 철학에 대부분 동의합니다.」

렌게는 목구멍까지 올라온 논객으로서의 본능을 가까스로 억눌렀다. '산도'의 입장으로 할 수는 없었으므로. 렌게가 타는 목을 축이고 다시 비행에 집중했다. 브레멘은 성공적으로 쇼를 선보이고 렌게의 옆에 내려앉았다.

「수고했어.」

「별말씀을.」

브레멘은 렌게의 옆으로 가면서 메디치의 접은 날개를 쓰다듬었다. 그 순간, 메디치가 날개를 휘두르며 발광했다. 그것은 브레멘조차 예상하지 못한 반응이었다. 브레멘이 그 움직임에 말려들어 나가떨어지자 렌게는 순간적으로 브레멘을 보호하듯이 메디치를 막고 섰다. 메디치가 공격적인 신음을 울며 렌게를 내려다보았다.

스르릉!

메디치가 입을 벌리는 순간 브레멘의 손에 들린 검이 이번엔 메디치와 렌게의 사이에 난입했다. 브레멘은 전심전력으로 경계하며 자신의 파트너에게 살기를 쏘아댔다. 그 흉흉한 눈은 '물러서지 않으면 너라 해도 베어버리겠다'라고 외치는 듯했다. 브레멘이 앞으로 나서며 검을 몇 번 휘둘러 위협하자, 메디치는 고개를 숙이며 물러섰다. 카라모스의 고삐를 쥐고 흔들어 제압하고 다시 마차로 보낸 뒤 셀리온을 향해 정중히 고개를 숙였다.

「소란을 일으켜 죄송합니다. 워낙 거친 놈이라….」

「괜찮습니다. 힘이 굉장하군요. 흐음, 언젠가 저에게도 라이딩을 가르쳐 주실 수 있으셨으면 좋겠군요.」

「나는 레이디와 이야기를 나누겠다. 그대는 물러가 있거라.」

브레멘은 침을 꿀꺽 삼키며 렌게의 말에 저만치로 물러났다. 파티가 벌어지는 공간이 워낙 넓어 50여 페르미터를 떨어져도 구석진 자리는 나오지 않았다. 그는 별수 없이 음식이 늘어져 있는 곳에 어정쩡하게 서서 그의 졸렌을 시선에 담고 서있었다.

「어라라? 역시 너였군!」

누군가가 툭 하고 브레멘의 어깨를 쳤다. 어디선가 본 듯한 얼굴이었으나 확신되는 이름은 연결되지 않아 그저 멀뚱멀뚱 응시했다. 그 자는 스스럼없이 다가와 어깨동무를 하며 말을 걸었다.

「뭐야. 난 널 기억하는데. 우리 같이 서 있었잖아. 4년인가 5년쯤 전에. 렌게 공주의 생일 때.」

「아아.」

「그래, 길프 랜시스다. 그런데 설마 혼자 온 건 아니겠지?」

브레멘은 거리낌 없이 자신의 영역 안으로 들어와 어깨를 감싸는 남자가 다소 짜증이 났지만 이상하게 싫지는 않았다. 그의 순진무구하게 웃는 얼굴 때문이었으리라.

「이야~ 그때 이후로 울 아버지는 사업이 망하다시피 했고 나도 셰라프가 되지 못했어. 모든 게 다 라슈비크 공작 가 때문이라니까.」

「라슈비크 가문 때문에?」

「그렇다니까? 공작 가에서 멋대로 노예를 데려가 버려서 아버지는 위엄을 잃었지. 결국 상권을 다 빼앗겼고. 셰라프 자리도 라슈비크 가 영식 놈이 꿰차버렸으니 말 다했지. 난 그것만 보고 있었는데. 묻겠다. 위엄이 무엇인가~ 라니. 공주도 어딘가 좀 이상한 거 같지 않냐? 이놈의 나라 떠나던지 해야지 원.」

「그, 그래….」

브레멘은 멋쩍게 머리를 긁적였다. 아무래도 자신이 그 라슈비크 공작의 영식이라는 것은 전혀 모르는 듯했다.

「넌 뭐하고 사냐.」

「그냥, 이것저것….」

「아, 그날 리차드 경이 라슈비크 영식에게 결투를 신청했대. 소문에 의하면 리차드 경이 이겼다던데 아는 거 있어?」

「몰랐어.」

「그래? 너도 꽤 초반에 떨어졌나보구만. 야, 이그드라실의 무녀가 마도기를 회수해 온 걸 두 자루를 셰라프에게 하사했단다. 그것도 법적 절차 없이야.」

길프가 말을 쏟아낼 때마다 브레멘의 가슴이 뜨끔거렸다. 브레멘은 자리를 피하기 위해 뒤뜰 쪽으로 걸음을 옮기려 했다.

「어디 가게? 셀리온 영애 보러 온 거 아냐? 저기 예쁘장하게 생긴 꼬맹이랑 얘기 끝나면 같이 가자.」

「괜찮아. 하하.」

「애가 좀 맹해진 거 같다? 뒤뜰 쪽은 가지 마. 지금 평민 여자가 숨어들었다가 걸려서 분위기 안 좋더라.」

「숨어들었어?」

「어. 무도회 구경해보겠다고 몰래 들어 왔나 봐. 아무렇지도 않게 정문으로 들어오다 잡혔대. 있지도 않은 라슈비크 가는 왜 찾는지. 뒤쪽은 지금 살벌해.」

「아… 그래. 난 화장실.」

브레멘은 손바닥을 들어 보이며 저택 안으로 걸었다. 그러다가 문 앞에서 슬쩍 옆으로 새서 뒤뜰로 향했다. 브레멘은 호기심도 호기심이었지만 뭔가 예감이 좋지 않았다. 마치 뒤숭숭한 악몽을 꾸고 난 후의 데자뷰처럼. 길프는 안쓰러운 미소를 지으며 술잔을 집어들었다.

정말이지 큰 저택이었다. 그의 빠른 걸음으로 몇 분을 걸었지만 저택의 옆쪽을 겨우 지나고 있었을 뿐이었다. 파티장에서부터 들리는 소리가 거의 들리지 않을 즈음, 그가 찾아 헤매던 소리가 들려왔다. 기분 나쁜 소리였다. 잘못했다고 비는 여성의 소리도 없었고 그녀를 험하게 다루며 다그치는 병사들의 소리도 없었다. 그저 두꺼운 무언가로 고깃덩어리를 때리는 규칙적인 소리였다. 브레멘의 걸음이 한층 빨라졌다. 뒤뜰로 이어지는 모퉁이를 마악 돌아 브레멘의 눈앞에 보인 것은 도저히 공작 가에서, 더구나 파티 중인 곳에서 일어날 수 있는 일이 아니었다. 여성을 나무에 매달아 놓고 십수 명의 병사들이 때리고 마음대로 주무르며 희롱하고 있었다.

그것은 본능이었을까, 아니면 그저 사시나무처럼 떨던 자신의 애인이 오버랩 되었기 때문이었을까. 브레멘의 눈에서 불똥이 튀었다. 자신이 아는 그 여인은 참을성이 강한 사람이었다. 지독하게도 강해서, 자신이 어떠한 고통을 당해도 다른 사람을 걱정하며 이를 악물고 참아내는 사람이었다. 그 빌어먹을 사람이 왜 이곳에 있는 것일까. 왜 이 먼 곳까지 와서 이런 꼴을 당하는 것일까.

검의 손잡이로 향하는 브레멘의 손은 흉측하리만치 뒤틀려 있었고 망나니 같은 남자들을 바라보는 눈에서는 끝도 없는 분노가 맹렬하게 타오르고 있었다. 그러나 병사들은 어느 하나 겁을 먹는 이가 없었다. 그도 그럴 것이 펠렉서스의 영지에서 치안유지군은 그야말로 무소불위의 권력을 가진 자들이었기 때문이다. 엄하기로 소문난 펠렉서스 공작의 통치 아래에서, 강력한 군사력은 시민의 질서유지를 강압적으로 통제하는 데에 충분히 기여하고 있었다. 평민들은 혹여라도 책잡히는 일이 없도록 병사들에게 굽실거릴 수밖에 없었고 그것은 부패를 낳았다. 부와 권력이 보좌하는 공작 저택 내부의 호위군들은 모두 전투에 능한 최정예였으며 일당 열을 감당하기에 수도의 정예군에 필적한다고 알려져 있었다. 그런 자들이 열넷. 제아무리 세라프라 하더라도 싸움을 한다면 살아남을 수 있을 리가 만무했다.

브레멘이 만신창이가 된 여인에게 다가가려 하자 브레멘보다 훨씬 큰 몸집의 사내가 길을 가로막았다. 그의 걸음은 두터운 벽에 막힌 것처럼 쉬이 정지되었다.

「물러나쇼. 여기가 어딘지 모르오?」

「그렌제는 졸렌을 지킨다.」

「하?」

「졸렌은 그렌제를 믿는다.」

「이 새끼가?」

사내가 브레멘을 발로 걷어차자 브레멘은 장난감처럼 나가떨어져 굴렀다. 그는 아무런 표정의 변화도 없이 묵묵히 일어섰다.

「그리고 네놈들은 죽는다.」

브레멘의 검이 뽑혔다. 화사하면서도 은은하게 빛나고, 날카로우면서도 호수처럼 잔잔한 바람의 마도기가 역동적으로 춤을 췄다.

까앙!

날카로운 금속음이 울렸다. 덩치의 사내가 근거리에서 꺼내 든 두 자루의 롱소드가 브레멘의 일격을 흘려냈다. 주변의 병사들이 킥킥대며 휘파람을 불었다. 워낙 덩치가 커 롱소드를 들었지만 도무지 롱소드로는 보이지 않았다. 휘두르는 속도 역시. 덩치가 쌍검을 이용해 휘몰아치듯이 공격을 연결시키자 브레멘의 몸이 가엾을 정도로 가볍게 뒤로 휘청거렸다.

「어?」

덩치가 주저했다. 그의 오른손목 아래가 사라졌기 때문이었다. 브레멘이 몸을 뒤로 빼면서 덩치의 손목을 가져간 것이었다. 주변의 병사들이 몰려들어 한 병사가 브레멘의 등을 걷어찼다. 브레멘은 그대로 앞으로 구르며 자신 앞에 있는 발에 검을 꽂았다.

「흐아아악!」

검을 뽑아 올려 손잡이로 패닉에 빠진 병사의 턱을 부수고 그 병사의 목을 휘감으며 뒤로 돌아섰다. 그 병사를 방패로 하여 그는 적들을 모두 시야에 넣었다.

한 병사가 아랑곳 않고 검을 찔러 넣었다. 동료의 몸 뼈 사이를 정확하게 관통해 브레멘의 몸마저 꿰뚫으려 했다. 브레멘은 인질을 옆으로 치우며 공격을 비껴내었고 적의 손목을 내리쳤다. 그러나 적은 깔끔하게 무기를 버리며 브레멘의 오른쪽 어깨를 다른 무기로 베어 들어왔다. 그 귀신같은 판단력은 틀림없이 예사의 것이 아니었다. 그러나 그 병사는 두 번째 공격은 잇지 못하고 목이 꿰뚫려 바닥에 널브러졌다. 자신의 뒤로 무기를 든 손을 교차해 브레멘의 검이 사각에서부터 꽂혔기 때문이었다. 브레멘의 옆구리에서부터 옷이 붉게 채색되었다. 피한다고 피했지만 적의 검격 속도가 무시무시할 정도로 빨랐다. 인질의 몸이 감속시키는 역할을 하지 않았으면 그의 일격에 도륙되었을지도 몰랐다. 그러나 브레멘의 움직임에는 일말의 변화도 없었다. 그는 마치 고통을 느끼지 못하는 것처럼, 자신에게 내리쳐지는 공격을 오로지 반격으로 대응했다.

병사들은 강했다. 그중 일부의 퀴론은 분명 브레멘보다도 강했을 것이다. 그들 사이로 몸을 던진다는 것은 필사즉생필생즉사必死則生必生則死의 각오의 위에 브레멘은 명백하게 살을 주고 뼈를 취하며 적들을 전투불능으로 만들었다. 그러나 그는 병사들의 포위망을 뚫지는 못했다. 그의 등에 날붙이가 떨어졌다.


「그렇다면 아직 왕성에는 가보신 적이 없으신 건가요? 레이디.」

「네에. 공주님께서 아녀자를 몹시 싫어하신다 하여….」

「소문은 들었습니다. 아마도 자신보다 아름다운 레이디를 질투하는 것이 아닐지요. 그것이 맞다면 레이디께서는 왕성에 결코 발을 들이면 안 되시겠군요.」

「어머나 그렇지 않아요, 산도. 공주마마의 아름다움도 천하에 비할 바 없다 들었는걸요. 무엇보다 아름다움이 전부겠습니까.」

렌게는 방긋방긋 웃으며 셀리온과 잔을 나누었다. 아직 술을 마실 수는 없어 주스로 대체하고 있었지만 맛은 만족할 만했다.

「그리피 주스가 입맛에 맞으시나요?」

「음. 예? 아, 그렇군요. 굉장히 맛있네요.」

「다행이네요. 저희 가문에서 직접 만드는 것이랍니다.」

「청명한 보랏빛은 귀 펠렉서스 가문의 상징이라 들었습니다.」

셀리온은 잔을 내려놓고 쟁반 위의 과일을 가리켰다.

「그리타비니페라Gritavinipera는 완벽한 과일입니다. 혹한의 서리 속에서도 탐스럽게 익어가는 강인함이야말로 대제국 엘슈나인의 이름에 걸맞은 과일 아니겠습니까.」

렌게는 그 보라색 과일의 알맹이를 하나 뜯었다. 알맹이는 렌게의 작은 입을 가득 채우며 빨려 들어갔다. 렌게는 우물거리며 말을 이었다.

「그리피는 단맛이 강하고 재배가 쉬워 인기 있는 과일이죠. 하지만 저는 어서 그리피로 만든 비노를 먹고 싶어요.」

「아직 술은 이르지요, 꼬마 도련님.」

「하하! 그렇죠?」

렌게가 다시 방긋방긋 웃었다. 셀리온은 자신의 옆에 앉아 귀엽게 웃어 주는 예의 바른 미소년이 마음에 드는 모양이었다. 앞으로 4~5년만 지나면 분명 훌륭한 남자로 성장할 것이라 생각하니 가슴이 두근거릴 정도였다.

렌게는 조심스럽게 주변을 둘러보며 흥흥 콧바람을 내뿜었다. 슬슬 지겨워지고 있었기 때문이었다. 자신의 그렌제는 수행하는 자로 변장했기 때문에 직접 수행인을 찾아 나서는 것은 결코 보여서는 안 되는 일이었다. 혼자 돌아다니자니 귀족가의 자녀가 수행인도 없이 혼자 있는 것은 영 꼴이 좋지 못해 다시 수행인이 자신의 시야에 나타나기 전까진 자리를 뜰 수 없었다.

「그러고 보니 도련님의 수행인은 어디로 간 거죠?」

「글쎄요… 말을 워낙 잘 들어서 가랬다고 저택이라도 한 바퀴 돌고 있는 것 아닐까요?」

다행인지 불행인지 셀리온은 제법 눈치가 있었다. '도련님'의 체면을 구기지 않기 위해 수행인이 돌아올 때까지 자리를 지켜줄 요량이었다. 둘은 잔을 마주치며 미소를 나누었다.

「음? 무슨 일이 있나?」

그때 멀리서부터 사람들이 웅성거리는 것을 셀리온이 먼저 발견하고 렌게의 어깨를 두드렸다. 셀리온은 자신의 파티에서 벌어진 문제를 어찌해야 할지 몰라 그저 멀뚱멀뚱 지켜만 보고 있었는데, 실은 렌게야말로 생전 처음으로 '아무 생각이 나지 않는' 상태에 봉착하고 말았다.

「아…?」

렌게가 쥔 잔이 덜그럭 소리를 내며 떨렸다.

「브…」

한 걸음씩 걸어오는 남자는 멀쩡한 구석이 없었다. 등에는 칼이 꼽혀 있고 온몸이 피로 뒤덮여 있다시피 했다. 그리고 소중한 것을 감싸듯이 안아든 한 명의 여인. 남자는 느릿느릿 걸어 렌게의 앞에 섰다. 금방이라도 쓰러질 것 같은 그 몸은 고개를 들지도 못했다. 그는 다만 가장 최악의 상태에서, 가장 의지할 수 있는 존재를 향해 걸어온 것이었다.

남자는 목적지에 이르자마자 그 자리에 주저앉았다. 렌게가 잔을 집어던지다시피 테이블에 버리고 남자에게 달려갔다.

「뭐야. 무슨 일이야. 왜 이래!」

「쿡… 카하…. 어떻… 게든….」

남자가 말을 할 때마다 입에서 피가 튀었다. 그것은 고귀하디 고귀한 공주의 얼굴과 옷을 더럽혔다.

「당신에게… 당신이라면… 어떻게든 쿨럭! 해주시리라고….」

렌게는 금방이라도 누워버릴 것 같은 남자를 있는 힘껏 부여 쥐었다. 마치 누우면 그가 사라질 것만 같아서 떨리는 작은 손으로 필사적으로 붙들었다.

「살려 주세요… 이 여자를….」

사내의 목소리가 잦아들었다. 피로 굳어버린 뺨 위로 눈물이 봇물처럼 터져 나왔다.

「올림페를 살려 주세요….」

렌게의 머리는 폭주할 지경이었다. 이토록 알고 싶은 것이 간절한 때가 있었던가. 안구에까지 피가 차오르는 기분이었다.

「셸리온, 그대의 집에 있는 포션과 치료도구를 모두 가져와라.」

「에? 뭐? 자, 잠깐만 기다려 곧 아버지를…」

「당장 가져와!」

셸리온은 렌게의 제피에 눌려 제자리에서 움직이지 못했지만, 발 빠른 저택의 집사와 고용인들이 이미 도구를 가지고 뛰어오고 있었다. 렌게는 검지와 중지를 모아 브레멘의 품에 안긴 여성의 손목에 가져갔다. 그리고 빠르게 여인의 가슴팍을 풀어헤치고 상태를 확인했다.

「내출혈이 일어나 복강에 고였어. 갈빗대가 나갔지만 폐를 찢지는 않았으니 호흡은 괜찮아. 천초근으로 지혈하고 판판한 들것에 실어 병원으로 보내. 혈색으로 보아 출혈양이 많아. 응급으로 처리해.」

렌게가 응급상자에서 몇 개의 병을 골라 여성의 옷 주머니에 꽂았다. 고용인들이 조심스럽게 여인을 이송했다. 옆에 대기한 카라모스들이 끄는 마차에 싣고 촌각을 다투며 저택을 빠져나갔다. 저택의 집사가 다가와 렌게에 의지해 앉아 있는 남자에게 손을 가져갔다.

「건드리지마!!」

렌게가 히스테릭하게 소리쳤다.

「브레멘은 내 거야. 아무도 손대지 마!」

렌게는 부들부들 떨리는 손끝으로 자신의 그렌제를 어루만졌다. 그러나 어디부터 촉진해야 하는지 어디부터 치료해야 하는지 어떤 것도 떠오르지 않았다.

「저는 괜찮지요?」

그때, 부드러운 손길이 렌게를 감쌌다. 마치 오랜 벗과 같이 친근한 느낌이 들어 고개를 돌리자 그곳에는 처음 보는 소녀가 서 있었다. 열다섯 정도로 보였다. 은색의 컬진 머리가 은하수처럼 빛을 발하고 그 미소는 모든 적의를 정화하는 듯했다. 렌게는 고개를 갸웃하며 물었다.

「누구냐.」

「제 이름은 베르타로스. 빛과 그림자의 사랑. 아르케는 빛. 본디 당신에게 속한 일곱 자매 중 하나예요.」

「누구냐고 물었, 그대는 설마…」

렌게의 입꼬리가 살짝 올라갔다. 모르지만 아는 것, 알지만 처음 보는 모습. 누구라고 해야 할까 무엇이라고 해야 할까. 그것은 틀림없이 자신의 (빛의) 마도기의 다른 모습이었다. 어째서 샤란의 모습으로 나타났는지에 대해서는 물을 필요가 없었다. 렌게 자신이 무녀 이즈프리그 앞에서 바랐던 것이었으니 말이다. 그 자가 일개 신의 무녀라 말할 수 있는 것인가? 무녀라는 자는 마도기를 하나라도 더 소유하기 위해 전 세계에서 전쟁을 일으키고 수백만의 샤란이 목숨을 잃은 상태에서 한순간에 모든 마도기를 눈앞에 늘어놓았다. 뿐만 아니라 렌게의 소원은 소리 내어 말한 것도 아니요, 심지어 두 번째 소원은 지극히 사적인 것이었다. 렌게는 눈앞에 서 있는 아름다운 소녀의 모습을 보며, 이즈프리그는 무녀 따위가 아니라 그레이피스의 수호신이라 일컬어지는 캇테스누프가 아닐까 생각을 굳혔다.

「네, 다른 자매들보다 일찍 깨어났어요. 이렇게 대면하게 되어 유감이에요, 소중한 사람.」

베르타로스라 소개한 소녀가 검지를 입술에 가져가며 슬픈 표정을 지었다. 렌게는 질렸다는 얼굴로 눈앞의 소녀를 훑어보았다. 렌게가 무녀 앞에서 바란 소원은 두 가지였다. 하나는 전쟁의 원흉인 마도기를 눈앞에 가져와 달라는 것, 또 하나는 자신이 궁지에 몰렸을 때 의지할 수 있는 사람을 달라는 것.

「그대는 빛의 마도기인가? 뭐지? 의식이 형상화된 것인가? 내 눈에만 보이는 것인가?」

「아뇨. 창조주 캇테스누프께서 빚은 '빛의 마도기' 그 자체입니다. 질료는 쇳덩어리지만 본질은 베르타로스죠.」

'캇테스누프는 질량마저 조절한다는 건가, 과연 신이라 불리는 존재구나.'

「브레멘은… 왜 싸운 거야?」

「저 여인을 구하기 위해 필사적으로 싸웠어요. 하지만 적들 역시 강해서 상처를 입을 수밖에 없었죠.」

「도와줘. 나 혼자는 무리야.」

「물론이죠, 렌게.」

순간 주위가 술렁였다. 지금 난데없이 나타난 저 소녀가, 저 소년을 뭐라고 불렀는가. 그 이름은 높고도 높아 그 누구라도 감히 꿇어앉아 조아리지 않을 수 없는 이름이었다. 베르타로스가 나지막하게 도움을 구했다.

「옮기는 것을 도와줘. 슬레그로스.」

「응.」

어느새 렌게의 다른 쪽 옆에 다른 소녀가 서서 대답했다. 감미로운 청록색의 단발머리가 바람에 흩날렸다. 그 얼굴은 베르타로스와 쌍둥이라고 할 만큼 닮은 소녀였다.

「그대는 또 누군가.」

「제 이름은 슬레그로스. 맥동하는 대기, 아르케는 바람, 브레멘의 검입니다.」

렌게는 고개를 끄덕였다.

「성으로 옮겨줄 수 있어? 슬레그로스.」

「카폴글리너보다 빠르게 모시지요.」

슬레그로스가 손을 펼치자 주위로 바람이 일어났다. 렌게와 그의 그렌제, 그리고 베르타로스의 몸까지 함께 둥실 떠올랐다. 렌게는 모자를 벗어 던지고 정원에 모여 자신을 바라보고 있는 귀족 무리들을 향해 씹어뱉듯 말했다.

「내 그대들을 잊지 않고 반드시 추후 다시 대면하리라.」

# 5장
# 가벼운 왕, 무거운 약속

어렴풋하게 기억이 나는 것 같았다. 두 여자가 곁에서 울며 여러 말을 속삭였다. 그 내용이 심각해어서 일어나야겠다고 정신이 없는 와중에도 생각했다. 그러나 그것이 무엇이었는지는 정확하게 기억나진 않는다.

쿠르르릉…

브레멘은 익숙하지 않은 천장 아래에서 눈을 떴다. 가까이에서 때린 천둥소리 때문이었던 듯했다. 창밖에는 억수같이 비가 쏟아지고 있었고 어두운 방 안에는 혼자만 덩그러니 누워 있었다. 그는 몸을 일으키려고 오른팔을 짚었다가 정신을 앗아갈 것과 같은 고통에 놀라 그대로 쓰러지고 말았다. 오른쪽으로 쓰러지면서 몸이 팔을 짓눌렀고, 몸의 진득한 잠기운을 구석까지 긁어가는 터무니없는 후속타를 맞고 신음만 흘렸다. 그는 쌍소리를 중얼거리면서 양팔의 힘을 빌리지 않은 채 몸을 일으켰다. 다른 곳에 큰 이상은 없는 듯했다. 약간 흐릿했던 시야가 돌아오자 그가 침대에 누워 있었다는 것과 그곳이 무려 렌게의 침실이라는 것을 알 수 있었다.

그제야 그 고통이 이해가 갔다. 부러진 뼈를 재생시키는 과정은 환자에게 있어 손에 꼽을 만큼 힘든 치료로 쳤다. 더구나 그의 경우 전신이 상처투성이였을 것이다.

얼마나 시간이 지난 것인가. 바깥은 오후의 지루함을 담은 노을빛을 검은 구름이 뒤덮고 비를 뿌리고 있었는데, 그의 둔함의 정체가 오랜 휴식 때문임을 증명하듯 그 위광을 흔들고 있었다. 그 짙은 암흑에 눈을 찌푸리며 살짝 손가락을 움직여 보았다. 그러고 보니 온몸이 붕대로 도배되어 있었다. 그는 가슴을 조심스럽게 눌러보았다. 카운터를 친다고 해머를 거의 직격으로 맞았다. 가슴은 갈비뼈가 완전 분쇄되어 원래 골자를 잃고 근육 사이로 뭉개져 들어갔을 것이었다. 그러나 약간의 고통은 있지만 움직임 자체에는 전혀 거리낄 것이 없었다. 치유의 여신이 강림하기라도 했다는 것인가? 아니면 그논의 기억을 모아 시간을 수복하기라도 했단 말인가? 그것은 그 어떤 사제의 권능의 한계를 넘은 것이었다. 치명상을 입은 왕을 살릴 만큼의 집중을 쏟아 부은 것이 틀림없었다.

창문의 커튼 사이로 새어 들어오던 빛줄기가 점차 사라져 갔다. 브레멘은 침대에서 일어났다. 묘하리만치 조용한 성내의 분위기가 신경이 쓰였다. 아무리 렌게의 업무가 끝나는 시간이라 하더라도 언제나 하인들이 분주하게 움직이는 곳이었고, 특히나 렌게의 침실이라면 반드시 문밖에 근위병이 있을 터인데 브레멘의 인식결계 안에 걸리는 사람이 전혀 없었다. 조심스럽게 방문을 열고 나아가 복도를 휘휘 둘러보아도 누구 하나 보이지 않았다. 브레멘은 무언가 걸리는 것이 있어 왕좌로 향했다.

텅 빈 왕성의 중심, 상당히 높은 곳에 위치한 왕, 왕비, 그리고 왕세자를 위한 화려한 세 개의 의자. 멸망한 나라의 성이 이러할까 싶을 정도로 공허한 공기를 머금은 그곳에, 왕의 자리에, 렌게가 홀로 앉아 있었다. 그는 렌게를 부르며 다가가다가 왕좌로 오르는 계단을 밟지 못하고 제자리에 멈춰섰다.

렌게의 얼굴은 보기 흉할 정도로 퉁퉁 부어 있었고 그 그늘진 얼굴은 그의 뺨을 때릴 때와는 비교도 할 수 없을 정도로 피폐했다. 저것이 어찌 열두 살짜리 소녀에게 나올 수 있는 표정이란 말인가. 브레멘은 무언가 잘못되어도 크게 잘못되었다는 것을 느끼며 몸을 떨었다. 왕좌에 앉은 렌게는 자신이 아는 렌게가 아니었다.

그는 천천히 한 칸씩 계단을 올랐다. 렌게와 한걸음씩 가까워질수록 그녀의 형언할 수 없이 어두운 눈빛 역시 피할 수 없이 가까워졌다. 브레멘의 기억은 필름이 끊기듯이 조각조각으로 구성되어 있었는데, 렌게 가슴팍에 달린 흰색의 모란과 그녀 발치에 떨어진 황금색의 왕관을 보자 그 조각들이 연결되었다.

본래 렌게는 천애 고아와 다름없었다. 그의 모든 가족은 전선 최전방에서 군을 통솔했다. 그녀는 태어나 그때까지, 12년 동안 가족을 한자리에서 본 적이 없었고 그 어머니의 모습조차 열 번을 채 보지 못했다. 성품이 강건하여 대외적으로는 결코 물렁한 모습을 보인 적이 없었지만 그녀의 전속 하녀나 그렌제는 알고 있었다. 그녀가 잠을 잘 때에 때때로 어머니(국왕)의 사진을 끌어안고 잔다는 것을.

직계 가족은 그러했지만 언젠가 전쟁이 끝나거나 성인이 되면 당당히 가족을 조우하리라는 희망만으로 버텨왔던 그녀였다. 자신의 그렌제가 심각한 부상을 입은 충격에서 벗어나지 못했을 때에 부모와 형제자매를 단 하루 만에 잃고 왕이 되어 홀로 나라를 통치해야 한다는 것을 받아들여야 했다. 그리고 그때에 자신의 그렌제는 사경을 헤매고 있어 그녀의 곁에 있어주지 못했다.


————그는, 밀레이유 더 엘슈나인, 엘리노어 더 엘슈나인을 비롯한 왕가 일족의 장례와 렌게의 국왕 즉위 모두를 놓쳤던 것이었다.


브레멘은 그녀의 앞에 무릎을 꿇고 울음을 토해내며 렌게의 발에 입을 맞추고 손을 꼬옥 감싸 쥐었다. 졸렌이 팔을 올려 그렌제의 등을 감싸 안았다. 소녀가 다시는 놓아주지 않을 것처럼 사내의 옷자락을 꽉 쥐었다. 한참을 그렇게 있다가 렌게는 다소 기운을 차린 음색으로 물었다.

「그대는, 내가 어떤 왕이 되었으면 좋겠어. 누구와 같은 왕이 되었으면 좋겠어?」

「누구도 당신이 될 수 없을 것입니다. 다른 누구와 비교하지 못할 것입니다. 당신은 당신 그 자체일 때 가장 위대한 왕이 될 것입니다.」

「…그대는 날 너무 높은 곳에 올려놓으려 하는구나. 모난 돌은 반드시 정을 맞는 법이야.」

「누구도 감히 당신을 비난할 수 없습니다.」

「우린 분명 모두 죽게 될 거야.」

「죽지 않습니다. 틀림없이 잘 될 겁니다.」

렌게의 손에 힘이 더욱 들어갔다.

「…약속해?」

「반드시.」

렌게는 손으로 브레멘을 조심스럽게 밀어냈다. 브레멘은 왕녀의 앞에 다시 꿇어앉았다.

「그대의 자리는 거기가 아니야.」

렌게는 자신의 옆을 엄지로 가리켰다. 그렌제가 졸렌이 지정한 곳에 가
허리를 펴고 섰다. 허리춤에 하사받은 마도기들이 없어 다소 허전했다.

「그렇다면 나는 이 전쟁을 끝낼 왕이 되겠어.」

「아르테미오스께서 그러했듯, 당신의 뜻대로. 나의 왕, 나의 졸렌.」

브레멘의 양옆으로 쌍둥이 같은 두 소녀가 자리를 메꾸었다. 양쪽에 차
고 다니던 빛과 바람의 마도기와 같이. 달빛이 천정의 유리를 통과해 왕좌
로 떨어졌다. 달은 이기적일 만큼 여전히 아름다웠다.

2막

메마른 여왕

# 1장
## 왕, 게임

렌게는 당장 어떤 특단의 조치를 취한다거나 하지는 않았다. 그저 평소에 하던 대로 상소를 처리하고 세세한 법조항 등을 교정했다. 그녀가 앉는 자리가 계단 몇 단 위로 올라간 것과 그녀의 머리에 왕관이 올려 있다는 것만이 달라졌을 뿐이었다. 브레멘이 놀라움을 감출 수 없었던 것은, 렌게가 그녀의 가족이 몰살당했다는 충격적인 소식을 듣고 홀로 장례를 치뤄야 했던 순간에도 이미 전선을 한 걸음 뒤로 물리고 로니에르 측에 양자회담을 간청하여 적국의 진격을 사전 봉쇄시켰다는 사실이었다. 렌게가 국왕의 차권 주자가 아니었다면 왕족을 한순간에 잃은 그레이피스는 안팎으로 붕괴되어 적의 파죽지세를 감당할 수 없었을 것이었다. 렌게는 마음을 다스리며 로니에르 측에 요청한 회담에 대한 답신이 올 때까지 최대한 조용히 기다렸다.

로니에르 왕국의 입장에서 렌게의 회담 요청은 희망적인 일이었다. 이미 대승을 거둠으로써 승기를 거머쥔 데다가 그레이피스 측에서는 일말의 군사적 움직임도 없었다. 전선의 영주도 순순히 백기를 든 데다 최고 통수권자 간의 회담이라면 항복과 그에 대한 협상의 여지밖에 없었으니 말이다.

로니에르의 국왕은 흔쾌히 회담을 수락하며 밀레이유 더 엘슈나인이 전사한 바로 그 들판에서의 만남을 요구조건으로 붙였다. 그 답신을 받아든 렌게는 담담하게 수긍했다.

그로부터 얼마 후 회담 당일, 의상의 매무새를 갈무리하며 렌게는 자신의 그렌제를 침소로 불러들였다. 주위를 모두 물리고 렌게는 무거운 얼굴로 운을 떼었다.

「브레멘. 내가 그대더러 전선에서 군을 지휘해 적의 발을 묶어 달라 하면 그대는 분명 싫어하겠지.」

브레멘은 대답하지 않고 시선을 피했다. 렌게는 그럴 줄 알았다는 듯이 실소를 흘렸다.

「그대는 얼마나 강한가.」

공주는 처음으로 자신의 그렌제에게 졸렌다운 질문을 했다.

「그 어떤 적도 감히 당신의 인식결계 안에 들어오기 전에 베어버릴 것입니다.」

「그런 추상적인 답을 원한 것은 아니다만, 뭐 됐어.」

렌게는 침대에 걸터앉았다. 다리를 물장구치듯 흔들며 짐짓 또래 소녀와 같은 독기가 빠진 모습을 보였다.

「강하다는 건 뭘까.」

「저는 아직 미숙하여 잘 모르겠습니다.」

「내 어머니는 퀴론이 350에 이르고 그레이피스는 물론이고 구 엘슈나인 통일왕조까지 역사를 더듬어도 위대하다 할 만큼 강하셨다고 들었어. 그대는 그분의 검을 직접 보기도 했겠지. 내 그렌제는 밀레이유 더 엘슈나인보다 강한가?」

「실전에서의 승패는 죽음과 직결되지요. 검을 겨룬 뒤의 결과는 퀴론 수치만으로 정해지는 것이 아닙니다. 밀레이유 더 엘슈나인 선왕의 무예는 필경 리디아 대륙에서 비할 자가 없을 만큼 탁월하셨습니다. 하지만 당신이 더 강합니다.」

「웃겨. 그렌제가 졸렌보다 약하다는 거야?」

렌게는 홀로 어색하게 쿡쿡 웃었다. 소녀가 엉덩이를 떼고 브레멘에게 다가갔다. 치렁치렁한 예복이 침대에서 떨어지며 사라락 소리를 내었다.

「네게 미리 사과를 해둬야 할 것 같아서.」

「설마 회담 자리에서 소란을 일으킬 생각이신 것은….」

「그건 아냐.」

렌게의 표정이 다소 어두워졌다. 소녀는 자신 앞에 선 사내의 몸을 어루만졌다. 그가 상처 입었던 곳들이었다.

「확신이 서질 않아. 그곳에서 무슨 일이 일어날지도 알 수 없어.」

렌게는 잠시 말을 멈췄다. 자신이 원하는 것이 무엇인지, 두려워하고 있는 것이 무엇인지 스스로도 정리되지 않은 듯했다. 렌게는 까치발을 들고 사내의 뺨을 어루만졌다.

「그래. 난 그대가 다시 상처 입는 것을 보고 싶지 않아. 아니, 내 주위의 누구도 다시는 다치지 않았으면 좋겠어. 그대가 쓰러져 버릴까 봐 그 불안함이 떨쳐지지가 않아.」

「전 죽지 않습니다.」

「가는 길에 습격당해도? 독살당해도?」

「설령 당신이 제게 사형을 명한다 해도.」

「로니에르 최고의 맹장과 싸우게 되어도?」

「당신이 결혼을 하고 왕자를 낳고 환갑잔치를 열고 손자를 안고 웃는 것을 볼 겁니다. 당신보다 더 훌륭하게 될 왕자 앞에서 춤을 추겠습니다. 또한 당신이 늙어 걷지 못할 때 당신을 업고 왕성을 순찰할 겁니다. 제가 약속을 지키지 않았느냐 말하면, 그때 당신은 제게 고맙다고 말할 겁니다.」

「응.」

렌게는 브레멘의 가슴에 얼굴을 기대며 작게 대답했다.

「약속한 거다.」

졸렌은 그렌제에게 약속받기를 좋아하는 듯했다. 자신이 예측할 수 없는 일에 대한 불안을 추상적인 단어에 의지해버리는 모습은 렌게의 모습과는 거리가 있었다. 그러나 그렌제는 오히려 그런 졸렌의 모습이 사뭇 인간다워 보였다. 무릇 그렌제는 졸렌에게 지킬 수 없을지 모르더라도 안심시켜야 하는 법. 브레멘은 꼿꼿하게 서서 렌게의 체중을 받쳐주며 말했다.

「약속합니다. 이제 슬슬 가시지요. 늦겠습니다.」

렌게는 고개를 끄덕이고 앞질러나갔다. 마차를 타고 수 시간을 날아가 회담 장소인 마를렛 평원에 도달할 때까지 그녀는 눈을 감고 아무 말도 하지 않았다.

마차에서 내린 렌게의 앞에는 로니에르 왕국의 상징이 들어간 화려한 갑옷을 입은 기사들이 늘어서 있었다. 렌게는 그녀를 호위하는 85명의 근위병을 뒤로하고 평원에 정렬한 로니에르 3만 병사들의 앞으로 뚜벅뚜벅 걸어나갔다. 카라모스의 발생지라는 명성에 걸맞게 병진兵陣의 전위에만도 일만이나 되는 병사가 카라모스 위에 올라탄 채 위용을 뽐내고 있었고 보병과 공정마법사단, 공성병기를 포함한 모든 군사가 렌게를 공략하듯이 평원을 점거하고 있었다.

그레이피스의 왕녀는 주변에는 전혀 시선을 주지 않고 오직 안내하는 병사들을 따라 정속으로 돌격했다. 그런 렌게의 등이 전에 없이 작아 보여, 브레멘은 그녀의 옆에 딱 붙어 망토로 여왕의 어깨를 감쌌다. 대군을 300여 페르미터 앞에 두고 렌게는 멈춰 섰다. 왼손을 옆으로 뻗어 근위병들을 정지시키고 오직 자신의 그렌제만의 호위를 받으며 적국의 왕에게 다가갔다. 로니에르의 국왕은 네 명의 기병을 이끌고 어린 왕녀 앞에 섰다. 신장이 190에 이르는 데다 살이 올라 그 덩치는 그야말로 말초적인 위엄과도 같았으며 브레멘의 메디치보다도 큰 카라모스 위에 올라 있어 렌게로서는 그의 무릎께에 시선이 미칠 뿐이었다. 렌게는 그러나 한 치도 올려다보지 않았다.

「내가 아직 크지 아니하니 대화를 하려거든 내려서시고 그렇지 아니하면 검을 뽑으시오.」

도발하려는 것일까? 거구의 사내는 미동도 하지 않고 심지어 렌게와 눈조차 마주치려 하지 않았다. 다만 그 하대하는 시야에 적국의 어린 왕녀를 넣었을 뿐이었다. 렌게가 덧붙였다.

「나는 그레이피스 왕국의 심장을 머리에 얹고 이 자리에 나왔습니다. 내가 예를 갖추는 것은 오직 그대가 본 세월이 나의 것보다 오래되었기 때문이죠.」

그제야 로니에르의 국왕이 침묵하며 천천히 안장에서 내렸다. 그는 다소 심기가 불편해 보였으나 카라모스에서 내려도 여전히 자신의 가슴팍에도 머리끝이 올까 말까한 왕녀를 보는 시선은 변함이 없었다.

「그대들은 내 영지 안에 있으니 신발을 벗으라.」

브레멘은 로니에르 왕의 명령에 조용히 눈을 감았다. 무례함에도 정도가 있었다. 맨발로 '알현'하라는 것인가? 브레멘은 어차피 렌게의 안색을 살필 수 없으니 아예 눈을 감아버린 것이었다.

「잘 모르겠군요. 어디부터 어디까지가 그대의 영토요.」

「네 눈에 보이는 사방의 모든 땅이다.」

「그대의 눈에는 무지개의 일곱 색이 모두 보이는 모양이지만 어디까지가 붉은색인지 어디부터가 노란색인지 샤란이 어찌 함부로 경계를 그을 수 있단 말이오. 이곳에는 내 어미를 비롯하여 내 국민들의 피가 더 많이 흘렀으니 그대야말로 고인에 대한 자비가 있다면 신을 벗는 것이 어떻겠소.」

브레멘은 속으로 고개를 끄덕였다. 그가 눈을 감은 큰 이유는 거기에 있었다. 터져 나오는 실소를 참기 위해. 로니에르 왕의 표정을 본다면 도저히 참을 수 없을 것 같았으니 말이다.

「그건 힘들었겠구려. 그래도 전사의 예우로 시신은 거두게 하였으니… 장례는 잘 치루셨소?」

로니에르 왕의 말투는 렌게와 같이 필요충분의 예를 갖추게 되었으나 그 말의 칼부림은 난폭했다. 렌게가 이성을 잃는다 해도 누구도 고개를 젓지 않을 상황이었음에도 왕녀의 심장박동은 평상시처럼 잔잔했다. 조금만 방심해도 검 손잡이에 손이 갈 것만 같아 브레멘이 오히려 초조한 상태였다.

「선왕의 장례는 간단히 치렀으나 전사자가 워낙 많아 분향소를 지어야 했지요.」

「왕의 장례를 간단히 치렀다? 하긴, 엘슈나인의 후대를 사칭할 줄만 알던 귀국의 왕들이라면 그 정도의 장례가 적당할 듯도 싶소.」

「탁월하지 못했던 왕보단 나라를 구하다가 죽은 자를 기리는 것이 중요한 것은 당연한 것이오.」

「하하하하! 왕은 국가를 다스리기 위해 신이 부여하는 자리라는 것은 귀국이 섬기는 아르테미오스의 가르침이 아니던가? 어찌 왕과 노비를 같다하는가, 하하하!」

로니에르 왕이 하찮다는 듯이 껄껄 웃었다.

「샤란이 태어남은 그 어미의 배가 불렀을 뿐이오. 왕이나 노비나 제 어미의 생식기를 뚫고 나오는 한낱 샤란일진대 어찌 귀천이 있다는 것입니까. 또한 국민은 국가가 없어도 생존할 수 있지만 국가는 국민 없이 존재할 수 없으니 국민을 존중하지 않는 왕을 어찌 탁월한 왕이라 할 수 있겠습니까.」

둘의 기싸움은 더 이상 이어지지 않았다. 승전국의 왕은 다만 회담의 본질을 물었다.

「서론은 됐고, 회담을 청했으니 그에 대한 것을 말하라.」

「복수하기 위해서입니다.」

「뭐라?」

로니에르의 왕이 놀란 것은 당연했다. 브레멘조차 감았던 눈을 뜨며 어깨를 흠칫 떨었다.

「명실공히 우리의 군은 그대의 군에 완패했습니다. 부모가 그대와 싸우다 죽었으니 내가 피할 수도 없는 것이 아니겠습니까. 상황만 허락한다면 직접 검을 들고 그대의 목을 떨어뜨리고 싶지만 보다시피 이런 몸인지라.」

로니에르 왕의 얼굴이 일그러졌다. 그가 손을 드는 것만으로 왕녀의 목숨은 물론이고 나라 전체의 흥망이 결정될 상황에서 항복 외의 카드를 꺼내 들었다는 것은 선뜻 이해되지 않는 일이었다.

「내 그대의 병사를 도륙하고 아이는 데려가 노예로 삼을 것이고 아녀자들은 강간할 것이다. 성을 부수고 마을을 약탈하고 토지를 불태울 것이다.

귀족들을 거세시켜 대를 끊고 노예들을 가르쳐 네 나라의 모든 역사를 노예의 것으로 만들겠다.」

「역사 속에 잊혀 지겠지. 나도, 그대도. 바라던 바요. 다만.」

렌게는 상대의 말을 참을성 있게 듣고, 처음으로 표정을 바꾸며 턱을 올려 로니에르 왕에게 압박을 주었다.

「다만 이미 많은 병사가 죽었으니 희생을 최소한으로 할 수 있도록 하고 싶습니다.」

「그건 어떻게?」

「그대의 알레페시아* 실력이 뛰어나 귀국의 대학에서 포어레젠(vorlesen;강의)을 하면 각지에서 모인 알레페시아에 뜻을 둔 기사들이 넘쳐 들어설 자리가 없을 정도라 들었습니다.」

「그것에 거짓은 없다.」

「나와 둬보지 않겠습니까.」

「그대와? 내게 무슨 이득이 있기에 그리 뻔뻔하게 요구하는가.」

「이대로 전쟁을 벌이면 높은 확률로 귀국이 승리하겠지만 필히 희생은 피할 수 없겠지요.」

「그렇다면 알레페시아에 그대의 나라를 걸겠다는 게냐?」

렌게는 망설임 없이 고개를 끄덕였다. 그녀의 그 당당한 태도는 대체 어디서 나오는 것일까.

「병사를 세우고 우리의 기마의 행보에 맞춰 움직이게 하는 겁니다. 내가 지면 내 나라를 넘기겠습니다.」

---

* 고대에서부터 내려오는 전통 놀이. 인간 본연의 파괴본능을 달래고 실제 살인을 금하기 위해 모의 전투를 소재로 발명되었다. 여기서는 장기將棋의 방법을 따른다.

「내가 지면? 내 나라를 넘기라는 것이냐?」

「그대가 지면 4년 동안 전쟁을 미뤄주십시오.」

로니에르의 왕은 그 파격적인 조건에 선뜻 대답하지 않았다.

「그대가 성인식을 치를 때까지 기다려달라는 것인가?」

「그렇습니다. 그때가 되면 귀국을 내 친히 정벌할 것이니.」

로니에르 왕은 웃었다. 그것은 진심으로 보였다.

「옆의 남자는 그대의 세라프인가?」

「내 그렌제요.」

적국의 왕이 싸늘한 웃음을 지었다. 브레멘은 그제야 렌게가 염려했던 것이 어떤 것인지 알 수 있었다. 로니에르의 왕, 그는 결코 예사 왕이 아니었다. '카리스마'는 노력한다고 해서 얻을 수 있는 것이 아니었다. 그는 가장 왕다운 왕이라는 대담에서 결코 빠지지 않는 인물이기도 했다. 밀레이유 더 엘슈나인과 함께 시대의 명군으로 비견되었던 인물. 밀레이유와의 전면전에서 완승을 거둠으로써 분명 '최고'의 칭호로 후대에 이어질 것이었다.

그의 전쟁은 분명 강렬했다. 본래 한 나라의 지도자라면 쉬이 전쟁터에서 필두에 서지 않았다. 자신의 무예와 전략에 절대적이라고 할 만큼의 확신이 없다면 말이다. 그런 전대미문으로 강력했던 그레이피스의 왕가가 진두지휘한 군을 일거에 소탕한 왕이 바로 눈앞에 있는 사내였다. 브레멘은 그의 패기를 느꼈다.

「실전과 같은 알레페시아라. 제법 강수를 뒀지만 그것만으론 재미없지. 그대의 그렌제를 판에 올리면 생각해 보겠다.」

「그 정도라면야.」

렌게는 간단히 말하며 뒷짐을 졌다. 허리 뒤로 맞잡은 작은 두 손이 조금씩 떨리고 있었다. 다치게 하고 싶지 않아, 싸우게 하고 싶지 않아, 라고 외치는 듯했다.

「그럼 내 그렌제의 기마를 지정하시오.」

「그렇다면 '에인헤랴르:車'로 지정하지. 좌우 포진은 그대의 뜻대로 하시게. 미룰 이유가 없지. 내일 이 시간에 기다리겠다.」

렌게는 자신의 그렌제를 돌아보지 않았다.


브레멘은 지정된 자리에 서서도 로니에르 왕의 심산에 진절머리가 나 좀처럼 진정되지 않았다. 분명 그는 차대를 노릴 것이었다. 그것이 브레멘의 기마라면 피할 수밖에 없을 것이라 확신한 것이겠지. 집요하게 차대를 노린다면 어린 렌게로서 너무도 잔인한 선택을 해야 할 수도 있었다. 무엇보다 브레멘 자신이 이러한 방법으로 죽는 것은 원하지 않았다. 차대를 피한다면 궁을 내줘야 한다거나 차를 희생해야 이길 수 있다거나 하는 상황에 놓이는 것 자체가 고통일 것이었다. 그 어린 왕녀에게 그런 선택을 종용하게 하는 것이 참을 수 없었다.

브레멘이 고민하는 사이, 기마가 움직이기 시작했다. 최강의 기병대를 이끄는 왕답게 '카라모스:馬'를 잘 써 마왕馬王이라는 별명이 있는 만큼, 초반부터 두 기병이 전진하기 위해 길을 물색했다. 렌게는 車 앞의 병사를 고정해 車의 문을 아예 걸어 잠그고 중앙을 튼튼히 했다. 어차피 고수들의 대결에서는 車 문을 굳이 무리해서 열 필요는 없었지만 렌게의 실력을 알 수가 없었다.

렌게는 병졸의 전선을 전방으로 밀었다. 가장 먼저 접전이 벌어진 것은 렌게의 기준으로 왼편 중원이었다. 병졸끼리의 먹고 먹힘이었는데 렌게는 그 활로를 타고 차를 전진시켰다. 브레멘의 근심이 그대로 들어맞아 로니에르 왕은 초반부터 차대를 유도했다. 브레멘이 서 있는 우측 車가 봉인된 기마라는 것을 감안하면 사실상 좌 車는 절대로 살려야 하는 기마였다.

그것을 렌게는 고민하지도 않고 잡아먹었다. 그렇게 좌측이 순식간에 정리되었다. 전열을 가다듬고 수를 기다리는 동안 사망한 병사들을 수습했다. 한차례 전투가 벌어졌을 뿐인데 이미 들판은 낭자한 피로 싸늘했다.

알레페시아라는 것은 설령 승리하더라도 기물을 손실시키지 않는 것은 불가능했다. 아무리 기량 차이가 많아도 그것만큼은 피할 수가 없었다. 자원한 병사들은 오로지 자신의 주군이 승리하리라 믿은 것이겠지. 알레페시아라는 게임을 잘 모르는 브레멘은 그 뒤로 잠잠하기까지 한 기물들의 이동이 어떤 전략인지 알 길이 없었다.

40여 분이 지났을까. 이윽고 브레멘을 움직였다고 생각했는데 고작 앞으로 한 칸 움직인 것이 전부였다. 그때까지만 해도 과연 렌게가 잘 두고 있는 것인가 의심했으나, 마왕의 馬가 우측 깊숙하게 침투하여 장군을 불렀을 때 자신이 있던 위치에 있었으면 죽는 것이었음을 깨달은 후부터는 전체적인 판에 집중했다.

사실 마왕의 馬는 침투한 것이 아니라 쫓긴 것이었다. 마왕의 기병은 발이 묶이고 꼼짝없이 죽을 것이었다. 그로서는 악수를 피한 것이었으나 렌게의 수비는 그야말로 철옹성이었다. 렌게가 브레멘의 기마를 직접적으로 전선에 올렸을 때, 브레멘의 앞에 적의 車는 존재하지 않았다.

줄곧 방어하던 렌게가 반격을 개시했다. 멀리서도 알 수 있었다. 렌게의 표정은 처음과 동일했지만 로니에르 왕의 표정은 그렇지 못했다. 렌게의 파상공세가 이어지고 로니에르 왕은 번번이 기물을 떨어뜨렸다.

총 대국시간 1시간 24분, 106수. 로니에르 왕은 양 '궁병:包'과 '카폴글리너:象', 그리고 두 병사가 남아 있었지만 렌게에게 외통수를 내줘야 했다. 그것도 마지막은 브레멘의 기마로 장군checkmate을 불렀다. 렌게의 완벽한 승리였다. 그레이피스의 왕녀는 담담하게 현장을 빠져나와 마차에 올랐다. 브레멘이 안에 타는 것을 보자마자, 그녀는 한숨을 내쉬며 등을 깊게 파묻고 눈을 감았다.

「구두계약만으로 괜찮을까요?」

「괜찮아. 천하의 마왕이 12살 계집애에게 외통을 당했으니 절대 못 쳐들어와.」

「그보다 정말 압도적으로 흘렀군요. 기마를 제한당하다시피 하고도 외통으로 이기실 줄은.」

「그 반대야.」

「예?」

「그 반대라고. 정상적으로 뒀으면 열에 일곱은 내가 졌어. 과연 마왕이야. 기량으로 치면 상대가 안 됐는걸.」

「하지만….」

렌게는 파르르 떨리는 손을 감추기 위해 손을 포개어 무릎 위에 얹었다.

「분명 차대車對*를 하자하면 나는 피할 수밖에 없지. 하지만 나는 좌 차대에 응했어. 남은 車는 그대이니까 사실상 봉인이라고 봐야 하지. 그 점 때문에 방심한 거야. 솔직히 말해서 그대를 잃을 뻔했어. 馬의 길을 파악한 건 정말 우연에 가까웠으니까.」

브레멘은 자신을 한 칸 밀어 올렸던 수를 기억했다.

---

\* 상대의 차車와 자기 차를 대항시키는 일.

「첫 번째 馬를 겨우 봉쇄하고 좌측에 집중할 때 장군을 치고 나머지 馬를 빼앗았지. 그게 연결되지 않았으면 위험했어. 두 馬를 모두 잃으니까 정신적으로 무너져 버린 거지. 마왕은 두려워… 피곤해….」

렌게는 조용히 잠들었다. 브레멘은 마부에게 신호하여 최대한 정숙하게 날도록 했다. 그 두렵다는 마왕을 상대로 승리해 국가를 존속시킨 업을 이룬 사람치고는 너무나 태평한 얼굴이었다. 마치 소풍이라도 가서 신나게 놀다 지친 어린아이와 같은 얼굴이었다.

렌게는 결국 한 번의 알레페시아 대국으로 4년 동안의 휴전을 일궈내었다. 물론 로니에르 측에서 얼마나 약속을 잘 지킬지는 두고 봐야 알겠지만 렌게는 확신이 서는 모양이었다. 몇 번이나 근심을 털어놓는 브레멘에게 로니에르의 왕은 자존심과 명예로 똘똘 뭉쳐 있어서 자기가 친히 정벌할 것이라는 도발을 들었으므로 오직 그에 대한 대비만을 할 것이라고 대답했다.

렌게는 다음날 슬레그로스와 베르타로스를 불러 그녀들의 앞에 다섯 자루의 마도기를 늘어놓았다.

「남은 너희 자매들을 깨워줘. 도움이 필요해.」

명을 받은 두 소녀들은 마주 보며 한번 웃고 손을 맞잡고 춤을 추기 시작했다.

「사랑하는 분, 소중한 분, 우리 자매들을 부디 미워하지 말아 주세요.」

두 소녀 중 누구의 말이었을까. 다섯 자루의 마도기들은 온데간데없고 그 자리엔 대신 다섯 명의 샤란들이 서 있었다. 모두 특징 있는 헤어 컬러와 아이 컬러를 가지고 있었고 연령대도 제각각이었다. 브레멘은 이미 '자신의' 검이었던 빛과 바람의 마도기가 슬레그로스와 베르타로스로 변했다는 것을 들은 터라 그다지 놀라지는 않았으나, 자신이 신경 써야 하는 인물이 대거

등장해 당황스러웠다. 일곱 자매들은 가장 먼저 서로를 끌어안았다. 오랜 이산가족의 상봉처럼 서로의 몸을 어루만지고 키스를 퍼부었다.

'아니 좀 과한데?'

브레멘은 어린 자매들의 뜨거운 스킨십을 차마 응시하고 있을 수가 없어 고개를 돌렸다.

「어? 그램이는 왜 남자야?」

「모두 여자면 심심할까 봐.」

「꺄르륵.」

자매들과 한 명의 청년까지 일곱 명이 일제히 렌게에게 달려들었다. 그들은 렌게의 신분을 전혀 개의치 않는 듯했다.

「얘들아, 그럼 안 돼! 렌게님은 일국의 왕이니까.」

「우린 사전 지식 부분을 전부 초기화했어. 왜 안 되는지 알려주지 않으면 알 수 없어.」

금발 머리의 소녀가 슬레그로스의 잔소리를 묵살했다. 그들은 유일한 남성 그램슈바터를 제외하고는 모두 렌게의 주위를 둘러싸고 수다와 스킨십을 쏟아 부었다.

「어이 렌게, 나보고 쇳덩어리라며? 응?」

렌게는 다소 당황스러워 보였지만 싫지는 않아 보였다.

그 뒤로, 렌게는 더욱 바빠졌다. 업무 시간은 물론이고 화장실까지 졸졸 쫓아다니는 무리들의 등살을 견뎌야 했고 업무가 끝난 후엔 그들에게 책을 읽어주기도 했다. 그들은 렌게가 동화책을 읽어주는 것이 무척이나 마음에 들었는지, 하루 업무를 끝내고 몸을 정돈하고 있으면 이미 렌게의 침대 주변에 쿠션을 끌어안고 포진해 있곤 했다. 그들의 행동을 자제시키는 것은 오로지 브레멘의 역할이었는데 브레멘의 지시를 직접적으로 듣지는 않았지만 슬레그로스와 베르타로스가 브레멘의 말을 중계하면 절대적이라 할 만큼 말을 잘 들었다. 브레멘에겐 여간 고역인 것이 아니었지만 좋은 점도 있었다. 그들이 주변에 있은 후부턴 렌게가 브레멘에게 곧잘 휴가를 허락했기 때문이었다. 그렇지 않아도 무도회 사건이 있은 후 한 번도 올림페를 볼 수가 없어 불편했던 브레멘이었기에 조심스럽게 요청한 귀택 여부에 흔쾌히 허락해 주었던 것은 단비와도 같은 것이었다.

올림페가 큰일을 당한 후 수개월 만에야 재회할 수 있었던 브레멘은 올림페와 열정적인 사랑을 나누며 간만의 휴가를 만끽했다. 다음날 그가 궁으로 돌아왔을 땐 렌게의 곁에는 무려 열네 명의 사람이 있었다. 새로 나타난 일곱은 모두 파란 머리와 파란 눈동자의 여성이었다. 누구냐고 묻는 질문에 렌게는 다만 마도기들이 부른 자들이라고만 답했다. 인원이 순식간에 불어났지만 파란 여인들은 여간해서는 브레멘의 눈에 띄지 않았다.


4년의 평화 동안 렌게는 정치에 힘써 로니에르를 제외한 다른 나라들과의 우호를 돈독히 하는 반면, 안으로는 재정을 정비하고 법을 개선하고 민심을 안심시키는 데에 총력을 기울였다. 곧 군사적인 충돌이 있을 것임에도 오히려 세금을 낮추는 등 모든 것이 군사적인 움직임과는 거리가 있어 보였다. 그중에서도 성인식을 앞둔 마지막 1년은 주로 자국의 각 지역을 돌아다니며 소비했다. 지역을 다스리는 귀족의 집에 찾아가거나 변장하고 거리를 시찰했는데, 각 지역에서 나오는 시민들의 소리를 오직 그녀의 두 귀로 듣고 두 눈으로 확인하고 귀족을 방문해 그들을 바로잡는 패턴이었다. 그중 도라돌 가문에 방문했을 때엔 렌게를 알아보지 못하는 아일 도라돌의 모습에 웃을 수밖에 없었다. 또한 반드시 귀족의 약점을 잡아 왕녀가 지역을 순례한다는 사실을 엄중히 단속했다.

철저하게 계획된 1년간의 순례 일정에 마지막은 다름 아닌 펠렉서스 가문이 다스리는 지역이었다. 렌게가 음식을 먹을 때 가장 맛있는 것을 마지막에 먹는 성격임을 잘 아는 브레멘이었기에 다른 때보다 완벽을 가해 변장을 하는 등 심혈을 기울이는 모습을 보고 두려움을 느꼈다. 무엇보다 렌게는 그 마지막 순례지에 올림페가 대동하기를 원했다. 굳이 올림페를 안 좋은 기억이 있는 곳에 데려가는 것이 못마땅했지만 렌게의 명을 거역할 수도 없는 노릇인지라 묵묵부답으로 항의하는 것이 브레멘으로서는 최선이었다. 출발 전날 렌게는 올림페를 미리 불러 대면하고 둘만의 시간을 가져 친밀도를 쌓았다.

열여섯이 된 렌게는 선왕 밀레이유를 쏙 빼닮은 아름다운 모습으로 성장했다. 최종 순례를 앞두고 그녀는 정말로 만반의 준비를 갖췄다. 슬레그로스와 베르타로스에게 외형을 변하게 하여 자신과 브레멘으로 위장시켜 언제나처럼 자신이 자리를 비운 사실을 드러나지 않게 했다. 그것이 단지 빛을 굴절시키거나 정신을 왜곡시키는 공정마법이 아니라 물리적인 육체 자체를 재구성하는 것이었기 때문에 브레멘의 간담을 서늘하게 했다. 단순한 외형은 물론이고 목소리나 몸의 쌓인 그논의 양조차 동일했기 때문이었다. 그러한 '육체의 자유로운 연성' 능력은 일곱 명의 마도기들이 가진 공통적인 능력이었는데 만약 그것이 악용된다고 생각하면 브레멘의 몸엔 여지없이 소름이 돋았다.

그런 그의 염려를 아는지 모르는지 렌게는 천연덕스럽게 그녀들에게 쉬이 왕권을 위임했다. 그것은 왕좌에 앉은 사람으로서 신뢰만으로는 설명할 수 없는 부분임에 틀림없었다. 동행하겠다고 고집을 부리는 일곱 파란 여인들을 말로 제압해 궁에 처박아 두고 그들 중 가장 강하다는 한명만을 '절대 눈에 띄지 않는' 조건으로 인원 구성을 마무리 지었다.

아르테미오스의 달인 1월에 1일 국가적 연례행사를 치르고 5일에 렌게와 브레멘, 파란 여인과 올림페가 펠렉서스의 영지로 출발했다. 렌게는 이번에도 남장을 해서 브레멘은 '시골 남작의 도련님과 그 수행인'이라는 컨셉을 이어야 했다. 왕성을 나서는 렌게의 발걸음은 나비처럼 가벼웠다. 밀짚모자를 쓰고 하늘거리는 원피스에 도시락 바구니만 들지 않았을 뿐이지 리드미컬한 걸음걸이는 렌게의 기분을 가감 없이 드러내고 있었다.

북적북적한 시내 카페의 야외 테이블에 자리를 깔고 앉은 렌게는 느긋이 상체를 일으켜 가방에서 담배를 꺼냈다. 불구슬에서 솟아난 불에 이내 종이 타는 소리가 났다. 브레멘은 담배를 피우기 시작한 렌게가 몹시 걱정스러웠지만 그녀가 스트레스를 이겨내는 몇 안 되는 방법이라 생각하여 잔소리는 하지 않았다.

「일단 루트를 정하자.」

렌게는 재떨이를 끌어당겼다. 브레멘은 지도를 렌게가 볼 때 바르도록 놓고 심각한 목소리로 대답했다.

「선택권이 있는 겁니까?」

렌게의 손끝은 왕성으로부터 직선으로 펠렉서스 영지로 흘러갔다.

「당연히 빠른 길로 가야지.」

브레멘은 머리가 지끈거렸다. 얘기가 원치 않게 빠르게 정리되고 곧 음식이 나왔지만 정신이 피폐해져 도무지 식욕이 돋지 않았다. 그래도 눈앞의 정체 모를 덮밥에 수저를 댔다.

「응. 역시 해산물은 뜨겁고 매운 게 제맛이야.」

렌게는 몹시 매운 기운을 풍기는 덮밥을 왕이라는 것이 믿기지 않을 정도로 우걱우걱 먹었다. 한 수저를 가득 퍼서 입에 넣고 빠르게 씹어 삼킨 뒤엔 한참을 손으로 부채질을 했다. 그녀의 기세는 굉장했다. 이마뿐인가, 목을 타고 땀이 줄기차게 흘러내리고 있는 것만 봐도 그녀는 한계였다. 하지만 숟가락은 멈출 생각이 없는 듯했다. 물도 마시지 않았다. 한번 쉬면 다시는 못 먹을 것이라는 기백이 후끈 전해졌다. 그야말로 폭군과 같이 맹위를 떨치는 '매움'은, 그저 맵기만을 위해 만든 음식과 같은 불합리한 독기를 품고 있었다. 브레멘은 질렸다는 듯이 고개를 저었다.

딸깍

렌게는 도자기 스푼을 내려놓으며 짜증 섞인 목소리를 했다.

「아직도 다 안 먹었어? 요리사에 대한 예의가 아니라고.」

렌게는 예상 안이라는 얼굴로 태연하게———

「아저씨, 하나 더!」

당일 새벽, 밤새 변기통을 예약한 고달픈 수면에 시달렸으면서도 눈을 가장 먼저 뜬 이는 렌게였다. 브레멘이 일어났을 땐 이미 왕녀와 올림페는 샤워를 끝내고 테이블에서 이제부터 사야 할 것 목록을 만들고 있었다. 머리에 수건을 뒤집어쓴 둘이 다정하게 이야기하는 모습을 보고 '부부 같다'라고 하는 바람에 올림페에게 난도질당할 뻔한 것만 빼면 평화로운 아침이었다.

「아침행사 끝났으면 가서 씻고 와. 해가 중천에 떴어. 오늘은 좀 바쁘다. 내려가서 점심 먹고 필수품이랑 사야 돼.」

「네네.」

브레멘은 늘어지게 하품을 하며 세면실로 향했다. 렌게는 자신이 변장한 캐릭터에 몰입하는 것이 삶의 낙이라고 할 만큼 재밌다고 했다. 순례나 시찰을 할 때의 변장 컨셉이나 인물 간의 설정에 상당히 공을 들였고 그것은 누가 보던 보지 않던 엄수해야 했다. 그런 것이야 상관없었지만 브레멘이 걱정하는 것은 그녀가 어릴 때와 비교해 다소 거칠고 저급한 언행을 자주 하게 되었다는 것이었다. 그것이 왠지 강한 척하는 사춘기 소녀와 같아 브레멘은 여봐란듯이 허리에 타월만 감고 욕실을 나섰다. 그러나 두 여자 모두 관심조차 없어 보였다. 그는 실망스러운 마음을 위로하기 위해 창문을 활짝 열고 밖의 경치를 감상할 셈으로 시각을 닫은 채 후각에 신경을 집중했다. 찬바람이 물기로 촉촉한 피부를 스치고 지나가자 문득 지금이 겨울에 가깝다는 것을 깨닫고 창문을 닫았다.

「어흡 춥다.」

「야 브레멘, 너 죽을래? 이 인간이 추워 죽겠구만 무슨 짓이야?」

「뭐 어떻습니까. 내일모레면 사막을 지날 텐데 지금이라도 추위를 한껏 즐겨보는 게 좋을 것 같은데요.」

「난 너처럼 건강하지 않으니까 좀 참아줘.」

올림페는 섣불리 대화에 끼지 못하고 그저 미소만 지었다. 그럴수록 렌게는 올림페의 몫까지 책임진다는 듯 말을 더 많이 했다. 브레멘은 두 여자들이 열심히 준비할 동안 느긋하게 소파에 앉아 쉬다가 렌게가 잔소리를 할 즈음해서 그녀들보다 먼저 준비를 마치고 문 앞에 섰다. 렌게는 흥 하는 콧바람을 뿜으며 도도하게 방을 나섰다.

그들은 문을 잠그고 밑의 식당으로 내려갔다. 주인은 큰 소리로 인사를 하며 그와 가까운 테이블로 안내했다. 세 명이 일제히 메뉴판을 집어 들었다. 각자 음식을 주문하고 브레멘이 물을 떠오자 렌게는 종이 한 장을 팔락

팔락거리며 브레멘의 얼굴에 내밀었다. 왕녀가 친필로 적어놓은 목록은 심부름 수준이라기엔 상당히 길었다.

「시간 단축을 위해 분담해서 살 거야. 넌 요기 있는 것만 사면 돼.」

「어디보자… 측고계測高計, 압정, 휴대용 도구상자, 나무상자, 주머니, 끈, 작은 병, 포장지, 주석그릇, 유약 바른 물 항아리… 이거 너무 많지 않습니까? 이걸로 돈 반은 쓰겠습니다.」

브레멘이 토를 달았다. 렝게는 외부로 나갈 때 언제나 한정된 금액과 완벽하지 않은 안전을 추구해 왔다. 태어나서부터 궁성에서만 살아왔던 터라 순례와 시찰을 스스로 '여행'처럼 만들어 즐기고자 했던 것이었다. 왕녀는 이 마지막 순례에선 그것들을 유난히 빡빡하게 잡았다. 설령 자금이 동나도 정해진 수순이 아닌 한 자신의 정체를 밝히거나 하여 '모험'을 그만두는 일은 결코 하지 않았다. 브레멘은 그 때문에 거리에서 돈을 받고 대결하기를 종용받기도 했다.

「그렇지 않아. 이런 용품 가격은 매우 싼 편이야. 그리고 설사 절반 이상을 쓰게 된다고 해도 아까워해선 안 돼. 우리의 생명 가격이 될 테니까.」

브레멘은 침을 꿀꺽 삼켰다. 생명이라는 말을 듣자 다시금 여행이라는 말이 두렵게 느껴졌다. 그녀의 말은 틀림없이 진심일 것이었다. 설령 오지 한가운데에 갇혀 빵 한 조각 먹지 못하는 한이 있더라도 자신이 하기로 했던 것을 번복하지는 않을 것이었다. 성격이 그러하니 그녀를 보좌하는 마도기들이나 파란 여인들이 정색을 하며 동행하겠다는 것이 당연했다.

「올림페는 가격 많이 깎아. 남자에겐 뻔뻔함이지만 여자에겐 애교라고. 자, 이 주머니 안에 자금이 있어. 소매치기가 상당한 모양이야. 알지? 우리 같은 차림의 여행객들이 최고의 먹이인 거. 절대 싸움 같은 건 안 돼. 지금이 12시 18분이니까 밥 먹고 1시부터 나간다 치고, 저녁 6시까진 돌아와. 일단 점심, 저녁을 여기서 거하게 먹는다는 조건으로 오늘 방세는 안 내기로 타협 봤거든? 먼저 끝나면 방에서 쉬고 있어.」

브레멘이 목록의 물건들을 적당히 구입하고 숙소로 돌아왔을 때 이미 렌게는 자신이 산 물품을 바닥이며 테이블에 진열해 놓고 있었다. 그들은 일단 짐을 끄르고 식사를 했다. 하지만 그것은 실수였다. 긴 시간을 돌아다녔던 탓인지 식곤증이 더해지자 렌게고 올림페고 할 것 없이 엎어져 잠들어 버렸던 것이다. 저녁을 먹고 출발해 다음 마을에서 바로 잠을 청할 계획을 잃고 그들은 다음날 새벽녘에나 깨어 출발할 수 있었다.

해를 쫓아 카라모스를 달려 사막 초입에 있는 마을로 들어섰다. 온통 황토색 벽돌로 만들어진 건물에 흰색 천들이 바람에 날리며 손짓하고 있었다. 렌게는 곧장 사막 안내인인 캘리번을 고용하기 위해 가까운 길드를 찾아 나섰고 브레멘은 렌게의 손을 잡고 뒤를 따랐다. 올림페는 이미 뷔르누*를 걸치고 있었다. 사막에선 태양의 직사광선을 가려야 하기 때문에 뷔르누는 반드시 필요한 옷이었다. 통풍은 잘 되는 편이지만 이미 겨울의 기운이 그리울 정도로 더웠다.

「저 호수, 예쁘지 않아?」

브레멘은 올림페가 가리킨 곳을 바라보았다. 모래 위 아지랑이의 밑, 짙은 에메랄드빛의 호수들이 산재해 있었다. 하지만 그는 그것의 아름다움보다는 그 뒤로 보이는 척박하기 그지없는 땅에 더 눈길이 갔다. 뜨거운 숨결을 뱉어내는 대지가 그 넓은 팔을 벌리고 그를 끌어안으려 하는 것 같았다. 바다와 다를 것이 없는 압도적인 경치였다. 그는 숨이 막힐 듯한 열기가 담긴 공

---

* 아라비아풍의 모자가 달린 외투. 직사광선을 막아주기 때문에 사막에서는 필수이다.

기를 들이키면서 자각하고 있었다. 이제부터 사막을 지나게 된다는 것을.

「태양이 정말 아름답군. 이 세상을 천국으로 부르는 것 같아.」

중얼거리는 브레멘의 손을 맞잡은 올림페의 손에 힘이 들어갔다. 렌게는 눈에 보이는 조합으로 거침없이 발걸음을 옮겼다. 조합의 안은 평범했다. 밖과 다를 바 없는 색의 벽에 방패나 그림 등이 걸려있었고, 안쪽엔 편안해 보이는 의자와 테이블에서 사람들이 시끄럽지 않을 정도로 이야기하고 있었다. 바에서 주인으로 보이는 사람이 무뚝뚝하게 말을 걸어왔다.

「건널 거요, 찾을 거요?」

렌게는 조금 긴장한 듯했다. 직접적으로 본론만 말하라는 태도로 나오는 곳은 처음이었기 때문에 순간 입을 굳게 다물었다.

「건널 거요.」

브레멘이 대신 대답했다. 카운터의 남자는 그들 쪽은 쳐다보지도 않으면서 종이쪽지를 내밀었다. 일종의 계약서인 모양이었다.

「여기에 체크하슈. 지불은 선금이유.」

렌게는 사내가 시키는 대로 상당히 고분고분하게 대처하고 있었다. 아무래도 너무 간단한데. 정말 이걸로 되는 것인가? 브레멘은 렌게에게 묻고 싶었으나, 그녀가 너무도 열심히 종이의 글을 해독하고 있어 방해하기가 미안했다.

「캘리번은 어떤 사람이죠?」

렌게가 종이를 탐독하며 묻자 사내는 귀찮다는 듯이 대답을 던졌다.

「설명하면 아나? 괜찮은 사람이다. 경험도 많고.」

「경력이 얼마나 되죠?」

「5년쯤 됐나.」

「지금 여기 있나요?」

「아니, 대기 중인데…」

「그 캘리번의 프로필을 보여주세요. 신분증명서도요. 여기는 어디와 계약을 맺고 있죠?」

「그는 얼마 전에 새로 등록된 레인져Ranger라… 」

렌게는 바를 손바닥으로 팡팡 내리쳤다.

「새로? 이봐요, 우리 인원 안 보여요? 혼자 횡단하는 거랑 누군가를 책임지고 가는 건 차원이 다른 문제라고요. 여행자 협회에 썰 한번 풀까?」

「아하하하!! 여행자 협회? 아하하하!!」

근육 덩어리 같은 사내가 비웃듯이 웃어젖혔다. 렌게는 고개를 갸우뚱하며 사내를 응시했다. 사내는 렌게의 그것을 압도하는 힘으로 바를 세게 내리쳤다.

「마침 D.A.(desert assassin 길드)에서부터 온 믿음직한 캘리번이 등록된 참입니다. 가변적인 위험에 충분히 대처할 만큼의 실력도 가지고 있고, 사람을 데리고 횡단한 경험도 충분히 있고요. 이 사람은 어떠신가요?」

「D.A.라고 하셨나요?」

「네. 우리 가게는 D.A와 직접 계약을 맺고 있기 때문에 신용을 바탕으로 한 최고의 캘리번 소개소라고 자부합니다.」

「하지만 암살자를 데리고 사막을 건너다니 왠지 안 내키는데.」

「그들은 합당한 이유와 대가가 있어야 암살을 수락하는 자들입니다. 돈만 받으면 누구든 죽이는 청부업자들과는 분명 다릅지요. 그런 걱정은 정말 안 하셔도 됩니다요.」

렌게는 씁쓸한 표정을 지었다. D.A.는 펠렌드 산맥의 만년설의 폭풍을 뚫고 다니는 실버레인져와 어깨를 견주는 무리였다. 전 세계 사막지역이라면 D.A.의 이름만 대도 사적沙賊 등은 접근하지도 못할 정도였다. 그들이 나름의 정의를 부르짖는 길드라고 하지만 이름도 그렇듯 암살자인 것은 분명한 사실이었다. 어딘가에서 따라오고 있을 파란 여인이 듣는다면 환장할 노릇일 것이다.

렌게는 타고 온 카라모스들을 도착지에 미리 데려다 놓을 말몰이꾼을 고용하여 미리 펠렉서스 지역으로 보냈다. 말몰이꾼은 혼자서 10마리 이상의 카라모스를 갈아타면서 하루에 600페르킬로미터가 넘는 거리를 달린다. 말몰이꾼에게 사정해 그와 어찌어찌 동행할 수도 있었지만, 렌게는 며칠 빠르게 목적지에 도착하는 것보다는 사막 횡단이라는 새로운 경험을 채워 넣고 싶어 했다. 그녀가 낙타를 선택할 때의 두근거리는 눈빛은 그 기대를 여과없이 드러냈다.

「낙타는 물론 쌍봉낙타겠죠?」

「쌍봉으로 해 드리죠.」

렌게는 작게 숨을 내쉬었다. 만약 단봉으로 준다고 했으면 다시 협박할 셈이었던 모양이었다. 렌게는 상당한 돈을 지불했고 낙타 세 마리와 종이 뭉치를 건네받았다. 사내는 이 종이를 잃어버리면 상당히 귀찮아진다며 낙타의 짐칸에 단단히 고정시켜 놓으라고 충고했다. 카운터의 남자가 종업원으로 보이는 소년에게 심부름을 시킨 후 5분이 채 지나지 않아서 한 청년이 상점 안으로 들어왔다. 남자는 뷔르누를 뒤집어쓰고 있어서 자세히 볼 순 없었는데 브레멘과 눈이 마주치자 묵례를 했다.

「이분들이신가요?」

「그래. 리센가드Le-Scbengard까지 모셔다 드려.」

「예에, 안녕하세요. 퓨리스 레이몬드PeuriceRaymond라고 합니다.」

청년은 뷔르누의 두건을 끄르고 얼굴을 드러냈다. 젊었다. 아니, 얼굴이 깨끗했다. 브레멘은 그가 백인이면서도 많이 타지 않은 얼굴에 젊다고 착각해 버렸다. '잘생겼다'라는 것과는 다르지만 얼굴이 상당히 뽀얀데다가 피부도 고왔다. 모래바람 때문인지 머리카락은 끝이 갈라져 푸석푸석한 채로 적당히 내려와 있었지만 눈동자와 동일한 연한 보라색이었다. 펠렉서스 가의 그것보다도 아름다웠다.

「전 세러딘, 이쪽은 올림페, 여기 남자는 시종이에요.」

「잘 부탁드립니다.」

인사를 나누는 찰나, 저만치서 이야기하고 있던 남자들이 다가왔다. 이야기가 끝나가는 것 같은지 급하게 말을 걸었다.

「보소. 이넘아 반값에 우리들이 안내해 줄까? 리센가드까지 간다며. 우리도 그쪽으로 갈 건데.」

브레멘은 머리가 지끈거리는 것 같았다. 퓨리스는 딴 곳을 바라보고 있었고, 렌게가 나서서 직접 답을 했다.

「별로 캘리번같이 보이지 않는데요.」

「엥? 무슨 소리야 우린 틀림없는 캘리번이라고.」

「종교를 상징하는 물건이 하나도 없잖아요. 네 명 모두」

지상의 모든 거대종교는 예외 없이 사막에서부터 출발했다. 어려운 처지의 사람일수록 기댈 것이 필요하고, 권력을 잡은 사람 또한 구성원을 단합할 수 있는 것이 필요했기 때문이다. 건조한 불의 신전에서 자란 사람들에게 신은 유일한 안식처와 같았다.

「아? 우린 다 무신론자야.」

렝게는 팔짱을 끼며 공격했다.

「캘리번이 신을 믿지 않는다고요? 카라모스가 제 새끼 잡아먹었다는 걸 믿겠네.」

네 명의 인상이 구겨졌다. 모욕을 당해서인지 정곡을 찔려서인지 잘 알 수 없었지만 화난 것은 틀림없었다.

'나한텐 싸움을 하지 말라고 그렇게 말했으면서.'

「퓨리스 씨 계약 맺었으니까 우리 보호자죠? 여기도 일단 사막이니까. 여기 우리를 노리는 사람들이 있는데요.」

「계약기간 동안은 최선을 다해 지켜드리겠습니다. 하지만 개인적인 싸움은 피해 주세요. 뒤처리 담당은 아니니까요.」

렝게는 계속 시선을 피하며 있었고, 그 네 명은 그들을 밖으로 끌어냈다. 렝게는 얌전히 나갔고 카운터의 사내가 걱정스러운 얼굴로 따라나왔다.

「어이, 거기 애송이. 여긴 사막이 아니니까 괜히 껴들지 말라고. 죽고 싶지 않으면. 난 우릴 모욕한 저 도련님 면상을 부숴버릴 거니까.」

브레멘은 금방이라도 칼을 휘두를 태세로 성질을 부리는 네 명과 퓨리스의 사이에서 렝게와 올림페를 보호하듯 서 있었다. 아무래도 말이 통할 상대는 아니었다. 거기다 상당히 흥분한 상태기 때문에 근육이 꿈틀꿈틀했다.

「이미 전 계약서도 받았고… 캘리번이라 함은 사막을 건너는 일 뿐만 아니라 박힌 가시를 뽑아주는 일은 물론 외부적인 습격에서도 지켜 목적지까지 안전하게 도달시켜주는 모래의 안내인입니다. 만일 당신들이 이분들께 해를 가하려 한다면…」

퓨리스는 손으로 뷔르누를 안에서부터 쳐내 펄럭이게 한 뒤 검을 뽑아들었다. 그 행동에 네 명은 황급히 자신들의 무기를 따라 꺼냈다. 브레멘은 눈을 크게 뜨고 퓨리스를 응시했다. 먼저 검을 뽑다니 상당히 자신이 있는 모양이었다. 퓨리스가 꺼낸 칼은 완만하게 검 날이 휜 만도灣刀였다.

「모래는 피를 삼킬지라도 물을 뱉지 않는다. 짓누르는 빛의 공포에서 벗어나고 싶다면 사막의 천사들을 피해갈지어다.」

「엉?」

칼을 꼬나쥔 네 명이나 브레멘이나 올림페나 할 것 없이, 렌게를 제외하고 정확하게 꼭 같이 '엉?'이라고 말했다. 렌게와 조합의 사내만 굳은 표정이었다. 렌게는 고개를 들어 시비가 붙은 네 명을 경멸하는 얼굴로 쳐다봤다.

「데져트 어쌔신의 경고를 듣고도 웃는 놈들이라니 나 원.」

「뭔 헛소리야!」

까지였다. 브레멘은 네 명의 가운데로 들어가 움직이는 퓨리스를 보았다. 정확하게 4번을 휘둘렀다. 한 번 휘두를 때마다 한 번씩 보폭을 조절해 힘을 제대로 실었다. 휘두른 후에 세 발자국을 물러서 원래 자리로 돌아갔고 유유히 자세를 고쳐 잡았다. 너무나 간단하게 동시에 네 명을 상대했다. 다만 퓨리스가 자리로 돌아가 늘어뜨린 검을 뷔르누가 가릴 때까지 무슨 일이 일어났는지 인식할 수가 없었다는 게 간단하지 않은 점이었다.

풀썩.

네 명 중 한 사람이 팔목을 부여잡고 쓰러졌다. 그 사람의 검지가 잘려있었다.

「검을 잡을 때 손가락을 펴고 있으면 좋지 않아요. 힘도 들어가지 않고요. 돌아가서 성력으로 치료를 받으시면 3일 정도면 정상적으로 움직일 수 있을 겁니다. 무기는 놓고 가세요.」

브레멘은 만약 퓨리스의 상대가 자신이었을 경우를 상상하며 분석하기 시작했다. 휘두를 때의 보법이나 잔 동작 처리를 보면 검의 숙련도는 분명 자신보다 한 수 아래였다. 물론 여유를 부린 건지 버릇인지 확신은 없었지만, 승패의 요인은 단순하고 압도적인 '속도' 차이였다. 꽤 떨어져서 보고 있었는데도 브레멘은 눈에 '지금 휘두르고 있다'라는 영상을 잡아낸 것이 한계였다. 정면에서라면 자신의 바로 옆으로 죽음이 스쳐 지나가는 것을 피해야 한다는 생각조차 하지 못한 채 방관하고 있었을 것이었다. 저 넷처럼.

「이렇게 나온 김에 출발하도록 할까요? 제 캄멜camel도 데려오겠습니다.」

브레멘은 퓨리스를 바라보는 렌게의 심상찮은 표정을 보다가 손가락이 잘린 남자가 있던 곳을 쳐다봤다. 핏자국이 점차 연해지고 있었다.

# 2장
## 사막, 모험

 

 

그것은 공포라는 것 외에는 설명할 길이 없었다. 그들은 낙타를 타고 한 시간가량을 가다가 낙타를 끌고 걸었다. 브레멘은 기묘한 기분으로 모래밭을 걷고 있었다. 모래먼지는 회색의 거친 광채를 발하며 분말처럼 이리저리 흩날렸다. 얼음덩어리들이 둥둥 떠다니는 것처럼도 보였다. 지면을 덮고 있는 농포膿疱같은 껍질이 밟혀 부서질 때마다 바드득거리는 소리가 나는 것이, 영락없이 눈 위를 밟고 지나가는 듯했다. 그 아이러니함 때문에 형언할 수 없는 공포감이 밀려왔다.

「이곳에서는 신기루를 쉽게 볼 수 있습니다.」

「말라붙은 염수호*의 밑바닥은 딱딱한 껍질로 덮여 있어 이것이 햇빛을 받아 빛을 반사하는 거지.」

「정확합니다.」

퓨리스는 귀찮은 듯 설명을 대신하는 렌게를 보며 박수를 보냈다. 렌게는 타는 듯한 무더위에 이미 체력이 고갈되기 시작해 반응을 할 기력도 없

---

\* 물 1ℓ당 무기 염류량이 500㎎ 이상인 호수.

었다. 그들이 출발한 시점은 한낮이 조금 지난 시간이었다. 수직으로 내리쬐는 더위는 가히 살인적이라는 말이 어울렸다. 그 더위에서 '눈밭'을 보고 있으니 그것 또한 미칠 노릇이었다. 내내 뷔르누에선 탄내가 풍겨왔고 한결같은 지평선 위에는 그늘 한 점조차 드리워져 있지 않았다. 무더운 공기가 꿈틀거리면 신기루는 항상 호수를 그려내기에 실망만을 안겨주었다.

낙타를 타는 것도 결코 쉬운 일이 못 되었다. 화려하기까지 한 불의 신전 속에서 잠과의 싸움을 벌여야 했다. 정신을 잃을 정도로 뜨거운 모래의 숨결은 입이며 코를 달구고 정신을 둔하게 했다. 브레멘은 렌게와 함께 곧잘 사우나를 즐기곤 했었다. 렌게는 지독하리만큼 가부좌를 틀고 앉아 땀을 뺐는데, 브레멘도 그 장단에 맞춰 한계까지 자신을 몰아갈 수 있었던 것은, 문만 열면 정상적인 환경이 펼쳐진다는 안도 때문이었다. 그러나 이곳은 모래바다 한가운데. 어디로도 무엇으로도 이 지옥에서 금세 빠져나갈 수는 없었다.

쉴 새 없이 잘만 떠들던 렌게는 안장에 꼭 매달린 채 더 이상 입을 열지 않았다. 퓨리스는 낙타에선 잠을 잘 수 없다며 렌게와 올림페를 계속해서 깨워 주었다.

다섯 시간가량 그들을 공격하던 태양이 드디어 서쪽으로 모습을 감추기 시작했다. 거대한 하늘의 장미가 점점 부끄러워하며 투명한 어둠의 장막에 가려 희미해져 갔다. 길고 긴 다섯 시간. 혼미해질 정도의 빛에 오감이 마비되고 물리적인 피로에 온몸이 무거워진 렌게는 차가워지기 시작한 모래 위에 드러누웠다. 물도 물이지만 그 지독한 더위가 가시기 시작하자 아찔할 정도로 행복이 밀려왔다. 퓨리스는 싱긋 웃으며 근처에 풀이 돋아나 있는 곳에 낙타를 앉혔다. 찻주전자가 퓨리스가 피운 잉걸불 위에서 보글보글 물

끓는 소리를 내었다.

「퓨리스는 이제 스물여덟이라고요? 브레멘, 너랑 별로 차이 안 나는데?」

「나이가 중요합니까. 그리고 전 서른이 넘었습니다만.」

「데져트 어쌔신에 대해 좀 알려주세요. 암살자라고 들었는데.」

올림페가 퓨리스에게 관심을 나타냈다.

「데져트 어쌔신은 기본적으로 경제연맹체Economic League 라파스Laphace의 중심에 있습니다. 뭐어, 기본적으로 암살을 주업으로 하는 길드입니다만. 정크랜드에도 손이 뻗어 있어 카지노를 비롯한 여러 가지 도박 업체부터 이런 구석의 캘리번까지 관리합니다. 사실 말이 암살자지 전사나 마찬가지입니다.」

올림페가 눈을 빛내며 말했다.

「하긴 그럴 것도 같아요. 모래는 피를 마셔도 물을 뱉지 않는다는 등의 말이 암살자들에게 필요할 것 같지 않았어요.」

퓨리스는 싱긋 웃으며 대답했다.

「맞아요. D.A.는 어느 정도 자질을 갖춘 전사에게 고대 기록에 등장하는 천사의 칭호를 내립니다. 의뢰의 수준을 보고 알맞은 등급의 전사에게 맡기는 거죠.」

「그럼 퓨리스 씨는 어느 정도?」

「음. 우리끼리만 통하는 이야기입니다만, 치천사熾天使, 지천사智天使, 좌천사座天使, 주천사主天使, 역천사力天使, 능천사能天使, 권천사權天使, 대천사大天使로 구분지어집니다. 전 지천사급 전사로 있었지만 지금은 아니에요. 개인적인 일이 있어서 칼 쓰는 일은 그만뒀답니다.」

「거의 제일 위네요?」

「그것밖에 안 돼요?」

렝게와 브레멘의 반응은 완전히 엇갈렸다.

「하하하, 이거야. 브레멘 씨는 목표가 높은 것 같군요.」

「길드 내에서 얼마나 강한 편입니까?」

「음… 어렵군요. 절 약하다고 하는 사람은 적은 편입니다만 절 강하다고 하는 사람은 그보다 더 적지요.」

「당신의 순발력은 정상이 아닙니다. 마가력이 500까지 나온다 해도 그럴 수가 있을지….」

브레멘은 기분이 나빠 보였다. 그것은 기사로서, 혹은 전사로서, 자신보다 강하다고 생각되는 상대가 바로 눈앞에 있지만 그 실력을 확인해볼 수 없다는 사실에 기인했다.

「여러분이 보신 건, 오버 리미트Over Limit라는 기술입니다.」

「한계를 초월한다?」

퓨리스는 멈칫했다가 다시 말을 이었다.

「간단히 말하면 마가력의 쓰리피엠을 강제로 끌어올리는 것입니다. 기본적으로 마가력 자체가 체내의 그논을 활동시켜 근력으로 바꾸는 기술이지요. 자신의 잠재된 근육을 모두 활용하고 최고의 집중상태를 내는 단계가 100% 활용 단계, 즉 100pppm(페르 퍼 피시디엠; 쓰리피엠)으로 쓰지 않습니까? 그 배율을 올리는 겁니다.」

「저 역시 200 이상은 나옵니다만 순간적으로 한계치보다 끌어올리다니 그것이 가능한 겁니까?」

「네, 하지만 브레멘 씨와 같이 명예로운 기사 분께는 맞지 않을 겁니다. 그것은 정상적인 훈련으로 얻는 것이 아니거든요.」

브레멘이 흠칫 몸을 움츠렸다.

「제가 기사라는 것을 어떻게 아셨죠?」

「몸가짐만 봐도 알겠는데요?」

「저, 그런데 그 오버 리미트는 퓨리스의 필살기 같은 건가요?」

렌게가 화제를 돌리며 끼어들었다.

「아뇨. D.A에서 천사의 칭호를 받은 전사라면 모두 쓸 수 있습니다. 기본적으로 오버 리미트를 쓸 수 있어야 칭호를 주니까요. 자자, 잡담은 여기까지 하죠. 우선 우리의 계획을 말씀드리겠습니다.」

그들은 계획을 듣고 곧 잠자리에 들었다. 사실 계획을 들으면서 졸음이 쏟아졌다. 다음 날부터 그들은 해도 채 뜨기 전에 기상해야 했다. 오전 7시부터 오후 4시까지 기나긴 행군을 했다. 나무막대를 세워 천으로 빛을 가려 휴식을 취하고 기상 관측을 하면서 계속 이동했다. 식사는 주로 쌀죽이나 전병으로 때웠다. 유흥거리라고는 밤에 모닥불 앞에서 퓨리스가 해주는 사막에 관련된 이야기뿐이었다. 또 그는 노래도 잘해서 때때로 노래를 가르쳐 주기도 했다. 두어 시간을 걷다가 낙타에 타고 다시 내려서 걷고를 반복하면서 풀밭을 찾아 낙타 꼴을 먹이고 밤을 준비했다. 그들은 수백 페르킬로미터에 걸쳐 펼쳐진 자갈길과 모래언덕을 걸어야 했다.

파티는 렌게의 컨디션이 떨어지자 쉬기 위해 자리를 펴고 텐트를 쳤다. 20페르킬로미터쯤 전에 지나친 수원에서 물 등을 충분히 섭취한 상태라 기분이나 체력이나 좋은 상태였다. 하지만 퓨리스가 앞으로 90페르킬로미터는 가야 샘이 나올 거라고 하는 말을 듣자 일어나는 것조차 힘들게 느껴졌다. 땅의 기복도 나무도 심지어는 바위산 하나 없는 길을 90페르킬로미터나 가야 한다는 사실은 상상 이상으로 정신적인 피로를 동반했다.

퓨리스는 바닥을 밟는 느낌이 달라지는 것을 느끼며 파티에 격려의 메시지를 전달했다.

「이제 슬슬 에르그erg* 지역이군요.」

소리가 찡찡 시끄러운 자갈밭을 걷는 건은 발목에 부담도 가고 여간 힘든 것이 아니었다. 고생시킨 두 발을 처음 모래에 담갔을 때는 안락함마저 드는 것이 얼음물에 발을 담그는 것과 같은 평안함을 주었지만 발이 모래에 파묻힐 때마다 올라오는 무시무시한 열기는 발을 그대로 익혀버릴 기세였다. 모래의 표면온도가 80도에 이르기 때문이었다. 그래도 2일만 더 행군한다면 목적지에 도착할 수 있다는 말에 힘이 솟았다.

「…그래서 전설의 모래고래를 찾아 나서놓고는 금세 포기하게 되었지요. 내로라하는 사막인들도 가능성이 보이지 않는 데는 공포를 느낄 수밖에 없었지요.」

렌게는 불 근처에 누워서 차를 마시며 이야기를 풀어내던 퓨리스에게 문득 말을 꺼냈다.

「퓨리스, 펠렉서스 영지까지 동행할 수 있을까요?」

퓨리스는 차를 한 모금 마시고 미소를 띄웠다. 그는 친근하게 답해주었다.

「난 리센가드에서 다른 곳으로 갈 거야. 여비를 마련하려고 한 일이었으니까. 트루히는 치안도 좋다고. 지나칠 정도로. 아, 물론 세러딘의 단검솜씨는 천하일품이지.」

렌게가 싱긋 웃었다. 퓨리스가 노예계층인지 아닌지 확인할 필요는 없었다. 그는 그저 사막의 안내를 해주는 길잡이 캘리번일 뿐이었으니. 자신은 귀족의 자녀일 뿐, 실질적인 직위를 가진 것이 아니니 편하게 나이대로 존

---

* 모래사막을 에르그erg, 자갈사막을 레그reg, 암석사막을 하마다hammada, 암석사막 가운데 특히 규모가 큰 것을 하드바hadbah라 한다.

대를 하자는 제안은 그녀, 왕에게서 나온 아이디어였다. 어쩌면 자신이 가장한 세러딘이라는 캐릭터의 설정된 성품인지도 몰랐다. 렌게는, 자신의 세러딘이라는 가명에 유달리 애착이 있어보였다. 마지막 순례라서 그런 것일까. 자신이 가장한 가상의 인물에 상당히 몰입해있는 듯 했다. 세러딘은 조금 괴팍한 레이디였다. 아마도 그녀의 본성과 그나마 가까운 캐릭터일 것이다. 그녀의 허리 뒤에 매달린 잠비야jambiya*가 모닥불 빛에 그 날을 뽐내고 있었다. 렌게의 손이 이 녀석의 손잡이에 올라가 있다는 것을 본 퓨리스의 현명한 판단이었다. '퓨리스는 잘 맞지도 않지?' 하면서 마구잡이로 잠비야를 휘둘러대 퓨리스의 얼굴이 창백해졌던 바로 전날의 기억이 생생하게 떠올랐다.

「어디로 갈 건데요?」

렌게가 눈을 빛냈다. 아무래도 아쉬운 모양이었다.

「글쎄. 그냥 만나고 싶지 않은 사람이 있어서 이리저리 떠돌아다닐 생각이야.」

「흠, 이제 사막 횡단도 곧 끝나네요.」

「왜, 아쉬워? 멀리 돌아서 갈까?」

「노, 농담 말아요!」

퓨리스가 짓궂은 표정으로 농담을 던지자 렌게는 의외로 발끈하며 반응했다.

「그럼 난 슬슬 잘게. 먼저 들어가서 잘게요, 퓨리스.」

올림페가 먼저 텐트 안으로 들어가 가장 좋은 자리에 몸을 뉘였다. 막대 바로 옆의 한가운데였다. 브레멘과 렌게, 올림페의 뷔르누를 연결해 만드

---

*칼끝이 구부러진 단검.

는 텐트는 상당히 내부가 넓었다. 그 가운데 자리의 좋은 점은, 사이드에서 자면 바람에 펄럭이는 뷔르누가 얼굴을 치는데 그런 것이 없는 것이었다. 퓨리스를 제외한 셋이 한 텐트로 들어가 피곤한 몸을 쉬었다.

「으허… 흡!」

브레멘이 상체를 휘저었다. 꿈에서 깬 모양이었지만 그는 소리를 제대로 지르지 못했다. 렌게가 그의 입을 틀어막았기 때문이었다. 퓨리스가 실낱같은 소리로 올림페를 깨우고 있었다. 그리고 바로 다음 순간 브레멘은 소름이 돋을 수밖에 없었다. 기분 나쁜 숨소리가 텐트 밖에서 들려왔기 때문이었다. 그는 무슨 말이라도 해보려 했지만 퓨리스가 필사적으로 자기 입에 검지를 세웠기 때문에 숨소리도 제대로 낼 수 없었다.

텐트 안은 매우 어두웠지만 어느 정도 사물을 판단할 순 있었다. 낙타가 뒤척이는 소리가 나는 것으로 보아 아직 일이 터지기 전인 것 같았다. 퓨리스는 입 모양만 뻥긋거려 이야기를 했다.

「몬스터Monster입니다. 뭔지는 모르겠지만 숨의 깊이로 볼 때 대형입니다. 뭉쳐서 한쪽으로 도망치세요. 낙타가 당하기 전에 제가 나가서 해치우겠습니다. 도망치되 멀리 가진…」

퓨리스가 말을 끝마치기도 전에 브레멘과 퓨리스 사이의 텐트 천장이 무너져 내렸다. 뷔르누를 연결한 지붕은 상당한 무게였다. 브레멘은 앞이 보이지 않는 데다 무엇인가 공격해 왔다는 공포감에 무작정 텐트를 치워 빠져나왔다. 그는 상대의 눈으로 추측되는 광구 두 개가 섬뜩하게 빛나는 것을 보면서, 차라리 텐트 안에 있을 걸 하며 후회했다. 밤중에 빛나는 노란색 눈한 쌍이 4페르미터미터가 넘는 높이에서 내려다보고 있었기 때문이었다.

달빛에 모습을 드러낸 그것은 인간 형태였다. 높은 허리를 굽히고 팔을 늘어뜨리고 있었는데, 몸을 펴면 8페르미터는 될 것 같았다. 숙인 머리 높이만으로 따져도 카폴글리너보다도 높았다. 퓨리스는 절망적인 표정으로 움직이지 말라는 듯 왼손으로 파티를 감싸듯 섰다.

「데우Dèv다!」

「데우라고?」

렌게는 힘겹게 텐트를 밀어내며 올림페와 함께 나오면서 투덜댔다.

「마치 샤란들처럼 모여 군대를 만들기도 하는 사막의 정령입니다. 여행 끝날 무렵에 아주 된 게 걸렸군요….」

퓨리스는 손목의 팔찌를 회전시키면서 카드를 꺼냈다. 퓨리스의 몸을 중심으로 약간의 모래먼지가 퍼져 나갔다. 그리고 브레멘에겐 느껴졌다. 서 있는 것은 퓨리스였지만 그 안에 있는 어떤 것은 끔찍한 괴수의 형상을 하고 있는 걸 말이다. 퓨리스의 제피였으리라. 퓨리스의 팔찌가 모터음 같은 것을 내면서 점차 가속되었다. 그리고 그는 천천히 오른손을 움직였다. 바람이 불었다. 브레멘은 자신도 모르게 신음이 새어 나왔다. 그에겐 어렴풋이 보이는 듯했다. 그는 느리게 움직이는 게 아니었다. 오히려 터무니없이 빠른 속도로 팔을 움직이고 있었다. 그리고 순식간이었다. 데우의 왼쪽 무릎 아래가 잘려나간 것은.

브레멘은 꼼짝할 수도 없었다. 올림페도 멍한 표정을 지울 줄을 몰랐다. 데우의 잘린 곳에서 붉은 샘물이 솟아나와 모래로 떨어져 내렸다. 데우의 잘린 발의 발가락이 꿈틀대고 있는 것을 보면서 올림페는 형언할 수 없는 공포를 느꼈다. 그때, 뒤에서 렌게가 비명을 지르며 앞으로 달려나왔다. 모래 속에서부터 팔이 튀어나온 것이었다. 퓨리스는 이를 악물며 팔을 휘둘렀다. 팔찌가 기이한 소리를 내며 움직였고, 앞에 있던 데우는 막으려던 손과 함께 네 조각으로 잘려버렸다.

브레멘은 허리춤의 검을 뽑아 흔들리지 않게 양손으로 쥐고 렌게의 앞에 섰다. 데우라는 놈들은 계속해서 머리를 내밀고 있었다. 싸움이 시작되었다. 퓨리스는 팔찌에서부터 튀어나온 와이어로 데우의 몸을 조각내었고, 브레멘은 두 여자를 지키듯이 움직여 데우들의 손톱을 피하며 집요하게 다리를 공격했다.

퓨리스가 땅을 박차 올라 단단한 재질로 된 카드로 데우의 머리에 직접 공격을 날렸다. 데우의 머리는 지상에서 4페르미터 가량의 높이에 있었는데 그는 그보다도 머리 하나 정도 위까지 도약해 데우의 머리를 찍어 내렸던 것이다.

사실상 브레멘은 피해 다니기에 정신이 없었다. 오직 그의 뒤쪽에서 무기도 없이 자신만 믿고 있는 두 졸렌들을 지키기 위해서는 섣불리 공격에 나설 수도 없었다. 퓨리스는 전방의 여덟을 상대하면서도 카드들을 던져 브레멘 쪽 데우들의 머리통에 박아 넣었다.

브레멘은 앞에서 오는 데우에 모든 신경을 집중했다. 데우는 긴 팔로 그를 내리쳤다. 브레멘은 오른발을 반 보 내디디며 힘을 실은 자세로 데우의 손목을 노렸다. 하늘로 향한 검을 비틀자 데우의 손목은 검 날을 타고 미끄러져 내려왔고, 힐트(Hilt; 칼막이대 덧쇠)에 닿기 직전까지 안쪽으로 끌어당겼다가 원의 궤적을 그리며 오른쪽 밑으로 떨어뜨렸다.

데우의 손목이 깨끗하게 잘려나가면서 상체가 앞으로 기울었다. 브레멘은 그대로 왼쪽 발을 힘차게 구르며 오른쪽 밑으로 향해 있는 검을 고쳐 잡으면서 있는 힘껏 올려쳤다. 데우의 두개골이 좌우로 갈라졌으나, 그 순간에도 눈동자가 돌아가는 것을 보았기에 이대로 끝낼 수 없었다. 그대로 다시 오른쪽 발을 대각선으로 뻗어 상대의 목옆으로 이동했고, 젖 먹던 힘을 다해 목을 내려쳤다. 끝났다고 생각한 순간, 브레멘은 사각지대에 있던 놈의 손에 의해 밀쳐내어졌다. 데우의 머리는 연기처럼 제자리를 찾고 있었다.

브레멘은 손톱에 심하게 긁히며 나가떨어졌다. 데우가 그의 앞으로 걸어오자, 왕녀와 올림페를 지키기 위해 비스듬히 앉은 채로 팔을 벌려 보호할 의사를 보였다. 헌데 다음 순간, 누군가가 옆에서 데우에게 달려들었다. 도련님으로 변장했지만 숨길 수 없는 우아함, 렌게였다.

「이 ▽쌕발노무ㅇ키가 감히 누굴 건드리는 거야!」

통쾌한 날아차기가 데우의 낮춘 머리에 직격했다. 데우는 눈을 가리며 팔을 휘둘렀고, 렌게는 브레멘이 떨어뜨린 검을 들어 비틀거리면서 머리를 내려쳤다. 힘이 부족했는지 칼은 머리에 박혔는데도 데우가 괴성을 지르며 뒤로 물러섰다. 브레멘은 대단하다고 생각할 틈도 없이, 무작정 휘두른 데우의 팔에 맞고 단발마의 비명을 날리며 모래에 처박히는 졸렌을 봐야 했다. 그의 눈에 뭔가가 튀었다. 어두워서 확실하진 않았지만 냄새로 그것이 피라는 것을 알 수 있었다. 동시에 머릿속에서 뭔가가 끊어지는 소리가 들렸다. 그는 단숨에 일어나 검을 집어 들고 데우의 품속으로 파고들어 배를 찔렀다.

「우아아아아!」

생각보다 무겁지 않은 데우를 그대로 밀고 나가다가 발로 배를 차면서 칼을 뽑았다. 데우는 그대로 넘어졌지만 그 뒤에도 데우 한 마리가 있었고, 브레멘은 그놈의 손톱을 피하면서 뒤로 굴렀다.

「앗, 조심해!」

몸을 일으킨 브레멘의 뒤에는 올림페가 있었고, 앞에선 데우의 손이 날아오고 있었다. 피하면 올림페가 맞을지도 몰랐다. 막아야 했다. 하지만 그냥 막으면 튕겨 날아갈 게 뻔하고 그렇게 되면 다음 공격대상은 올림페가 될 것이었다. 순식간에 여러 가지 생각이 교차되었다. 결국 브레멘은 데우의 팔을 그대로 배로 받으면서 끌어안았다. 정신이 끊길 듯한 고통이 배에서부터 엄습해 왔다. 기분 나쁜 이음이 속에서부터 들려온 것을 보면 갈비뼈가 부러진 듯싶었다. 입에서부터 피 냄새가 올라왔다. 순간 몽롱해진 시야에 올림페의 겁먹은 표정이 들어왔다.

'졸렌을 지킨다. 지금은 그것만 생각한다!'

「크아악!」

정신이 돌아오자 기합을 넣으려던 브레멘은 비명이 튀어나와 자신조차 놀랐다. 뱃속에 박힌 데우의 손톱이 꿈틀꿈틀하며 움직인 것이다. 또다시 감각이 마비될 정도의 고통이 그를 괴롭혔다. 그 팔을 놓으면 올림페가 죽는다는 집념으로 붙잡고 있던 것인데, 데우라는 놈의 머리는 다행히도 나쁜 편인지 다른 손으로 공격하기보단 떨쳐내려고 흔들어대기만 했다. 허한 느낌이 들었다. 배가 뚫린 듯한. 브레멘은 그대로 정신을 잃었다.


브레멘은 이틀을 꼬박 정신을 잃었다. 구급 포션을 탈탈 털었음에도 고열에 시달렸다. 그가 정신을 차렸을 때엔 간호하던 사람들도 녹초가 된 뒤였다. 이마에서부터 내려온 땀이 눈을 찔렀다. 올림페가 수건으로 땀을 닦아 주며 반쯤 울음이 담긴 소리로 물었다.

「괜찮아?」

「아, 응. 걱정하지 마… 퓨리스는?」

브레멘은 시야가 돌아오는 것을 기다리며 텐트 안에 없는 사람을 찾았다.

「물을 구하러 돌아다니고 있어. 올림페, 밖에서 퓨리스 씨가 오는지 마중 좀 나가 있어. 찾기 쉽게.」

머리맡에서 렌게가 대신 대답해 주었다. 매우 피곤한 음성이었다. 올림페는 수건을 브레멘의 이마 위에 올려놓고 몸을 일으켰다. 렌게는 그녀가 나가는 것을 확인하고 쉰 목소리로 중얼거렸다.

「올림페가 밤새 널 돌보느라 이틀 동안 잠도 거의 못 잤어. 움직일 수 있으면 힘내서 가자. 여기 상주하는 건 위험해.」

「문제없습니다.」

브레멘은 그렇게 말하는 렌게도 잠을 설쳤다는 것을 예측할 수 있었다. 눈 밑의 다크써클이나 갈라진 목소리, 그리고 깨어 있을 힘도 없는지 고개를 연신 떨구는 모습에서 말이다. 하지만 정작 그는 옆구리 부분부터가 쑤시는 것 빼고는 몸에 별다른 이상을 감지할 수 없었다. 천천히 상체를 수평에서 수직으로 바꾸고 무릎을 꿇고 앉았다. 렌게는 실눈을 뜨고 그를 흘겨보고 있었다. 옆에 놓인 잘 개켜져 있는 상의를 입고 뷔르누 텐트 밖으로 나갔다. 갑작스런 태양빛에 눈물이 살짝 고인 그의 시야에 낙타를 타고 오는 퓨리스가 들어왔다. 올림페는 그런 그를 손을 모은 채 기다리고 있었다.

올림페와 브레멘, 렌게는 퓨리스를 맞이하고 무거운 발걸음을 재촉했다. 데우들은 그 이후 나타나지 않았고 그들은 사막을 횡단한 지 정확히 8일째에 리센가드에 다다랐다. 낙타와 사막에서만 필요한 물건을 적당히 처분하고 간만에 만나게 된 말들과 인사를 나눴다. 그들은 숙소를 잡고 술집에서 퓨리스와 마지막 밤을 보냈다. 퓨리스는 엄청난 양의 맥주를 마셨고 인사불성이 되어 노래를 부르는 모습을 보여주었다. 렌게는 뿌루퉁하게 앉아 주스 잔을 툭툭 건드리며 무언의 항의를 했지만 브레멘이 극구 반대해 결국 술은 입에도 대지 못했다. 브레멘은 퓨리스를 들러 업고 숙소에 눕혔다. 브레멘은 몽롱한 상태에 속이 좀 거북하다 싶을 때 마시는 것을 멈췄다. 몰래 잔에 술을 채우려는 렌게도 감시해야 했고 올림페에게 뒤처리를 모두 맡길 수는 없었기 때문이었다. 하지만 그런 노력에도 불구하고, 다음 날 아침엔 찐득한 토사물에서 머리를 들어 올려야 했다.

1월 14일 오전 11시 45분, 어차피 금방 말라버린다면서 빨아 젖은 옷을 입고 퓨리스는 작별을 고했다. 렌게는 허전한 심정으로 사막의 저편으로 사라지는 퓨리스를 오래토록 지켜보았다. 올림페는 렌게에게 녹차가 담긴 찻잔을 건네면서 다가왔다.

「뒤도 안 돌아보고 가네요, 퓨리스 씨….」

「분명 이별이 힘들 거란 걸 알고 있기 때문일 겁니다.」

브레멘은 유난히 감성적이 된 사춘기 소녀가 못마땅한지 아무것도 아니라는 듯이 말했다.

「그가 당신을 진짜로 친구로 생각했을지는 모르는 것입니다.」

렌게는 고개를 젖혀 브레멘의 두 눈을 지그시 응시했다.

「그는 내가 세러딘이 아닌 렌게라는 것을 알고 있었어.」

렌게는 양손을 가슴에 모으고 잠시 눈을 감고 생각을 정리했다. 이윽고 눈을 떴을 때엔 평상시처럼 강인한 눈매로 돌아와 있었다. 브레멘은 복잡한 심정으로 짐을 정리했다.

그들은 말에 올랐다. 오후, 가장 더울 때. 끝자락이라고는 하지만 틀림없는 사막이었기에 그 더위는 이루 말로 할 수 없었다. 말들은 푸르륵거리며 일단 저항하고 봤다.

「평소처럼 달려도 저녁 무렵엔 도착할 수 있을 겁니다.」

「오우! 드디어 쌀죽과도 안녕이다!」

렌게는 처음으로 먼저 고삐를 당겨 선두에 섰다. 브레멘과 올림페도 얼떨결에 그녀를 따랐다. 귓가를 스쳐 가는 바람은 속도감을 더해주었다. 허리 통증에 금방 멈추게 될 걸 알면서도, 브레멘이 소리쳐 부르는 것을 확실히 들었으면서도 렌게는 전속력으로 돌진했다. 그녀의 그 들뜬 감정의 원천이 무엇인지 잘은 몰랐지만, 어찌 되었건 멈추고 싶지 않았다. 말을 멈추면 사라져 버릴 것 같았다. 기쁜 건지 흥분한 건지도 확실히 모를 감정이었으나, 되도록 오래 느끼고 싶다고 생각했다. 그것은 그녀의 가장 가까운 사람, 그녀의 그렌제의 가훈이자 말버릇이기도 했다.

'바람은 멈추는 순간 사라진다.'

## 3장
## 한숨, 정치


「저녁나절엔 도착한다더니, 내 그렌제가 날 속였어.」

렌게가 침대에 앉은 채로 투덜거렸다. 마악 세면실에서 나온 올림페가 부드러운 미소를 지었다.

「잠비야 사용을 허가합니다.」

「라젓!」

렌게는 브레멘을 침대에 넘어뜨리고 깔고 앉았다. 샤워 뒤라 가슴을 동여맸던 천을 푼 탓에 헐렁한 상의는 상체의 굴곡을 그대로 노출시켰고 배 위에서 엉덩이가 움직이는데 민감해지지 않을 수가 없었다. 그녀가 목에 잠비야를 들이대지만 않았다면 말이다.

「후후~ 면도해 줄까?」

렌게는 브레멘의 턱수염 한 올을 잡아당겼다.

「라고 할 줄 알았겠지만 내 쪽에서 사양이야. 쿠~ 냄새나서 더 이상 못 하겠어.」

「실패 요인은 충분히 인정합니다. 그만 쉬어도 좋습니다.」

「라져~」

사막을 여행하면서는 세수를 제대로 할 생각도 못했기 때문에 몸을 잘 씻지 못했다. 브레멘은 찝찝했던 몸을 깨끗이 정성껏 씻어내면서 따뜻한 물의 감사함을 만끽했다. 렌게는 잠을 생략하고 동이 트자마자 동료들을 떠밀 듯이 하여 밖으로 나섰다. 브레멘에겐 관공서 등을 둘러 정보를 수집하게 하고 여자들끼리만 광장으로 향했다.

그레이피스 왕국의 북동쪽에 위치한 트루히는 영주의 방침 때문에 군사적으로 매우 발달한 도시였다. 1만 4천 명의 병사가 상주하며 무역의 검문이 까다롭기로 둘째가라면 서러운 곳이었다.

「어때?」

160이 조금 넘는 키에 단정한 맵시, 가죽 사이에 링 메일을 끼운 일종의 하이드 아머를 착용해 허리에 매달린 검이 도저히 어울리지 않는 용모를 가진 소년이 웃고 있었다. 화사한 햇살이 활기차게 빛을 발하고 있는 오전 트루히의 중앙 광장. 소년은 능글스럽게도 여인의 허락도 받지 않고 그 옆에 엉덩이를 붙였다. 나무로 만든 벤치는 낮의 온기에 따뜻했다.

「그 옷 사느라고 늦으신 거예요?」

소년은 혼자 쿡쿡거리며 웃더니, 그 여인의 허벅다리에 머리를 올려놓고 드러누웠다.

「응!」

여인은 가지런하던 치맛자락이 구겨지자 기분이 상했는지 보던 책을 신경질적으로 덮었다. 그녀는 안경을 벗어 대롱 통에 집어넣으며 그제서야 소년을 바라봤다.

「세러딘님, 그래서 시찰은 언제 하시는 건데요?」

소년은 미소 지은 얼굴 그대로 대답을 이었다.

「올림페! 너무 서두르지 마~ 시간은 많은걸.」

「그래도 생신 때까진 돌아가셔야 하는 거 아닌가요?」

「뭐 그건 그렇지만. 돌아가는 건 하루면 될 테니 여유로워 괜찮아.」

렌게는 한숨을 쉬며 뛰어다니는 아이들에 시선을 고정했다.

「사건의 냄새를 맡아야 해.」

「하지만 영지가 너무 넓습니다. 수도만 한걸요.」

「사람이 가장 많이 모이는 곳에는 반드시 이야깃거리가 생겨. 하지만 도시가 너무 무거워서 사람들이 활기가 없긴 하네….」

렌게는 아쉽다는 표정으로 올림페의 다리에 머리를 밀착시켰다. 여전히 하늘엔 구름 한 점 없었다. 렌게는 올림페가 읽던 책을 들어 올려 눈을 가렸다.

「흐음, 재밌는 거 읽네.」

렌게는 책으로 얼굴을 덮고 낮잠에 빠져들었다. 그 와중에 올림페는 좋지 않은 낌새를 느끼고 본능적으로 사람이 모인 부근을 관찰했다. 일반 시민으로 보이는 몇몇 남자들과 여자들이 한 집의 문을 두드리며 소리를 지르고 있었다.

「렌게님, 저 냄새를 맡은 것 같습니다. 사건의 냄새요.」

올림페가 렌게의 몸을 살며시 건드리며 나지막이 주지시켰다. 손으로 입모양이 보이지 않게 가리고 작게 한 말이었는데, 렌게는 번개같이 일어나 올림페 옆에 앉았다. 올림페는 마른 흙이 제 스커트에 튄 탓에, 또 갑작스레 코를 자극하는 사건의 냄새에 잠시 역할극을 잊고 말했다. 그것으로 둘의 말은 끝이었고 머뭇거리며 앉아 있던 올림페의 손을 렌게가 감아쥐었다.

「아! 잠시만요. 브레멘이 오기까지 기다리는 게…!」

렌게는 올림페의 말을 듣지 않고 달리듯이 그곳으로 접근했다. 그녀들은 격하게 분노한 시민들의 성화에 못 이겨 모습을 드러낸 한 부부와 대치하는 것을 보며 상황을 파악하려 했다.

「그건 당신들이 결정할 일이 아니잖아! 오지랖 떨지 말고 가!」

「뭐 이 자식아? 제 자식 죽이는 게 부모야?」

「신께서 살리실 거요. 누구 맘대로 죽여 죽이기는!」

「치료만 하면 살릴 수 있는 것을 가둬 놓고 말려 죽이는 게 신이 시킨 일이야? 어?」

렌게는 다투는 무리들에게서 조금 떨어져 구경하는 사람들 틈에 섞였다. 옆의 아주머니의 허리를 쿡쿡 찔러 어찌 된 영문인지 물었다. 여성은 호들갑을 떨며 제 일처럼 걱정하며 말을 쏟아냈다. 쉽게 말문을 연 것은 렌게가 귀족의 옷차림을 하고 있어 혹시나 하는 마음에서였다.

「아유 말도 마세요. 저 딸이 죽을병에 걸렸는데 신이 고쳐줄 거라고 아무 치료도 못 받게 한다우. 그 어린 것이 죽겠다고~ 죽겠다고 힘들어하는데….」

「아이가 병에 걸려 죽어 가는데 신이 고쳐줄 것이라 믿어 치료를 거부한다는 겁니까?」

「그렇다니까~」

「그럼, 그 아이는요. 아이도 같은 생각입니까?」

「열두 살짜리가 무슨 믿음이 있다고 그러겠어. 그냥 아프다고 아프다고 비명을 지르는데 부모란 것들은 저한테 하지 말고 신한테 빌라고만 해. 옆집에서 하루가 멀다 하고 애가 우는데 내가 다 가슴이 미어져요.」

아주머니의 말이 끝나자마자 렌게가 인파를 헤치고 태풍의 눈으로 뛰어

들었다. 올림페가 말릴 새도 없었다. 렌게는 '멈춰!'하고 소리를 질러 힘으로 부부를 끌어내고 집으로 들어가려는 시민들을 멈춰 세웠다. 렌게는 다짜고짜 문제의 부부에게 조용히 물었다.

「신이 병을 고쳐줄 거라고 믿어요?」

귀족 도련님 차림의 렌게가 끼어들자 문제의 남편은 한 꺼풀 꺾인 목소리로 침착하게 대답했다.

「예, 이건 시련이기 때문에 고쳐주시리라 믿습니다.」

「신이 시련을 주는 것은 그것을 극복할 수 있는지 알아보는 것이지요. 그것은 어떻게 극복하느냐의 문제고 얼마나 열심히 믿느냐에 따라 극복되는 것은 아닙니다.」

「아르테미오스께서는 신앙이 깊은 자에게 시련을 주시고 극복하게 해주십니다.」

「의사의 손길은 구원의 손길이라 생각하지 않으신지요.」

「그것은 마귀의 꼬임입니다. 오직 기도만 열심히 드리면 신께서 알아서 해주실 것입니다.」

렌게는 묘한 미소를 지었다. 아니, 그것은 비웃음에 가까웠다.

「아이를 볼 수 있겠습니까?」

「그것은 법으로도 허락되지 않는 일일 텐데요. 제 자식은 제가 책임집니다.」

「그렇지만 부모 된 자로서 자식을 보호할 능력이 없다고 판단되면 국가에서 아이를 보호할 수 있지요.」

「이 나라는 종교의 자유가 있소. 그것도 아르테미오스를 섬기는데 무슨 문제가 된단 말이오.」

「그래서, 아이는 보여줄 수 없으시다?」

렌게는 침묵했다. 아마도 렌게의 일생에서 그 이전으로도 그 이후로도 유일한, 답을 할 수 없었던 순간이었을 것이다. 부부의 말은 얄미울 정도로 사실이었다.

「네가 필요해, 글렌.」

순간, 렌게보다 머리 하나는 더 큰 파란색의 여인이 렌게의 뒤로 뛰어내렸다. 그녀의 눈이 흉흉하기 그지없어 그 누구도 감히 곁에 다가서지 못했다.

「이 집의 아이를 내 앞에 데려와 줘. 조심스럽게.」

여인이 부부의 앞으로 다가섰다. 손으로 부부를 벌려 길을 열었는데, 뜯어말릴 줄 알았던 부부는 제자리에서 꼼짝도 하지 못했다. 이내 여인은 휠체어에 앉은 소녀를 데리고 나왔다. 머리털이 다 빠졌지만 그 뚜렷한 이목구비는 소녀가 건강했을 때 얼마나 사랑스러웠을지 쉽게 짐작할 수 있게 했다.

「고마워. 아무도 이 아이에게 손대지 못하게 해줘.」

글렌이라는 여자는 고개를 한 번 끄덕이고 주변을 경계했다. 렌게는 허리춤의 칼을 꺼내 들어 부부에게 겨누었다.

「잘 들으세요. 지금 당장 이 아이를 치료하지 않으면 저는 이 아이를 죽이겠습니다.」

올림페의 심장이 덜컥 주저앉았다. 왕녀께서 제 손으로 자국의 시민을 죽이시겠다니? 그녀가 아는 렌게라면 결코 생각조차 하지 않을 일이었다. 그러나 렌게의 표정은 단호하기 그지없었다.

「대, 대체 왜 이러시오!」

「왜긴. 당신이 신의 섭리를 그리 믿는다 하니 내가 도와주려 하는 것이지요. 이 아이를 의사에게 데려가고 치료를 받게 하세요. 그리하면 이 아이는 살 수 있습니다. 거부하면 난 이 아이가 더 이상 고통받지 않도록 이 자리에서 죽일 것이오. 당신에게는 선택권이 있소. 아이를 죽이는 것도 살리는 것도 당신의 선택입니다.」

「마귀야 물러가라! 물러가라!」

부부가 발광하기 시작했다. 렌게가 한숨을 쉬며 글렌에게 턱짓을 했다. 파란 여인은 한쪽 무릎을 꿇은 상태에서 휠체어에 앉은 소녀의 턱을 손가락으로 치켜세웠다. 눈이 마주쳤고, 그녀는 귓말 하듯이 목소릴 낮추었다.

「이름이 뭐니?」

그 매서운 눈매와는 다르게, 목소리는 너무도 자상했다. 소녀는 초점 없는 눈으로 자신 앞의 여자를 힘겹게 올려다보았다. 갈라진 입술은 예의 바른 소녀와 같이 자신의 이름을 올렸다.

「나기….」

「살고 싶니?」

선명한 푸른색의 눈동자가 가늘게 떨리고 있었다. 홍채는 투명한 흐름 속에서 조금씩 움직였다. 글렌은 눈을 어디다 둘 줄 몰라 시선을 피하는 소녀를, 턱을 잡은 손에 힘을 주어 강제로 자신과 마주치게 하고 있었다. 소녀가 천천히 고개를 끄덕였다. 소녀가 손을 올렸다. 정말이지 뼈밖에 남지 않은 팔이 파리하게 떨리며 글렌의 눈가에 머물렀다.

「바다… 가보고 싶어.」

「눈을 똑바로 뜨고 보렴. 널 죽이고 널 살릴 것은 나, 글레이프니르 로사니까.」

글렌의 위압감에 눌려 그 누구도 말 한마디 꺼내지 못했다. 그것은 올림페조차 예외가 아니었다. 렌게와 글렌이 시선을 교환했다.

글렌이 왼발을 앞으로 크게 내딛고 오른 주먹을 허리 뒤로 당겼다. 그녀의 주위에서 아지랑이같이 파란색 기운이 피어오르더니 그녀의 오른쪽 주먹에 모이기 시작했다. 빛의 속도조차 따돌리는 전자의 고속운동이 일으키는 일종의 도플러 효과, 즉 동일한 진동에 극도로 압축시킨 그논 입자를 통과하면서 발생하는 푸른 죽음의 가시광선; 광학적 소닉붐.

흙바닥을 짓이기며 왼발을 축으로 오른발을 앞으로 내디뎠다. 빛으로 둘러싸인 글렌의 주먹이 허공에 내질러졌다. 진각에서부터 허리, 어깨, 팔꿈치, 손목, 그리고 그논의 외부 집결점까지. 모든 '힘'이 톱니바퀴처럼 다단계로 회전에 의해 가속되어 주먹 끝에 원뿔 모양으로 집속되었다. 그리고 다음 순간, 파란 섬광이 허공을 가르며 쏘아졌다.

Hexa-clutch; shaped charge
헥사클러치; 성형작약成形炸藥

글렌이 콤팩트하게 내지른 주먹의 앞에서부터 뻗어 나간 파란 섬광이, 문제의 부부를 찢어발기고 그들의 집을 꿰뚫고 하늘로 솟아 사라졌다.

「고마워 글렌, 이제 됐어.」

렌게는 소녀의 휠체어를 잡고 끌었고 파란 여인은 왔을 때와 마찬가지로 순식간에 사라졌다. 주변은 고요했다. 그 많은 구경꾼들은 순식간에 벌어진 상황을 제대로 인지하지 못하고 그저 멀뚱히 구경만 하고 있었다. 심지어 비명조차 울리지 않았다.

「사…」

그리고 어떤 남성의 끝맺지 못한 한 마디가, 지연되고 있던 것들을 한꺼

번에 촉발시켰다.

「살인자다!! 살인자다!!」

「까아아아아악!」

사람들이 분주하게 흩어지고 고성이 터져 나왔다. 렌게는 아무렇지도 않게 휠체어를 밀었지만 올림페는 몸을 잔뜩 움츠린 것이 두려움에 어쩔 줄을 모르는 것 같았다.

퍼억

꽤나 둔탁한 소리가 났다. 렌게의 뺨에 돌덩어리가 부딪친 것이었다. 렌게는 휠체어를 놓치며 올림페의 발치로 쓰러졌다. 렌게는 턱을 부여잡았지만, 올림페는 한눈에 렌게의 턱이 빠진 것을 알 수 있었다.

「잡아! 살인자다!」

「죽여!!」

이것저것 위험한 물건들이 공중으로 날았다. 그것들은 올림페와 렌게를 향해 쏘아졌다. 올림페는 렌게를 감싸 안으며 이를 악물었다. 조금 전의 파란 여인이 다시 나와 주지 않는다면 틀림없이 죽을 것이었다. 하지만 과연 렌게가 부를 것인지, 또한 부르더라도 턱이 빠져 말을 하지 못할 렌게의 명령을 받아들일 수 있을 것인지.

모든 상황이 좋지 않았다. 그때였다.

「모두 비켜!!」

한 사내가 군중을 헤치고 튀어나왔다. 금발머리의 곱상한 얼굴의 기사. 그는 단호한 얼굴로 살인자들에게 걸어갔다. 렌게는 한 번 본 얼굴은 잊지 않았다. 그녀가 아는 얼굴이었다. 사내는 거친 손으로 올림페의 손목을 잡고 들어 올렸다. 사내는 렌게를 한 번 내려다보고, 올림페에게 시선을 보냈다.

「각오를 단단히.」

사내는 작은 목소리로, 정말 작은 목소리로 그렇게 말했다.

「흐윽!」

올림페가 숨을 삼켰다. 사내의 무자비한 주먹이 여리디여린 올림페의 복부에 정통으로 꽂혔다.

「으에엑!」

손으로 입을 가렸지만, 위장에 있던 것들이 밖으로 뿜어져 나오는 것을 저지하기에는 부족했다. 사내는 아랑곳하지 않고 얼굴과 복부를 번갈아서 주먹으로 때리고 발로 걷어차고 바닥에 메다꽂았다.

「이런 년은 반병신을 만들어야 돼! 감히 내 구역에서 소란을 피워?」

사내가 역정을 내며 올림페의 머리를 바닥에 수차례 내려찍었다. 돌로 깐 광장바닥에 피가 사정없이 튀어 어지럽혔다. 올림페가 경련조차 그만둘 때쯤에야 사내는 불쌍한 여인을 놓아주었다. 사내는 주머니에 손을 넣고 실실 웃으며 올림페를 발로 툭툭 찼다.

「난 뮤라곤 펠렉서스님의 전속기사 길프 랜시스다. 이자들은 내가 직접 구속하겠다.」

길프 랜시스는 올림페를 한 손으로 어깨에 들쳐 메고 렌게를 쏘아보았다.

「당신도 따라오시오. 휠체어 탄 계집애와 함께.」

사내는 살해당한 부부의 집으로 용의자들을 몰아넣고 문 앞에 자신의 검을 꽂아두었다.

「여긴 사건 현장이니 허가 없이 출입을 금하겠습니다. 모두 돌아가시오!」

시민들은 한동안 웅성거리며 배회했지만 이내 자신들의 할 일을 하러 돌아갔다. 길프는 그나마 멀쩡한 방을 찾아 올림페를 내려놓았다. 올림페는 제 발로 땅을 딛고 서서 황급히 길프의 남는 손을 주머니에서 빼냈다. 그리고는 자신의 옷을 찢어 그의 손에 감았다.

「기사님, 뼈가…」

「나중에 치료받으면 됩니다.」

머리를 바닥에 여러 번 부딪치고도 정신을 잃지 않을 리가 없었다. 길프가 올림페의 이마를 손으로 감싸고 제 손을 내려찍지 않았다면 말이다. 사내는 렌게의 눈높이에 맞춰 몸을 숙이고 다치지 않은 손으로 렌게의 턱을 조심스럽게 감싸 잡았다.

「왜 어린 도련님이 보호자도 없이 사고를 치고 다니는지. 이건 어디까지나 네 책임이니까. 사내라면 참아라.」

렌게는 사내가 자신의 턱을 흔들어 끼워 맞추는 동안 신음 한 번 흘리지 않았다. 그뿐이랴, 오히려 턱이 맞춰지자 몇 번 움직여 보더니 기세 좋게 말했다.

「고맙습니다, 길프 랜시스. 좋은 판단이었습니다. 하지만 차라리 나를 때리지 그랬습니까.」

「아아, 다행히 외상은 거의 없군. 몸이 크게 불편하거나 한 건 없지?」

렌게는 고개를 끄덕였다. 턱이 빠진 이후에는 올림페가 자신을 감쌌기 때문에 신체적인 상처는 없었다. 길프는 주위를 한 번 둘러본 뒤, 렌게의 목덜미를 잡아끌어 자신의 무릎 위에 엎어뜨렸다.

「어?」

길프는 주저하지 않고 렌게의 볼기짝을 두들겼다. 렌게는 길프의 바지자락을 잡고 돌아봤다.

「아무리 신분 차이가 나도 레이디는 레이디다. 네가 한 짓의 결과를 봐!」

그의 목소리는 다소 격앙되어 있었다. 렌게는 분하다는 듯이 씨근덕댔지만 자리에서 도망치려 하지는 않았다.

「알고 있어. 그 상황에서 당신의 판단은 옳았어. 그럼 왜 날 때리지 않은 건데? 윽! 윽!」

떡두꺼비 같은 손이 렌게의 작은 엉덩이를 봐주지 않고 때려댔다. 그리고 숨을 몰아쉬며 렌게를 일으켜 세운 다음 무릎을 꿇었다.

렌게는 손을 뒤로 돌려 둔부를 문지르며 어처구니가 없다는 얼굴로 말했다.

「때릴 거 다 때려놓고? 영악하네, 너.」

「설마요. 지금 안 것입니다. 제 무례를 용서하소서.」

「거짓말.」

「제가 버릇을 고쳐준 건 어느 귀족 도련님일 뿐이죠.」

「됐고. 이동할 거면 조용한 데로 가야지 왜 하필 현장으로 들어왔지?」

「제 검을 꽂아놨기 때문에 웬만한 병사는 들어올 수 없습니다. 그 상황에서 멀리 가다 다른 병사를 만나기라도 하면 골치 아파집니다.」

「펠렉서스 영지다. 부패한 기사는 사형될 수 있어.」

「그렇게 되면 전하께서 손수 비석이나 꽂아주십쇼.」

렌게가 몰아붙여도 길프는 얼굴의 미소를 잃지 않고 즉각적으로 대처했다. 다소 진지한 말조차도 농담으로 웃어넘겨 버렸다. 길프는 몸을 털고 일어나 올림페를 침대 위에 눕혔다. 비록 땅에 머리를 찧은 것은 연기였다지만 다른 공격들은 모두 진짜였다. 분명히 큰 내상을 입었을 것이었다. 길프는 밤이 되면 빠져나가기로 하고 올림페를 쉬게 했다.

그동안 렌게는 자신이 데려온 나기에 대해 이야기했다.

「예예, 알고 있었습니다. 하지만 법적으로는 어찌할 수 없었어요.」

「응. 그렇지.」

「하지만 죽일 것까지는 없지 않습니까.」

「현행법으로는 아이를 구할 방법이 없어. 법 규정을 새로 만들 수는 있지만 그것 또한 행위시법의 불소급의 원칙 때문에 적용시킬 수 없어. 그리고 그때쯤엔 이 아이는 죽겠지. 합리화시킬 생각은 없어. 난 한 아이를 구하기 위해 그 부모를 죽였어. 그 책임은 잊지 않을 거야. 모든 것은 허술한 법을 제대로 간파하지 못하는 내 탓이니까.」

렌게는 먼 곳을 보며 쓸쓸한 얼굴을 했다.

「혼나던 얼굴이 더 나았던 것 같군요.」

「그런가?」

렌게는 진심으로 웃어 보였다. 그 미소는 소녀의 그것이었다.

「여왕께서는…」

「세러딘.」

「세러딘께서는…」

「존대하면 의미가 없잖아.」

「좀 더 맞으실래요?」

「편하게 부르세요.」

길프는 고개를 가로저으며 탄식했다.

「이번에도 그렇고, 예전 이곳에서 열린 축제 때 난리 때도 봤습니다. 그때는 '산도'님이셨죠.」

「이곳 트루히에만 오면 꼭 누군가 다치게 되는 것 같아.」

「애써 뽑은 당신의 그렌제를 두고 왜 혼자 계셨습니까?」

「혼자라니, 올림페가 있는데.」

렌게가 깔깔대며 웃었다.

「브레멘은 '흑의黑衣의 괴도怪盜'에 대한 정보를 수집하도록 보냈어.」

「왕녀가 남몰래 각 지역을 순례하며 잘못된 것을 바로잡는다는 소문이 사실이었군요.」

「아무리 입단속해도 소용없군.」

자신의 장기적 계획이 실패했다는 생각에 이르자 무언가 뜨거운 것이 울컥 치밀었다. 길프는 그런 렌게의 눈치를 살피며 설명을 덧붙였다.

「휴전이라고는 하지만 언제 쳐들어올지 모르는 로니에르 때문에 흉흉해진 민심 사이에서 공공연히 떠돌고 있지요. 왕께서 자신들과 같은 일반 시민들을 위해 움직이고 있다고. 그것은 아마도 유일한 희망일 겁니다. 흑의의 괴도도 그에 발맞춰 튀어나온 케이스지요. 못된 귀족을 처단하고 불쌍한 시민을 돕는다는 것은 옛날부터 있어왔던 영웅이니까요.」

「희망… 일까.」

렌게는 의자에 털썩 걸터앉았다가 얻어맞은 곳이 쓰린지 최대한 옆으로 기대어 다리를 꼬고 앉았다. 눈물이 살짝 고여 있었다.

「사람은 마왕에게 짓밟히고, 마왕은 영웅에게 스러지고…」

렌게가 촉촉한 눈으로 길프와 눈을 맞췄다.

「영웅은 사람에게 숙청되는 법이지.」

길프는 고개를 숙였다. 잠시 침묵이 흘렀다. 길프는 분위기를 타개하려는 듯 일어나 휠체어에서 잠든 나기에게 담요를 덮어주었다. 방에서 꼼짝없이 갇힌 채, 어느새 날이 기울었다. 길프는 커튼 틈으로 바깥 상황을 확인하면서 말했다.

「그나저나 큰일이군요. 어떻게 나가야 할지. 밖에 병사들이 잔뜩 돌아다니고 있습니다. 제가 용의자를 잡아두고 사건을 단독수사하고 있다고 보고가 들어갔을 테지요. 나가는 즉시 관계자들의 손에 넘어갈 것입니다. 아무래도 변장은 포기하셔야겠는데요.」

「그럴 순 없어. 벌써 포기하려고 한 변장이 아닌걸. 거기다 마지막 순례인데.」

「하지만 방법이 없습니다.」

「흥.」

렌게는 볼에 바람을 넣으며 부서질 것 같은 천장을 응시했다.

「브레멘이라면 어떻게든 해줬을 텐데.」

「어떻게 찾겠습니까?」

「뭐어, 조사하다가 광장에서 일어난 살인사건으로 쑥덕거리는 걸 듣고 나랑 올림페가 관련되어 있을지도 모른다고 생각해서 왔다가 흔적을 보고 상황을 파악한 뒤에 이곳에 들어왔을 거라고 추적해서 온다면… 불가능하겠지?」

「불가능합니다.」

길프는 말을 끝맺기가 무섭게 자리에서 일어나 검 손잡이를 부여잡았다.

「그러니까 침입자는 적이겠지요.」

반면 렌게는 등 뒤에 있는 문을 돌아보지도 않았고 다리를 반대쪽으로 꼬는 여유까지 보였다.

「올림페! 세러딘 도련님!」

가까스로 벽면에 붙어 있던 문을 힘차게 열며(부수며) 들어온 인물은 다름 아닌 브레멘이었다. 브레멘은 방 안의 상황을 예상이라도 했던 듯이 별 혼란 없이 상황을 받아들였고, 가장 먼저 침대에 누워 있는 올림페에게 향했다. 성한 곳이 없는 올림페의 잠든 모습을 확인하던 브레멘은 길프를 노려봤고, 길프는 휘파람을 불며 시선을 돌렸다. 그 분노의 화살은 곧 렌게에게 돌아갔다. 렌게는 꼬고 있던 다리를 내렸다.

「화낼 거야?」

「낼 겁니다!」

「하지만 이미 벌은 받았는걸.」

「벌이요?」

「길프가 막막 내 엉덩이를 펑펑.」

렌게가 의성어와 의태어를 동시에 쓰며 자신의 엉덩이를 손으로 때리는 시늉을 했다.

「귀엽게 말해도 소용없습니다. 제대로 반성은 하고 있습니까?」

브레멘은 정중한 자세로 꿇어앉아 있었지만 삿대질까지 하며 왕녀를 다그치고 있었고, 왕녀 또한 무릎 위에 손을 가지런히 모으고 그의 말에 고개를 끄덕이며 수긍하고 있었다.

「하고 있어. 응, 잘못했어.」

브레멘은 믿지 못하겠다는 얼굴로 렌게를 지그시 바라보다가 몸을 세워 길프에게로 돌아섰다.

「네가 있을 줄은 몰랐군.」

「나도 놀랐어. 저번 파티 때는 이분을 모시고 있었구나.」

「그래. 내 추측이 맞다면 네가 세러딘님과 올림페를 구해줬을 텐데. 맞나?」

브레멘이 길프의 손에 감긴 천조가리와 피를 흘깃 보며 말했다.

「뭐, 그렇다고 할 수 있겠지. 그런데 우릴 어떻게 찾은 거지?」

「조사하던 중 광장에서 일어난 살인사건을 귀동냥으로 듣게 됐어. 도련 님과 올림페가 관련되어 있을지도 모른다고 생각해서 흔적을 살펴보니 누군가가 범인을 일부러 반쯤 죽여서 돌 맞아 죽을 위기에서 구한 것 같더군. 취조를 핑계로 도망시킬 거라면 우선 현장에 들어왔을 거라고 추측했지.」

「놀랍군.」

길프는 렌게를 쳐다보았고, 렌게는 어깨를 한번 으쓱해 보였다.

「하지만 그 범인들이 네가 아는 사람들이라고 확신할 수는 없었잖아? 그런데도 넌 들어오면서 이름을 불렀어.」

「건물에 구멍을 낼 수 있는 어린아이가 그리 많지는 않으니까.」

「그렇구만. 과연.」

「손에 감긴 천, 올림페의 것이지. 설마 네가 찢은 것은…」

「그럴 리가.」

「그래. 그것을 보고 올림페를 도와준 거라 확신했어.」

브레멘은 손을 휘휘 저어 대화를 마무리 지었다. 그는 렌게의 옆자리로 가 앉았다. 렌게는 엉덩이를 조금 움직여 브레멘의 자리를 확보해 주었다. 브레멘은 옆에 앉지 않고 다만 얼굴을 가까이해 조용히 귓속말을 했다.

「상황이 좋지 않습니다. 이 멤버 전부를 탈출시키는 것은 힘들어요. 역할극은 그만 둬야 할 것 같습니다. 이건 도련님이 자초한 일이니…」

「응, 알았어.」

렌게는 흔쾌히 수락했다.

「근데 오늘은 말고. 오늘은 여기서 그냥 자자.」

「예?! 여기서요?」

「응. 왜? 재밌잖아. 올림페는 걱정 마. 길프가 워낙 잘 때려서 부러지거나 내장이 상하거나 하지는 않았어. 그냥 데미지 때문에 잠든 거야. 내일 일어나면 조금 찌뿌듯한 거 말고는 괜찮을 거야.」

정말로, 렌게는 오래 걸리지 않아 올림페의 옆에서 잠들었다. 발을 동동 구르며 필사적으로 추적해서 찾아왔건만 저렇게 태평하게 곯아떨어지다니, 브레멘은 화조차 나지 않았다. 길프와 브레멘은 그때부터 동지의식을 느끼고, 지속적으로 밖을 경계하고 돌아다니며 조곤조곤 이야기를 나누었다.

자정이 지나 새벽으로 접어들자 길프는 멋대로 창고를 뒤지더니 술을 찾아 꺼냈다. 브레멘은 사정을 전해 들은지라 고인의 물건에 손대기를 꺼려했으나, 얘기하고 싶은 것도 있고 어차피 전부 조사차 가져가서 창고에 처박힐 거라며 권했다. 브레멘은 마지못하며 잔을 들었다.

글렌의 공격으로 천장이 뚫린 거실이었던 곳에서, 달을 바라보며 두 사내가 나란히 앉았다. 브레멘은 놀란 얼굴로 잔을 받았다.

「실버 아이리스? 우리나라에서 구하려면 가격이 상당할 텐데.」

「그렇지. 국가에서 나오는 보조금을 정작 나기에겐 안 쓰고 사치를 부린 거야. 그냥 마셔.」

「음.」

길프는 무언가 할 얘기가 있는 것 같더니 오히려 실버 아이리스하고만 이야기를 나누었다. 브레멘은 묵묵히 앉아 제 속도에 맞춰 술을 들이켰다.

「크아~!」

길프가 호쾌하게 잔을 내려놓았다. 브레멘이 길프를 본 것은 이전 렌게의 8살 생일의 셰라프 선발 때가 처음이었고, 펠렉서스 공작의 저택에서 열린 무도회가 두 번째였다. 하지만 길프는 처음부터 오랜 친구처럼 편하게 말을 걸어댔고 브레멘은 그의 페이스에 말려들 수밖에 없었다.

「혹시나 해서 말하는 건데. 말할 게 있는 것 아니었나?」

「아아? 아~ 미안. 잊고 있었어.」

「….」

「이걸 먹으니까 뇌까지 날아가 버릴 거 같은걸.」

「그럼 마시지 마.」

「딱딱하기는.」

브레멘은 한숨을 쉬며 자리에서 일어나려 했다. 그러자 길프가 그의 팔을 낚아채듯이 잡았다.

「올림페를 사랑하지, 브레멘.」

브레멘은 잠시 뜸을 들였다가 자리에 앉았다.

「언제부터 알았지? 날 모르는 것 아니었나?」

길프가 마침내 마실 건 다 마셨다는 듯 잔을 소리 나게 탁자에 내려놓았다.

「저번부터 알고 있었어.」

「그럼 왜 그때도 모르는 것처럼 말을 걸었지?」

「변장하고 있길래.」

길프는 취기가 오르는지 몸을 가누지 못하는 듯 손을 휘휘 저었다. 목표했던 브레멘의 어깨가 닿자 특유의 너스레를 떨며 툭툭 건드렸다.

「그렌제가 바람을 피우면 안 되지. 너희 가훈도 그런 거 아니었나? 바람 피우면 죽는다~?」

「바람피운 적 없어.」

「과연 그럴까?」

금발의 사내가 배시시 웃었다.

「난 올림페가 좋아. 첫 눈에 반했다고. 그러니까 말해 봐. 라슈비크 공작님과 불륜을 저지르는 올림페에 대해 말해보라고.」

브레멘은 눈을 찡그렸다.

「그녀는 쿼터엘프다. 조화하는 샤란의 피가 흘러. 몸도 마음도, 타인과 섞이는 것에 거부감이 없어.」

「이봐, 브레멘. 난 너한테 묻고 있는 거야. 3인칭으로 대답하지 말라고.」

「올림페에 대한 감정을 너한테 말할 이유는 없는 것 같은데.」

「왜 없어. 누군가를 좋아한다는 것은 그 대상의 감정을 받는다는 거지. 그건 그 대상을 좋아하는 다른 사람들의 마음까지 짊어지는 거야. 그러니까 얘기하라고.」

「유치하군.」

브레멘은 잔의 바닥 모서리를 테이블에 두드리며 불안한 감정을 표출했다.

「올림페를 왜 좋아하지?」

「유치하구만. 왜긴! 가슴으로 호두도 까먹을걸!」

길프가 킥킥대며 손을 음흉하게 움직였다.

「왜, 외모가 좋아서 좋아하는 게 이상한 건가? 넌 왜 올림페에게 집착하는 건데. 그렌제인 주제에 다른 사람을 사랑하는 건 누가 생각해도 이상한 거라고.」

브레멘은 입을 닫았다. 하늘의 누런 얼굴도 답답한지 흘러가는 구름을 끌어 그들을 비추던 빛을 가리었다.

「한 약해빠진 소년이 있었지. 그 녀석은 자기 집에서 같이 살게 된 또래 여자아이를 좋아했어. 그 소녀는 보기보다 나이가 있어서 바깥생활을 많이 겪었어. 소년은 그런 소녀를 따라 때때로 시내로 나가 새로운 것들을 보고 들었지.」

「네 얘기야?」

「한번은 마을 외곽에 있는 가게에 들렀어. 숲 속의 빈터라는 간판이 아이러니한 건물이었다. 잡화상점의 안쪽에 식료품을 판매하고 식당을 겸업해 여간 복잡한 것이 아니었지. 그 위층에는 전망이 좋은 숙박 가능한 방이 하나 있었어. 둘은 그곳에서 계획했던 것들을 사서 예약해둔 방에서 밤새 이야기를 나누며 먹고 놀 생각이었어. 계획에 차질이 생긴 것은 새벽녘이었어. 소년은 처음으로 입에 댄 바잘에 많이 취해버렸고 소녀는 먹을 것을 더 가져오기 1층으로 내려갔던 거야.」

길프는 근처에 굴러다니는 돋보기 안경을 집어 코에 걸쳤다. 브레멘의 바위처럼 굳은 얼굴을 느슨한 안경알 위쪽의 맨눈으로 살폈다.

「공교롭게도, 소녀가 내려간 지 얼마 되지 않아 세 명의 남자들이 가게를 털기 위해 들어왔어. 그들은 손쉽게 주인을 살해하고 무방비 상태였던 소녀를 창고로 끌고 가 돌아가면서 겁탈했다. 소녀는 얻어맞아 두개골이 함몰될 지경에서도 바로 위층에 있던 소년을 부르지 않았어.」

「아~ 거 참 다크하구만. 난 영주님께로 돌아간다. 날이 바뀌면 정체를 드러내든 뭘 하든 해서 알아서 빠져나와라.」

길프는 브레멘의 말이 끝난 것인지 묻지도 않고 자리를 박차고 나갔다. 그는 정말로 나가버렸고, 홀로 남은 브레멘은 멀거니 달만을 응시했다.

얼마나 침묵 위에 시간이 얹어졌을까. 날이 희붐히 되자 안은 더욱 썰렁해졌다. 이미 벽과 천장이 무너져 안과 밖의 경계조차 없는 실정이었지만 브레멘은 남아있는 벽에 어깨를 툭툭 부딪치며 지루함을 달래고 있었다.

곧 여자들이 깨어났다. 렌게가 먼저 기지개를 피며 일어나 기절한 듯 있던 올림페를 일으키고, 나기도 조심스럽게 잠에서 끌어냈다. 건물 밖에는 수사를 위해 파견되었던 병사들이 길프의 검 때문에 건물로 들어가지는 못한 채 모닥불 주위로 수사본부를 차리고 있었고, 건물에서 나온 브레멘 일당을 잡으러 뛰어갔다가 렌게의 등장에 바로 머리를 낮추었다. 렌게는 나기를 그들에게 맡기고 곧장 영주 뮤라곤 펠렉서스에게로 향했다. 뮤라곤이 버선발로 뛰어나와 자신의 왕을 맞이했고, 그들은 응접실에 마주앉았다.

마치, 로니에르의 왕과 대면했을 때가 떠오를 만큼 팽팽한 긴장이 뿜어져 나왔다.

「영지를 직접 살펴보신 적이 있으신가요?」

먼저 입을 연 것은 렌게였다.

「낮에는 은혜로운 군주이신 렌게 더 엘슈나인 전하를 닮은 태양이 거리를 비추고 밤에는 그레이피스에 충성하는 병사들이 곳곳에 활보하니 윗사람이 감시하지 않아도 민심이 안정되더이다. 여왕께서는 영토를 일일이 둘러 살피십니까?」

「나는 질문을 했는데 그대는 다시 내게 질문을 하시는군요.」

렌게는 어려서부터 토론하는 상대를 박살내는 것으로 악명이 자자했다. 렌게의 화법은 '질문법'이라 명명되어 길이 남게 되는데, 그것은 렌게의 지위도 한몫했다. 상대는 언제나 렌게가 질문하면 대답을 해야 했기 때문에 질문과 답으로 원하는 논증을 유도해냈던 것이다. 하지만 뮤라곤은 처음부터 그 방식에 휩쓸리기를 거부했다.

「답은 언제나 더 많은 질문을 만들지요.」

뮤라곤은 말을 돌리지 말고 하고 싶은 얘기를 하라고 촉구했다.

「그대의 저서를 읽어봤어요. 오늘 이야기를 나누고자 하는 것은 법치에 관해서입니다.」

「어느 부분부터 짚어주실 것인지요.」

「법은 국가에서 제공하는 가장 공평한 약속이다. 법치가 서야 나라가 선다. 법치의 정당성을 이끌어낸 그대의 논변에는 동의하는 바입니다. 하지만 어찌 사람이 만든 법이 사람 위에 있겠습니까. 엄격하고 공명정대한 법치는 그대가 추구하는 바이기도 하지요. 그런데 배가 고파 상점에서 먹을 것을 훔치려던 어린아이를 바닥에 눕혀 발로 밟고 포박하는 것이 과연 공명정대한 것입니까?」

「사람에 따라 법을 약하거나 강하게 적용하면 어찌 자신의 책임과 본을 다하겠습니까.」

「그대는 엘슈나인 이전의 벨라돔 왕국에서 교훈을 얻지 못했나요?」

「벨라돔은 법치로 망한 것이 아닙니다. 벨제수트라버 왕은 독재적인 전제군주정치체제를 고수했고, 대 황금성(기간트 엘도라도)을 쌓으며 노동력과 자본을 투입해 재정이 바닥났습니다. 이것은 법치가 아니라 인치人治입니다. 오히려 류멘슈타인 제국을 눈여겨 주십시오. 가장 엄격한 법치국가로서 지금도 막강한 위세를 떨치고 있지 않습니까.」

렌게는 단호하게 고개를 가로저었다.

「멸망으로 추락한 나라들은 항상 계층 간의 격차가 심화되고 기득권이 과보호되는 등 사회 전반적으로 부패가 만연했습니다. 그럼에도 불행한 역사가 반복되는 이유는, 우리가 옛날 사람들에 비해서 훨씬 더 많이 알고 현명하기 때문에 똑같은 실수는 안한다는 오만한 착각 때문이지요. 따라서 우리는 온고지신의 마음을 잃어서는 안 됩니다. 대화의 수단에서 무력은 가장 쉬운 방법이고 또한 저급한 것입니다. 류멘슈타인은 모든 언론을 국가가 소유하고 신문은 물론 잡지까지 언론공사가 통제해 비판적 기사를 제한하고 있어요. 극단적 법치가 결국 독재로 흐를 수 있다는 것을 여지없이 보여주고 있습니다. 류멘슈타인은 류지인과 류정인의 난으로 남북으로 분단되었지요. 법이 오히려 사람을 간사하게 만들어 법을 잘 피해갈 궁리만 하게 만들 수 있습니다.」

렌게는 인간 본성이 악하다는 입장에서 말했다. 펠렉서스 본인이 주장한 '법치' 역시 이러한 성악설을 기반으로 하고 있기 때문에 선뜻 반박을 하지 못했다.

「확고한 법치가 되레 백성들을 범법으로 내몬다는 말씀이십니까?」

「그렇지 않습니다. 다만, 어찌 법이 인의仁義의 위에 설 수 있느냐는 것이지요.」

「현실에서 인의를 따지는 것은 무의미합니다. 어디까지나 논의 선상에서의 이야기이고 이상일 뿐입니다.」

「그것이 탁상공론이라는 것입니까? 어째서 이상을 현실로 끌어오면 안 되는 것이지요?」

「현실을 모르기 때문에 꿈꾸는 것이 이상이기 때문입니다.」

렌게는 고개를 가로저었다.

「이상과 현실을 구분한다는 것은 현실을 직시하고 있다는 것입니다. 이상향을 추구하는 것을 그만둔다면 어찌 우리가 '세우는 샤란'이라 말할 수 있단 말인가요.」

펠렉서스는 더 이상 말을 잇지 않았다. 지식으로 보나 말솜씨로 보나, 그가 논파당하는 것은 시간문제였다. 하지만 논파되었다고 해서 펠렉서스가 지키려 하는 것들이 무가치한 것이 되는 것은 아니라는 것을 둘 모두 알고 있었다. 그래서 렌게 역시 더 이상 몰아붙이지 않았다. 남은 것은 설득

뿐이었다. 사실 뮤라곤은 박수를 칠 정도로 버틴 것이었다. 렌게는 전국을 순회하며 귀족들을 자신의 손아귀에 넣기 위해 논파하면서 단 2~3합 만에 말문을 막아버렸기 때문이다.

「듣겠습니다.」

「법치를 하되 사랑을 베풀어야 합니다. 생계형 범죄의 경우 처벌은 하되 지원도 뒤따라야 합니다. 몰아세우는 것만이 능사는 아닙니다. 커뮤니케이션의 범주로 넣는 것도 논란의 여부는 있습니다만, 아무리 미사여구로 치장해도 폭력은 최악의 커뮤니케이션이니까요.」

「트루히의 범죄 건수는 지속적인 감소세에 있습니다.」

「알고 있습니다. 그러나 '흑의의 공작'과 같은 자칭 영웅들에게 백성들이 열광하고 있는 것 또한 사실이지요. 어차피 최선의 정체(정치체제)라는 것은 현재로서는 규정할 수 없습니다. 선택은 그대의 몫이지요.」

「제가 선택하라고 말씀하셨습니까?」

뮤라곤이 처음으로 렌게와 눈을 마주치며 물었다.

「그대는 분명 탁월한 군주입니다. 만일 이 나라가 의회제였거나 노테오와 같은 민주제였다면 저보단 그대가 정권을 잡는 것이 나라를 위해 좋았을 것입니다.」

펠렉서스가 몸을 일으켜 한쪽 무릎을 꿇었다.

「그런 말씀은 부디….」

「만일 그대가 더 넓은 통치권한을 갖게 된다면 제 말씀을 상기해주시길 바랍니다. 지금은 무엇보다 트루히에 온 힘을 써주세요.」

「여부가 있겠습니까.」

「음, 그럼 됐습니다. 저는 성으로 돌아가겠습니다.」

렌게는 뭔가 서두르는 기색이었다. 뭔가 할 것이 여럿 생겼을 때, 그녀는 하던 일을 미완성으로 미루고 다른 일에 손을 대거나 하지는 않았지만 기색을 숨기지는 못했다.

렌게는 돌아가기 전에 영애인 셀리온 펠렉서스를 만나고자 했다. 셀리온은 그 '공주'가 자신을 찾는다는 말에 두려움에 차서 쭈뼛쭈뼛 방으로 들어왔다. 넓디넓은 방에 브레멘의 보호를 받는 렌게와 마주 앉았다. 렌게는 정중히 일어나 셀리온을 맞이했다. 셀리온은 꿇어앉아 폐하를 알현하려 했으나, 렌게는 극구 사양했다.

「오랜만이군요. 셀리온 펠렉서스.」

「황송합니다. 여왕 폐하.」

「그대의 집이니 부디 편하게 하세요. 앉으세요.」

「어, 어찌 감히 제가….」

「셀리온, 지난날 그대에게 난폭하게 실례를 하고 말았어요. 미안합니다.」

셀리온은 어정쩡하게 서서 어쩔 줄을 몰라 했다. 셀리온은 분명 뮤라곤의 밑에서 교육을 받은 침착하고 성숙한 레이디였다. 많은 대외경험에 익숙한데도 저렇게나 당황해 하고 있는 것이었다. 브레멘은 새삼 렌게의 천부적인 카리스마에 질려버렸다. 어떤 신하도 감히 쉬이 말을 걸지 못한다는 그 마왕 칸트릭스조차 찍소리도 못하게 만든 렌게였으니.

「나는 대화를 하고 싶어 그대를 방문했는데 그대는 바닥에 앉아 하늘만 보고 있으니 나도 땅에 앉겠습니다.」

렌게가 카펫 위에 쪼그려 앉자, 셀리온은 펄쩍 뛰며 일어나 렌게의 손을 잡았다.

「의자에 앉을 마음이 드셨나요?」

렌게는 셀리온의 옆자리에 꼭 친구처럼 앉았다. 셀리온은 허리를 꼿꼿이 세운 것이 긴장된 표정이 역력했다.

「제게도 언니가 있었어요.」

렌게가 천천히 음미하듯이 말을 던졌다. 셀리온은 슬픈 눈으로 창밖에 시선을 고정했다. 모를 리가 있겠는가. 그녀 역시 밀레이유 더 엘슈나인 선왕의 장례식은 물론 렌게의 즉위식에 참석해 오열한 사람들 중 하나였다. 무엇보다 지난 축제 때의 사건 이후 렌게라는 소녀에 대한 감정적 동조를 해왔다. 어린 나이에 가족을 모두 잃고 왕이라는 자리를 짊어져야 했던 소녀에 대해 말이다.

브레멘도 예상치 못했다. 셀리온이 울음을 터뜨리고 렌게를 끌어안았던 것이다. 렌게는 눈을 감고 셀리온을 감싸 안았다. 둘은 한동안 눈빛으로 대화를 나누었고, 브레멘이 조금 자세를 바꿀 때쯤 렌게는 셀리온의 품에서 떠나 성으로 돌아가는 마차에 올랐다. 브레멘과 올림페, 그리고 렌게 셋은 말이 없었다. 브레멘이 조심스럽게 침묵을 깨트렸다.

「렌게님.」

렌게는 대답하지 않고 고개만 돌렸다.

「그거 알아? 브레멘. 트루히의 최정예 군사에 대한 통솔권은 실질적으로 셀리온이 쥐고 있다는 거.」

「아….」

올림페는 무슨 일인지 몰라 창 밖 멀리 보이는 경치만 즐겼다.

「이제 순례도 끝내셨으니 로니에르에 반격을 갈 겁니까?」

「그럼 내가 뭣 때문에 지역의 유력 귀족들을 일일이 찾아가 결속을 다졌겠어? 내가 직접 병사를 일으킬 거야. 브레멘은 최전방에서 군사를 통솔해 줘야겠어.」

브레멘의 얼굴이 어두워졌다.

「진심이십니까?」

브레멘은 부질없는 질문을 했다. 인정하고 싶지 않은 현실을 재차 확인하는 형식적인 정차에 불과했다. 올림페와 눈이 마주치고, 수많은 감정이 교류했다. 렌게는 당연하다는 듯이 밝게 대답했다.

「아니!」

렌게가 발을 동동 구르며 웃었다. 브레멘은 그저 가슴을 쓸어내리며 한숨만 쉬었다. 마차가 하늘을 가로질렀다.

# 3막

강철의 여왕

# 1장
## 위엄혼적 위엄

렌게는 돌아가자마자 발 빠르게 각 지역 영주에게 명을 하달해 병력을 운용했다. 선왕조차 확보하지 못했던 펠렉서스 가문의 '가시덩굴 기사단'은 물론 많은 지원병을 모아 징병 없이도 9만에 이르는 군세를 단숨에 집결시켰다. 그것은 이미 병력을 준비시켜두지 않았다면 불가능할 일이었다.

성인식을 며칠 앞둔 날 렌게는 자신의 곁을 지키는 일곱의 마도기들과 브레멘을 회의실로 불러 두문불출하고 회의를 선언했다. 렌게는 카펫 위에 앉아 종이와 펜을 벌려놓고 부른 사람들을 제멋대로 둘러앉게 했다. 그녀는 어느 때보다도 기운이 넘쳤고, 확고했으며 또한 즐거워 보였다. 그녀가 맨 처음 꺼낸 말은,

「로니에르를 박살내겠어.」

였다. 차라리 농담이라고 믿고 싶은 전쟁선포였다. 마도기들은 그러려니 했지만 브레멘은 발끈했다. 렌게는 그런 브레멘을 위해 자신의 계획을 세세히 전달했다.

「알겠어? 힘이 없이는 중립도 없어. 당한 것은 반드시 되돌려 주어야해.

그것이 전쟁억제력이야.」

「전쟁을 억제한다고요? 병력을 끌어모으고 적을 공격하는데 이미 억제는 실패하는 것 아닙니까?」

「흠.」

렌게는 무력을 확보해 오히려 전쟁을 억제할 수 있다는 자신의 주장을 브레멘에게 설명해주고 싶었다. 그것은 기존에 없던 패러다임이기 때문이었다. 자신의 생각이 맞다는 확신은 있었지만, 보다 큰 정당성을 확보하기 위해서는 이론적인 부분도 뒷받침 해주어야 했다. 브레멘이 동의하지 못한다면 분명 아주 조금이라도 망설임이 들어갈 수 있었다.

렌게는 마도기들을 한번 훑어보고 모두 일어서게 했다.

「자, 브레멘. 내가 그대의 적이라고 생각해보자. 그대는 나를 공격할 수도 있고 기회를 기다릴 수도 있겠지. 거기 서봐.」

렌게는 브레멘을 4페르미터 쯤 떨어진 곳에 마주 세웠다.

「조금 수치적으로 말할게. 그대의 퀴론은 265. 내 퀴론은 87이야. 그대는 어찌하겠어?」

「…공격하겠지요.」

「그렇지. 베르, 이리와.」

렌게의 옆에 베르타로스가 위치했다.

「베르의 퀴론은 380이야. 어찌할래? 구체적으로.」

「약한 렌게님을 집중적으로 공격하겠죠.」

「정답. 슬레그, 내 앞에 서 줘.」

이번엔 슬레그로스가 렌게의 앞에 서서 브레멘과 마주 섰다.

「슬레그로스의 퀴론은 320이야. 어찌할래?」

「지키면서 싸우는 것은 쉬운 일이 아닙니다. 충분히 돌파해서 렌게님을 노릴 수 있습니다.」

「응, 옳은 판단이야. 유에, 아리스. 브레멘의 양옆에 서.」

둘은 예이예이 너스레를 떨며 렌게가 손끝으로 가리킨 곳으로 갔다.

「아나카리스의 퀴론은 420이고 유에라자드는 421이야. 어찌할래?」

「정면 돌파로는 승산이 없으니 우회하는 방법을 사용하겠죠.」

「응, 좋아. 그램, 디즈, 셰비. 이리 와.」

나머지 셋이 렌게의 옆으로 모였다. 일곱 명이 렌게를 빈틈없이 에워쌌다. 아니, 정말로 빈틈이 없었다. 브레멘은 마도기들의 퀴론 수치라고 말한 것이 렌게가 임의로 상정했으리라 생각했지만, 그들이 브레멘의 시선이나 작은 움직임도 놓치지 않고 유기적으로 위치를 조금씩 바꾸는 것을 보며 섬뜩함을 느꼈다. 그들 전부 무시무시할 정도의 고수였다. 브레멘은 이번엔 렌게가 설명하기도 전에 고개를 가로저었다.

「무리입니다. 저의 전력을 보강하고 렌게님의 틈을 기다리겠습니다.」

「그대는 이미 반은 포기했지. 이쪽의 전력을 보고 말이야.」

「예… 하지만….」

「변수가 있겠지. 그것을 찾는 것이 전술이니까. 그럼 이러면 어때.」

렌게가 손뼉을 두 번 쳤다. 그러자 일곱 명의 파란 여인들이 순식간에 렌게의 뒤에 포진했다. 브레멘의 등이 젖어 들어갔다. 저들은 하나같이 괴물 같은 그논을 가지고 있었고 그들의 인식결계가 동시에 브레멘을 옭아맸다. 생각할 것도 없었다.

「브레멘, 그대에게 아직 전의가 조금이라도 남아있다면 내 의견을 철회하겠어.」

브레멘은 침을 꿀꺽 삼키며 절레절레 고개를 흔들었다. 압도적인 전력 차이. 단 일격으로 적을 재기불가능으로 만들 수 있는 무기. 거기에는 이데올로기나 철학이 개입할 여지도 없었다. 가장 원초적인 본능을 자극하는 것, 바로 죽음에 대한 공포였다.

전쟁이라는 것은 아무리 대승을 거두더라도 반드시 실이 뒤따르는 행위다. 득보다 실이 클 것이 자명하다면 '국가'는 움직일 수 없다. 브레멘은 예전에 그녀가 기사들에게 물은 '위엄'에 대해 떠올렸다. 렌게는 전쟁에 있어 최고의 공격력은 곧 최고의 방어력이라는 새로운 패러다임을 제시한 것이었다.

「…상담하려고 자리를 마련하신 것은 아닌 것 같습니다만.」

「브레멘, 딱 한 번만 나를 위해 전쟁터에 나가 줘.」

「그것은….」

「나도 전쟁터 한가운데에 나갈 건데.」

「그럼 따라야죠.」

브레멘은 '한 번만'이라는 것이 걸렸다. 한 번이라니. 로니에르가 예전에 치고 내려왔던 병력만 해도 30만에 이르렀고, 현재는 그때보다도 강력해졌다. 승패는 고사하더라도 몇 년이 걸릴지도 모를 일이었다.

「하지만 렌게님, 몇몇의 뛰어난 장수가 있다 하더라도 전쟁에서 반드시 승리할 수 있는 것은 아닙니다. 실제로 로니에르의 병사는 35만이고 우리 병사는 고작 8만 7천입니다. 로니에르는 모든 군사를 왕가에서 통솔하여 관리하는 반면 우리는 귀족들의 자치병력으로 되어 있습니다. 전력 차이는 명백합니다.」

「싸움은 숫자로 하는 것이 아니라고 말한 건 그대였던 것 같은데.」

「그것은 개인의 퀴론에 대해서지 않습니까!」

브레멘은 렌게가 말꼬투리를 잡자 참지 못하고 역정을 냈다.

「화내는 거야?」

「화내는 거 아닙니다.」

「지금 화내고 있잖아.」

「하아… 죄송합니다.」

렌게는 손짓을 하며 모두를 앉게 했다. 렌게는 홀로 일어서서 자신 있게 말했다.

「브레멘, 나는 이길 거야. 압도적으로. 향후 50년은 감히 내 나라에 카라모스 대가리도 들지 못하도록 만들 거야.」

브레멘은 반박할 수가 없었다. 누구보다도 렌게를 가까이서 지켜보았기 때문이었다. 렌게가 입에 담은 일은 철저한 연구와 고민이 선행되어 확증이 있을 때에만 공표되고, 또한 반드시 그렇게 되었다. 브레멘은 가슴이 두근거렸다.


'렌게라면 어떻게든 할 수 있을지도 모른다'는 어떤 기대. 국민 모두가 품고 있어 비공식적이지만 '렌게적 신뢰'라는 단어까지 만들어지게 된 그런 것.


세간에서 불가능하다고 아무리 떠벌려도 상관없는 일이었다. 자신이 모시는 사람은 다름 아닌 '렌게 더 엘슈나인'이었으니까.

「당신이 제게 물으셨던 위엄이 무엇인지, 볼 수 있겠군요.」

그제야 렌게는 활짝 웃었다.

「그래서 말이야. 필요한 게 조금 있는데. 너희들이라면 구현해줄 것 같아서.」

일곱 명의 마도기들이 일제히 초롱초롱한 눈으로 렌게를 바라보았다. 유에라고 불리는 어린 소녀가 당차게 손을 들었다.

「저요! 저요! 나 공정마법 7클래스까지 쓸 수 있음!」

렌게가 싱긋 입꼬리를 올렸다.

「그럼 유에, 인식결계를 증폭시킬 수 있어?」

「얼마나? 기존에 있는 것으로도 4페르미터 정도는 보정할 수 있어.」

렌게는 파란 여인들에게 물었다.

「그대들 중에 인식결계가 가장 넓은 자는 누구야?」

한 명이 살짝 손을 들었다.

「저요, 158페르미터까진 가능합니다.」

브레멘은 자신의 귀를 의심했다. 인식결계라는 것은 아무리 타고났다 해도, 오랜 시간 수련했다 해도 마법이나 마과학 도구의 자원을 받지 않고 20페르미터 이상의 영역을 가지기 불가능한 능력이었다. 100페르미터가 넘는다는 것은 들도 보도 못했다. 그런데 158? 그것이 사실이라면, 저 여인은 이미 탈샤란적 강함을 소지한 것이었다. 이미 '고수' 같은 단어로는 감히 수식할 수도 없는 것이었다.

「6.8페르킬로미터가 필요한데.」

페르미터도 아니고 페르킬로미터라고? 브레멘은 인상을 찌푸렸다. 그런 것이 가능할 리가 없었다.

「흠.」

유에가 턱을 손가락으로 문지르며 생각에 잠겼다.

「배율로 변경하더라도 45배인데. 기존의 공식으로는 손실이 너무 많아.」

셰비라는 소녀가 끼어들었다.

「쌍방향 그논 굴림으로 세이브 존을 두고 다중 캐스팅되는 공정 식을 쌓아올리면 어때?」

「동전 쌓기로? 나중에 빼낼 때 전체 식이 흔들리지 않을까?」

「아니아니. 전체 식을 분할해서 단계별로 진행하고 세이브 존으로 단계를 구분하는 거지.」

「아, 그럼 초반 공정이 난잡해지잖아. 나 식 해체 짜증나.」

「아랑비타 공식으로 양 끝부터 처리하면 되잖아.」

「응. 그럴려고.」

유에가 일어서서 파란 여인에게 다가갔다. 유에가 다소 어색한 손놀림으로 공정마법의 공정을 열었다. 정해진 공정에 따라 중간 중간 머뭇거리고 고민하면서 3분 여의 시간을 들인 후, 간단한 종이접기를 완성하고 즐거워하는 어린아이처럼 웃으며 '다 됐어!'하고 외쳤다. 손을 파란 여인에게 뻗자, 무언가 툭 하고 브레멘의 심장에 충격이 느껴졌다. 타인의 적대적 인식 결계 안에 들어오는 그 특유의 느낌이었다. 렌게는 눈으로 답을 재촉했다.

「제일 끝에 걸리는 건물 아무거나 대 봐.」

「'어디서 누구랑', 술집 같군요. 아, 위층에선 숙박도 가능한가 봅니다.」

「음? 거기가 어디쯤이더라.」

렌게는 바닥에 펼쳐진 수도의 지도를 뒤적거렸다. 브레멘이 한숨을 푹 쉬었다.

「제3 봉화대가 있는 부근입니다. 족히 8페르킬로미터는 됩니다.」

「정말? 좋아. 이건 됐고.」

렌게는 유에의 머리를 쓰다듬었다. 유에는 몸을 흔들며 자신의 기쁨을 여과 없이 표출했다. 이미 브레멘의 정신은 피폐해져 있었다. 도무지 믿을 수 없는 일들이 벌어지고 있었다. 말도 안 될 만큼 혁명적인 공정마법을 이 짧은 순간에 만들었단 말인가? 모국 그레이피스의 왕립공정마법연구원의 존재가치가 저 어린 소녀의 비듬만도 못한 것으로 격하되는 순간이었다.

「그리고, 그 감각을 나에게 연결할 수 있어? 그녀가 느끼는 것을 내가 느끼도록.」

「의식전이는 가능한데, 그럼 렌게의 몸이 빈껍데기처럼 돼버릴 텐데. 동시에는 못 움직여. 아, 인식결계 운용에 대한 정보를 원하는 거야?」

「응.」

유에가 손가락을 치켜세웠다.

「그러면 차라리 인식결계로 수집한 정보를 받아와 이미지로 출력하는 게 낫지 않아?」

「가능한 거야?」

「응. 성능 좋은 노탈리콘 단말기만 있다면 프로그래밍하면 되지.」

「유에가 최고야.」

유에가 덩실덩실 춤을 췄다. 렌게는 유에를 뒤에서부터 끌어안으며 자리에 앉았다. 유에는 마음껏 렌게의 품에서 부비적대며 상을 만끽했다.

「나머지 세세한 준비는 우리끼리 할게. 브레멘은 쉬어도 좋아.」

반가운 소리에 브레멘은 인사를 하고 방을 나왔다. 끈질기게 달라붙는 불안을 애써 달래며 복도를 돌아 나설 때, 그는 마주치고 싶지 않은 사람과 딱 마주쳤다.

「여, 퇴근하나?」

그가 궁성에는 어쩐 일인가, 목구멍까지 볼멘소리가 치고 올라왔지만 분명 이야기를 시작하면 끝 모르고 재잘거릴 것 같아 애써 억눌러 참았다. 그러나 그 남자는 브레멘의 앞길을 막아섰다.

「왕녀께서 부르셨는데 아는 거 있어?」

「아니.」

「에이. 지금 회의실에서 나온 거 아냐? 좀 말해봐. 이상한 거면 도망가게.」

브레멘은 저도 모르게 피식 웃고 말았다. 무시하려 해도 어째서인지 이 남자는 자신의 '벽'을 어느샌가 넘어 능청스럽게 어깨에 팔을 둘러왔다. 정말이지 질릴 정도로 능청스러운 남자라고 혀를 차며, 브레멘은 결국 응대했다.

「왕녀의 소환명령에 불응하면, 태형笞刑이라도 맞을 텐데.」

「정말 충실하게 태클을 걸어준단 말이지. 이야~ 이래서 네가 재밌다니깐. 아냐. 내가 도망갈 것을 계산해서 복수하려는 건가?」

「엘슈나인 전하라면 가능하고도 남겠지.」

길프가 '그럼 그 기대에 부응해 볼까'하는 표정으로 음흉한 미소를 짓자,

「아서, 안 봐주실걸?」

브레멘은 우물가로 기어가는 어린아이를 구해냈다. 길프는 껄껄 웃으며 브레멘의 어깨를 치곤 손을 흔들며 브레멘의 발자취를 밟아나갔다.

길프는 가벼운 발걸음으로 회의실 앞에 서서 노크를 했다. 그것은 낯선 일이었다. 한 국가의 왕이 문 앞에 경비 한 명조차 세워놓지 않다니 말이다. 아무리 많은 가능성을 고려해 봐도 가장 확실한 것은 둘 뿐이었다. 방금 그곳에서 나온 브레멘이 왕을 살해했거나 아니면 이 방 안이 절대적이라 할 만큼 안전하다거나.

「들어와.」

안에서 렌게의 목소리가 들려왔다. 길프는 역시나 하며 알 수 없는 서늘함을 감지하며 천천히 문을 열었다. 그가 쭈뼛거리며 문 근처에서 어슬렁거리자, 한 파란 여인이 손등으로 밀듯이 안으로 들여보내고 문을 막아 섰다.

「길프 랜시스, 용병이었던 그대에게 걸맞은 추적 명령을 내리겠다.」

순간, 길프는 주체할 수 없는 떨림에 주저앉을 뻔했다.

「왜 놀라? 설마 내가 모를 거라 생각했던 거야?」

「솔직히… 그렇습니다.」

「그래. 그대는 본래 에비텐 왕국 출신의 검사였지. 과거 얘기는 관심 없지만 그대가 용병 생활을 거쳐 펠렉서스에 고용된 것에는 흥미가 있거든. 나에 대한 감시는 계속해도 돼. 상관없으니까. 대신 사람을 하나 좀 찾아줘야겠어.」

「제가 가면 감시를 못하지 않습니까.」

「전 세계 용병단에서 그대를 모르는 사람이 없을 텐데.」

「그럴 리가요.」

길프가 웃어넘겼다. 렌게는 제 몸만 한 쿠션에 몸을 기대고 누워 조곤조곤 이야기를 풀기 시작했다.

「예전 에비텐 왕국에서 외국에서 유명한 검사들을 초청해 왕성에서 비무를 벌였어. 류멘슈타인 제국의 화이트 힐트 급의 검객이 가이아 대륙에서 온 검사에게 농락당했지. 그리고 그 가이아의 검사는 리디아 대륙에는 검법이 없다고 빈정댔어. 실제로 우리나라는 물론 로니에르의 검사도 검을 꺾어버리고 통곡했지. 그때 에비텐의 한 검사가 나섰어. 젊은 나이의, 유우이라는 성씨의 청년이 기개 있게 검을 뽑아들더니 상대의 공격을 모조리 무無로 돌려버렸다지. 사실인지 아닌지조차 의문으로 생각되지만 그 자리에 참석했던 사람들은 절대 잊지 못하지. 그 검을 끊어버린 검사 중 한명이 내 어머니, 밀레이유 더 엘슈나인이었으니까. 그렇지, 궐피 유우이(길프 랜시스의 본명).」

순간 두 명의 소녀가 일어났다. 정확히는 한명이 일어서면서 다른 한명을 끌고 일어선 것이다.

「유에, 당장 칼로 돌아가 봐.」

「아파! 왜 그래!」

「궐피 유우이라잖아 비견할 것이 감히 없다는 비홍무검飛鴻無劍의 전수자라고.」

흰 머리의 소녀가 유에의 등짝을 펑펑 때리며 재촉하자, 유에가 빛나고 날렵하고도 완만하게 휜 형태의 카타나로 변했다. 다름아닌 '물의 마도기'였다.

「붙어보자!」

소녀가 물의 마도기를 쥐고 다짜고짜 달려들었다. 길프의 목을 노리고 베어 들어간 검은 아슬아슬한 부분에서 멈춰졌다.

「왜 안 싸워?」

소녀가 볼멘소리를 했다.

「신하된 자가 주군 앞에서 검을 휘두르면 안 되는 법이거든요.」

「싸워! 싸우자구!」

길프는 배 째라는 식으로 오히려 눈을 감았다. 디즈는 씨근덕대며 방방 날뛰었고, 다른 마도기들이 그녀를 말리느라 진땀을 빼야 했다.

「아무튼, 날 위해 찾아 줄 거지?」

「다른 선택이 없겠지요.」

「데져트 어쌔신 멤버지만 현재는 어떨지 모르고. 연보라색 머리카락과 홍채 색이 특징이야. 와이어와 카드를 사용하더라고. 키는 그대 정도에 백인이고. 이름이…」

　「퓨리스 레이몬드겠지요. 변칙스러운 공격을 주로 해서 정식 서열에서는 인정받지 못하지만 실질적으로 D.A.에서 다섯 손가락 안에 드는 강자입니다.」

　「응. 그럼 부탁해.」

## 2장
# 렌게 패러다임, 전前

어린 시절의 기억은 쉽게 과장된다. 세 명의 단짝친구 중에 가장 힘이 셌던 것이 학급에서 가장 싸움을 잘했던 것으로 되기도 하고, 러브레터를 받은 횟수가 몇 배로 바뀌기도 한다. 또한 첫사랑이 사실은 사랑이 아니었다고 재고되거나 하는 등으로, 추억은 제멋대로 재구성되어 남곤 했다. 그것은 렌게에게도 어김없이 찾아왔다.

자신의 가족들이 전사한 평원에서 로니에르 왕이라는 사내가 그분들의 시체를 밟고 서서 껄껄 웃었다. 피바다가 된 수면 위로 간신히 고개만 내민 풀들이 망령의 손처럼 다리를 휘감아 땅속으로 끌어당겼다. 검은 태양이 뿌리는 비가 얼굴을 타고 내려 눈물과 휘돌아 떨어졌다. 그것들은 모두 렌게가 꿈속에서 본 심상이었으나, 그 원수의 얼굴을 본 순간 사실이 되어 귀, 코, 눈, 입, 온몸의 구멍에서부터 스멀스멀 기어 나왔다.

렌게는 갑옷조차 입지 않고 이번에도 브레멘만을 대동해 숙적과 마주했다. 로니에르 왕 역시 이번에도 말에서 내리지 않았다. 렌게는 그런 칸트릭스의 카라모스 바로 앞까지 다가갔다.

「전에 타던 카라모스가 아니군요.」

렌게가 태연하게 적군 군주의 카라모스 인증을 쓰다듬으며 말을 던졌다. 그 카라모스는 별 반응을 하지 않았다. 렌게에게서 어떠한 적의도 느끼지 못했기 때문이리라.

「죽을 준비는 됐는가. 그레이피스의 왕이여.」

「이빨을 많이 갈았겠지요. 그대의 잠자리를 걷어차는 소리가 제 침소에 까지 들리더군요.」

「곧 그대는 내 침소에서 울부짖게 될 것이다.」

「그건 기대해 두죠. 하지만 그대는 패배할 것입니다.」

「카라모스가 제 새끼를 잡아먹었다는 것이냐? 말이 말답지 않으면 말이 아님을 모르는가.」

로니에르 왕 칸트릭스 대제大帝가 말장난을 쳤다.

「이미 몸이 살쪄 젊은 카라모스가 아니면 그 무게를 지탱하지 못하고, 이미 노쇠하여 말이 없인 건지도 못하고, 이미 두려워 말 위에서 도망갈 궁리만 하니 어찌 패색이 짙다 아니할 수 있을까요.」

「도망간다?」

「저는 이미 검 끝이 닿을 거리에 있음에도 보다 빠르게 움직이고자 함은 뒤로 뛰기 위함 외에 무엇이겠습니까.」

「여전히 그대의 세 치 혀는 잉그라데미오스보다 악랄하고 창부보다 저속하구나.」

렌게는 수준 낮은 말싸움을 계속할 필요가 없다고 생각됐는지, 손짓으로 브레멘에게 검을 가져오도록 했다. 브레멘은 손에 든 바스타드 소드를 렌게와 칸트릭스 사이에 조심스럽게 꽂고 다시 뒤로 빠졌다. 그것은 렌게의 어머니, 밀레이유의 애검이었다. 렌게는 싸늘하게 미소를 띠웠다.

「오늘은 귀국의 피로 이 검을 살찌울 것입니다.」

「두고 보지.」

두 남녀는 너나 할 것 없이 갈라섰다. 렌게는 곧장 병력을 통솔하는 각 지역의 귀족들을 모았다. 전쟁 직전은 언제나 두려운 순간이다. 제아무리 많은 책을 읽었어도 백문이 불여일견. 실제로 경험한 사람의 그것에 다다를 수는 없다. 간접경험은 어디까지나 간접경험이다. 지휘관으로 전문적인 교육을 받아 일반 병사를 지휘ㆍ통솔하는 장교들이라 해도 10년 동안 실제 전쟁터에서 살아남은 일반 병사에게는 오히려 배울 수밖에 없는 것이다.

렌게는 그런 것들을 얼마나 이해하고 있을까. 선두에 서서 군을 통솔했던 선왕 밀레이유 더 엘슈나인은 왕이기 이전에 한 명의 유능한 검사이자 훌륭한 기사였고, 또한 탁월한 장군이었다. 그렇기에 병사들은 지휘자를 믿고 자신의 용맹에 목숨을 기꺼이 내던질 수 있었다. 반면 렌게는 스무 살도 되지 않은 어리고 여린 왕이었다. 정치적인 면에서는 이미 선왕을 비교 대상에 올릴 수도 없는 신뢰를 구축했으나, 롱소드 한 자루조차 제대로 휘두르지 못하는 그녀를 병사들이 전쟁터에서 신뢰할 수 있을 것인가.

사실, 브레멘이 아니더라도 렌게가 그러한 상황을 누구보다 잘 숙지하고 있을 것을 알고 있었다. 그래서 렌게의 연설에 귀추가 주목되었다.

「뮤라곤 펠렉서스, 잠을 못 잤나 보군요. 눈이 부었어요.」

「예, 잠을 이루지 못했나이다.」

렌게는 메디치를 거침없이 몰아 다른 귀족들을 둘러보았다.

「바스테스 도라돌, 그대의 애인에게 씌운 정조대 열쇠는 집안 사람들 모르게 잘 숨겨 놓으셨소?」

작게 웃음이 흘렀다. 바스테스와 그의 애인은 사교에 조금이라도 관심이 있는 사람이라면 모르는 사람이 없을 정도로 유명한 잉꼬커플이었다. 그런데 그의 친동생인 아일 도라돌이 레즈비언이라 오빠의 애인에게 관심을 두고 있다는 루머가 끊임없이 이어졌던 것이다.

렌게의 말은 누구라도 웃을 만한 농담이었다. 렌게는 계속해서 귀족들을 차례로 마주 보며 가벼운 말들을 던졌다. 그 시간이 너무 길어 늘어선 병사들이나 귀족들 모두 초조해질 무렵, 엎친 데 덮친 격으로 로니에르 진영에서 출전 준비 완료를 알리는 뿔나팔 소리가 들려왔다. 병사들이 떨리는 손으로 창과 검을 부여잡으며 마른 침을 삼켰다.

그러나 곧 적군이 쇄도해올 것임에도 렌게는 조금도 서두르는 기색이 없었다. 렌게는 오히려 귀찮다는 표정으로 귀족들의 한가운데에 서서, 자신의 귀에 걸어놓은 송수신기를 몇 번 두드렸다. 노탈리콘에 음성 송수신 기능만을 강화시켜 소형화시킨 물건이었다. 귀족들은 물론 편대를 이끄는 분대장들도 그것을 활성화시켰다.

렌게는 상대에 비해 부족한 병력을 오히려 더욱 자잘하게 분리시켰다. 약 400여 개의 분대 단위로 구분해, 각각 200명의 소수 병력을 하나의 말로 활용하고자 했다. 모든 것이 허술해 보이는 상황에서도 렌게는 일말의 불안함도 없이 말을 풀었다.

「그대들에게 묻겠다. 내가 선언하여 이루지 못한 것이 있다면 말하라.」

렌게는 침묵을 끼얹었다. 대답할 수 있는 사람 따위가 있을 리가 없다. 분위기나 상황 때문이 아니었다. 실제로 없었을 뿐이다.

「그대들은 분명 싸우다 죽을 수도 있고 부상을 당해 불구가 될 수도 있을 것이다. 나는 그대들에게 결코 거짓을 말하지 않는다. 싸워라. 그대들이 죽으면 선왕보다 성대한 장례를 치를 것이고, 그대들의 묘비는 유공자의 묘지 중에 가장 기름진 곳에 세워질 것이며 내가 직접 술과 음식을 뿌리고 손질할 것이다. 그대들이 부상을 입는다면, 그대들의 3대를 내가 먹여 살릴 것이고, 자연사할 때까지 내가 보살피겠다. 이 싸움 이후 그대들이 죽든 살든 그대들의 아내, 남편, 자녀, 그리고 손자, 그대들의 동물과 마당, 모두 내가 지킬 것이다.」

렌게는 잠시 숨을 골랐다. 전쟁터에서 평생을 보낸 전사조차 한 번도 들어본 적이 없는 종류의 연설이었다.

「그러니, 이번엔 그대들이 나를 지켜주시오. 우리나라를 지켜주시오.」

함성이 터져 나왔다. 본성 깊숙한 곳에서부터. 터져 나왔다. 1분도 채 걸리지 않은 짧은 연설이었다. 그러나 말한 것이 렌게였기 때문에, 성인도 되지 않은 소녀였기 때문에, 또한 아름다웠기 때문에 병사들의 심장이 격렬하게 반응했다.

「들어라. 그대는 죽을 수도 있다. 하지만 싸워라. 나를 믿어라. 오늘 이 곳, 내 어머니 말레이유 더 엘슈나인이 전사한 이 곳에서 우리는 승리할 것이다. 이것은 바람이 아니다. 내 약속이다.」


「프라하 로베, 아라나 도미나크 데 라흐카아아아————!!

Praha-lobe, arana-dominac de-lahcaaa————!!

(전군, 출전 준비)」


렌게의 제피. 그레이피스 쪽에서도 뿔나팔이 울렸다. 심장을 뜀박질시키는 고동소리가 용기라는 갑옷과 검을 덧씌웠다. 기마병은 창을 세웠다.

보병은 방패를 앞세우고 궁병은 시위에 활을 걸었다. 마법사단은 공정을 굴리고 공병은 마과학 병기에 시동을 걸었다. 하늘을 찌를 기세로 그레이피스의 깃발이 올라갔다.

렌게는 각 분대를 통솔하는 분대장들에게 확인 차 명령을 전달했다.

「그대들이 돌격할 때는 오로지 내 명령이 있을 때뿐이다. 무슨 일이 있어도 자리를 사수하라.」

이미 전략지침으로 숙지된 사항이었다. 렌게는 메디치에서 내려 가장 앞쪽으로 걸어갔다. 어느새 그녀의 주변에는 일곱 명의 마도기들이 함께하고 있었다. 상위 통솔자들이 손을 들어 올리고 병사들에게 정지 신호를 하달했다.

베르타로스가 우아하게 손을 움직이자, 브레멘을 포함한 아홉 명이 하늘로 둥실 떠올랐다. 그렇게 렌게는 병사들이 지금 무슨 상황이 벌어지고 있는지 받아들일 새도 없이 훌쩍, 적 진영을 향해 날아갔다. 병사들은 어찌할 줄을 몰라 움찔거렸지만, 여전히 정지 명령이 내려지고 있었다. 사실 정지를 하달하고 있는 분대장들 역시 지금 돌격신호를 내리지 않는 것이 맞는 것인가 의심스럽기 그지없었다. 송수신기는 모두 정상이었지만 지휘자들은 계속해서 고장은 아닌지 확인해야 했고 그때마다 렌게는 기다리라는 짧은 답만을 보내왔다.

렌게는 약 200페르미터 공중에서 적군의 진영을 한눈에 넣었다. 유에와 그램을 쳐다보며 눈짓하자, 그 둘은 서로 마주보고 공정마법의 영창을 시작했다.

「아리스, 슬레그는 좌측, 디즈는 우측. 산개!」

아리스와 슬레그로스가 적진역의 사이드로 날아갔다. 그녀들이 가장자리로 향하자 적진에서 한 명의 사내가 카라모스를 타고 날아올랐다. 그의 그는, 제피, 기세, 나무랄 데 없는 기사였다. 사내의 표정에서 실력을 기반으로 한 자신감이 뚝뚝 묻어나왔다.

아리스가 개의치 않는다는 듯이 양손을 하늘로 뻗었다. 이미 영창을 끝낸 공정마법이 완성되며 믿기 힘들 정도로 거대한 불덩어리가 생성되었다. 기사의 표정이 역변했다. 직경이 20페르미터에 이르는 악몽. 그것은 그 자체로 지옥이었다.

그것은 그렇다. 공정마법을 수련하는 자라면 어지간히 재능 없지 않는 한 3개월이면 구현할 수 있는 가장 기본이 되는 마법이었다. 불이라는 속성에 물리력을 가미한 불타는 돌을 던지는 마법, '파이어 스트라이크Fire strike'였다. 다만, 그것이 인류의 한계를 훌쩍 넘은 11클래스 급으로 구현되었다는 것이, 눈앞의 현상을 거짓이라 여기게끔 만들었다. 그 압도적인 그논 덩어리는 산소와 다름없다는 듯이 적장을 삼키고 적 진영에 투척되었다.

쿠르릉…

엄청난 폭발이 일어나며 일순 수백 명의 목숨을 소멸시켰다. 아직 제대로 전의고양도 안된 로니에르군의 우측 군세는 오합지졸처럼 뒤로 후퇴했다.

그리고 반대편, 제 키만 한 얄팍한 검을 들고 디즈가 착지했다. 검 날은 카타나와 같았지만 그 손잡이가 전체 길이의 1/3에 이르는 특이한 무기였다. 그것은 일종의 체도(薙刀; 나기나타)와 같아 보였다. 디즈는 미친 듯이 깔깔대며 뭐가 그리 신나는지 병사들 한가운데로 달려 들어갔다. 무시무시한 속도로 검풍이 난무했다. 그 160도 안 되는 소녀는 톱날달린 팽이처럼 적병을 분쇄하며 거칠 것이 없이 나아갔다. 아리스들과 디즈는 서로에게 향하며 적을 공격했고, 곧 적진 최전방 한가운데에서 렌게와 재합류했다.

로니에르군의 지휘계통은 혼란을 다스리지 못했다. 혼란을 수습하려는 대장들을 멀리서 셰비가 자신의 넘쳐나는 그논을 있는 대로 구겨넣은 마력 화살로 저격했기 때문이었다. 전위의 기병대는 달려보지도 못하고 속속 베이거나 불타 쓰러졌다. 그러나 로니에르군의 군세는 30만에 육박하는 대군이었다. 고작 9명이서 그 정면에서 맞서는 것은 불가능한 것이었다. 자연스럽게 진형의 양 날개가 렌게 무리를 고립시키기 위해 둘러싸기 시작했다.

「유에! 아직 멀었어? 둘이 하면 15분이면 된다며.」

「에? 아, 지금 쏴?」

「쏴버려. 잘 되면 뽀뽀해줄게.」

유에의 손끝에 힘이 들어갔다. 그램과 협력하여 완성한 공정마법을 사랑스럽게 보듬으며, 전방을 향해 마지막 배열을 완성했다. 도저히 공정마법 그 자체에서 나는 소리라고 믿을 수 없는 기이한 소리가 났다. 마치 공간 그 자체가 울부짖는 소리 같았다.

대체로 그논을 이용해 술법을 부리는 모든 행위를 총체적으로 지칭해 '술術'이라 한다. 그논은 기본적으로 자연 상태로 움직이려는 성향을 띤다. 자신의 것으로 바꾼 그논은 체내에 있다 하더라도 자연그논과 접촉해 자연화되려하고, 또 적당한 밀도로 퍼지려고 하고 움직이려고 한다.

학계에서는 이 술을 형식해체 가능성에 근거해 마술과 신술 두 가지로 크게 구분 짓는다. 술법을 부리는 데에 일정한 공식으로 풀이가 가능한 것은 마술이라 하고, 풀이가 불가능한 것을 신술로 규정한다.

신술의 공식은 불규칙적이고 항상 가변상태이기 때문에 공식에 대입한들 소용이 없으며 내성 굴림도 불가능하다. 마술 중에서 가장 보편화되고 가장 많은 연구를 거친 것이 공정마법이다. 공정마법은 그논을 연료로 하여 그것을 정해진 규칙대로 회전, 배열, 점화하는 과정을 거쳐 현실을 모방하는 '현상'을 구현한다.

공정마법을 구현하기 위해선 적어도 하나 이상의 완성된 공식이 필요하고, 하나의 공식은 복수의 그논 흐름으로 엮여 있다. 이러한 공식으로 묶인 한 층의 붙잡은 그논흐름을 마법원(혹은 마법진)이라 한다. 이것들은 모두 정확하게 흘러갈 길을 만들어주어야 하고, 그것이 조금이라도 어긋나게 되면 실패로 치닫게 된다. 그논의 양, 회전모양, 회전속도, 회전반경, 역회전의 타이밍 등 총체적으로 고려하여 마법진들을 배열하면 술자가 만들고자 했던 공정마법이 물화物化된다.

학계는 그 종류도 모양도 천차만별인 공정마법을 분류하기 위해 '클래스class'로 그 완성을 위한 난이도나 완성 후의 위력을 가늠하고자 했다. 1클래스는 이 마법진이 하나가 필요한 마법인 것이다. 이것은 제곱비로 늘어나서, 2클래스는 2개 이상, 3클래스는 4개 이상, 4클래스는 8개 이상, 5클래스는 16개 이상, 6클래스는 32개 이상, 7클래스는 64개로 증가한다. 이러한 기준 아래에서 인간으로선 '마의 100개'의 벽을 깨지 못해 7클래스 러너가 한계라고 인정하고 있다.

따라서 사실 아리스가 보여준 파이어 스트라이크만 해도 학계가 목격했다면 거품을 물 정도의 혁명이었지만 유에와 그램이 함께 완성한 공정마법은 이미 그 차원조차 훌쩍 넘어 상상조차 하기 힘든 그논을 집어삼키며 발동되고 있었다. 그 마법은 당시에 이름조차 존재하지 않았으나, 훗날 기록되기를 환상생물 드래곤이 개발한 고대의 공정마법으로 회자된다.

총 마법원 개수 6144개, 13클래스(포괄 마법원 계수 4096 ~ 8191). 연소된 그논 약 12630페르리터. 지역섬멸형 궁극광역전략공정마법窮極廣域戰略工程魔法,

루치페로스 코치토스

루시퍼의 얼음호수

아비규환이었다. 천지창조 이전 무스펠스헤임과 니블헤임* 사이에 존재하던 틈새가 모습을 드러냈다. 공허하지만 무無은 아니며, 니블헤임의 얼음과 눈과 무스펠의 불꽃이 뒤섞여 규정적인 혼돈이 발생했다.

육친을 배반한 인류 최초의 살해자 카인을 벌하는 제1원 카이나,

나라를 배반한 장군 안테노르를 벌하는 제2원 안티노라,

손님이 자는 틈에 목을 자른 톨로메아를 벌하는 제3원 톨로메아,

예수를 팔아넘겨 은혜를 배반한 유다를 벌하는 제4원 쥬뎃카.

밀집해있던 로니에르군은 피하지도 못하고 고스란히 재앙에 노출되었다. 허무의 공간에서는 비명조차 용납하지 않고, 지옥의 땅에 발을 딛고 있는 자들을 쓸어 담았다. 그 누구도 그 광경을 끝까지 바라볼 수 없을 만큼 처참하고 끔찍한 것이었다.

렌게는 단 한 명의 부상조차 없이 적 병력의 1/5를 날려버렸다. 한 번의 전투에서 5만에 가까운 사상자를 낸 것은, 과거 마과학 병기가 처음으로 전선에 투입된 류멘슈타인의 침공 이래 처음 있는 일이었다. 가까스로 살아남은 칸트릭스가 목이 터져라 돌격을 외쳤지만, 수십만 대군의 무너진 전열이 쉽게 정비될 리가 없었다. 렌게는 성공적으로 적진 한가운데에 전진기지를 확보했고 효과적으로 적 진형을 양분시켰다. 렌게가 송신기에 손을 얹었다.

「오래 기다렸다. 제군들. 프라하 로베, 바모스(Vamos ; 가자).」

---

\* 북유럽 신화에 나오는 세계의 남쪽 끝에 있다고 생각되는 폭염의 나라로, 북쪽 끝의 얼음의 나라 니블헤임과 더불어 우주창조 이전부터 존재한다는 곳이다.

마치 승전보를 전하듯이, 길게 뿔나팔이 울렸다. 한껏 당겨졌던 시위가 튕겨 나가는 기세로 그레이피스의 8만 정예군이 우왕좌왕하는 로니에르군에게 돌진했다.

지축이 떨렸다. 렌게의 심상에서 자신의 발목을 잡던 피의 늪이 사라져 갔다. 그녀는 조용히 눈을 감고 그 순간을 만끽했다.

「렌게님.」

셰비가 신호를 보냈다. 렌게는 조용히 읊조렸다.

「이제 나와.」

말이 끝나기가 무섭게 일곱 명의 여인들이 나타났다. 그중 한 명이 인식결계를 펼쳤고, 셰비는 유에가 만든 공정마법으로 결계를 확장시켰다. 그리고 렌게가 마임을 하듯이 손바닥을 펴자, 그 앞으로 스크린이 나타났다. 렌게는 그 위에 떠오른 붉은색 원들을 보며, 세세하고 빠르게 분대들의 행동강령을 전달했다.

이것은 전쟁의 새로운 패러다임을 이끌어 내었다. 훗날 전황을 파악하여 전략을 조절하는 이러한 방법을 비슷하게나마 따라하려는 시도가 끊이지 않았는데, 렌게의 경우처럼 명백히 성공한 케이스는 없었다. 모든 국가마다 확장인식결계를 활용한 레이더 시스템을 구비했기 때문이었다. 이 '렌게 패러다임'은 마과학의 세계적 집중발전이라는 인과를 끌어내었으며, 현대전의 발단이 되었다.

이날 전무후무한 '렌게 패러다임'을 앞세운 그레이피스군은 3배 이상 많은 병력의 로니에르군과 정면에서 맞섰다. 양측 군의 총 사망자 10만 6700여 명, 부상자 3만 6300여 명, 이 중 사망자의 90%가 로니에르 측에서 나왔고, 부상자의 7할이 마왕馬王의 병사들이 점유했다. 그레이피스군의 압도적인 전투에 다수의 로니에르 병사가 전열을 이탈해 그레이피스에 귀화하여 실질적으로 로니에르군이 자랑하던 '마왕군'은 반 토막이 났다.

렌게는 적군을 궤멸시키고 다시 모국의 땅을 되찾았다. 렌게는 승리한 평원의 이름을 Casa Blanca(하얀 집)로 명명하고, 로니에르의 지배권에서부터 탈환한 리폰 마을에 입성했다.

리폰은 많은 전쟁으로 활발히 발전하지 못한 도시였다. 부지 자체는 동서東西로만도 10페르킬로미터가 넘는 넓은 지역이었으나, 마을 안에도 작은 분지가 있는 등 지형이 험하고 또한 숙박이 가능한 곳이 적어 7만여 명의 병사가 전부 들어가기에는 무리가 있었다. 그래서 렌게는 영주와 인사를 나누고 곧장 리폰을 빠져나와 그 밖에 막사로 된 진지를 구축했다. 렌게는 정말로 승리를 예측했기 때문에, 축제 음식과 무대를 병사 뒤에 따르게 했다. 더구나 단 한 명의 병사도 전사하지 않는 전제로 준비시킨 물량이라 먹고 마실 것이 부족할 일도 없었다.

축제가 벌어졌다. 렌게는 일반 병사들 틈바구니에 섞여 첫술을 그들과 함께했다. 하지만 그 넓은 파티장의 1/10도 보지 못하고 렌게는 주저앉아버렸다. 사실 책임감 때문에라도 무던히 애쓴 것이었다. 새벽마다 조깅을 꾸준히 하여 건강한 것과 주량은 직접적인 상관관계에 있지 않았으니 말이다.

렌게는 찬바람을 쐬고 싶어 그나마 한적한 구석 쪽의 그루터기에 걸터앉았다. 그녀가 있는 지역 전체가 일종의 세이프티 존이었기 때문에 굳이 브레멘을 대동할 생각도 없었다. 지금 렌게에게 위해를 가하는 것은 어떤 의미로 왕성을 치는 것보다 어려울 수 있는 일이었다.

아니나 다를까, 렌게의 시야에 병사 한 명이 다가오는 것이 들어왔다. 병사는 건방지게도 렌게의 옆에 털썩 엉덩이를 붙였다. 브레멘조차 하지 않는 것이었다. 렌게는 의아하여 병사의 모습을 확인하려 고개를 돌렸다. 빛이 적어 얼굴을 확인하기가 어려워, 렌게는 몸을 비틀거리며 눈을 가늘게 뜨고 응시했다.

「많이 드셨나요? 세러딘님.」

순간, 렌게는 술기운이 찬물을 끼얹은 듯이 떨어져 나갔다. 익숙한 음색이었다. 아니, 부족했다. 그의 상냥하고 젠틀한 어미를 몇 번이나 꿈속에서 그렸던가. 그 모습을 다만 한 번이라도 볼 수 있을까 얼마나 그의 이름을 되뇌였던가.

「퓨리스!」

「이런, 목소리를 낮춰주세요. 이래 봬도 잠입한 겁니다.」

답해주었다. 그를 찾기 위했던 노력과 자신의 감정에 답해주었다. 취기 때문이었을까, 렌게는 그 연보랏빛의 풋풋한 청년을 덥석 끌어안았다. 퓨리스는 천천히 그녀의 등을 쓸어주었다. 앞뒤 잴 것이 무엇이 있겠는가. 렌게는 단숨에 퓨리스의 입술을 깨물듯이 덮쳤다. 책에서만 보던 공주와 왕자의 입맞춤. 잠자던 공주를 깨우는 키스. 렌게의 가슴이 방망이질 쳤다. 때때로 시녀들에게 물어 어떻게 해야 하는지는 알고 있었다. 하지만 확신은 없었다. 몰래 자신의 입술을 입안으로 물고 혀로 장난을 쳐본 적은 있었지만, 렌게를 덮친 자극은 상상했던 것과는 비교도 할 수 없었다. 까칠하기만 한 퓨리스의 입술이 치즈를 방불케 하는 감촉으로 느껴졌다. 지속하고 싶다. 계속하고 싶다. 이대로 시간이 멈추었으면 좋겠다. 하지만 미루고 싶다. 두려워서 언제까지고 미루어두고 싶다. 렌게는 감정보다 이성적인 생각이 분수처럼 뿜어져 나오는 자신의 머리에 진절머리가 났다.

퓨리스는 렌게의 가슴팍을 손으로 밀어 렌게를 떨어뜨렸다.

「아….」

렌게가 신음을 흘린 것은, 처음으로 자신의 가슴을 사내가 움켜쥔 자극 때문이 아니었다. 퓨리스가 자신을 밀어낸 것이 잠시 떨어졌다가 이어가려는 것이 아니라는 것을 눈빛에서 읽었기 때문이었다.

「제가 온 것은 다시는 절 찾지 말아 달라는 부탁을 드리기 위함입니다.」

퓨리스는 짧게 말했다. 렌게의 앞에서 서서 주변을 경계하며, 그녀의 머리를 거칠게 쓰다듬었다.

「이제 환상에서 깨어나세요.」

그런 말만 남기고 퓨리스는 훌쩍 떠나갔다. 렌게의 두뇌 심층에서 자신을 보호하기 위한 방어기제가 작동을 시작했다. 렌게는 비틀거리며 북적이는 곳으로 걸어나갔다. 주변에서 뭐라 뭐라 말을 걸었지만 들리지 않았다. 그녀는 가장 익숙한 등을 찾았다. 간이 스탠드 테이블에 살짝 기대어 바잘을 들고 이야기를 나누던 사내의 옷자락을 쥐고 살살 당겼다. 사내는 돌아보자마자 그 특유의 무뚝뚝한 웃음으로 반겨주었다. 이것저것 물어보며 언제나처럼 무언가에서부터 보호하듯이 자신을 안으로 끌어당겼다.

「숙소에 데려다 줘.」

브레멘은 마시던 술잔도 내려놓고 렌게의 옆에서 약간 뒤쪽에 서서 자연스럽게 길을 유도했다. 렌게는 조금씩 걸음이 어긋나 브레멘의 갑옷처럼 단단한 몸에 어깨가 부딪쳤다. 그럴 때마다 브레멘은 팔을 둘러 넘어지지 않도록 잡아주었다. 렌게는 그 손길이 좋았다. 그녀는 아예 브레멘에게 기대듯이 하여 숙소까지 걸었다. 렌게는 자신의 막사로 들어가자마자 침대 속으로 파고들었다. 이불 안에서 위로 기어 올라가 상체를 쑥 내밀곤, 침대 머리에 등을 기대고 앉았다. 엄지손가락을 꼼지락대며 브레멘의 발걸음을 붙잡았다.

「왜 그러세요? 뭔가 하실 말이라도 있습니까?」

「응.」

렌게가 자신의 옆을 손바닥으로 팡팡 두드렸다. 성실한 그녀의 그렌제는 바로 옆에 앉아 렌게와 같은 방향을 바라보았다.

「오늘 나 잘했지?」

브레멘은 다소 이상한 질문에 바로 답할 수 없었다. 그야 물론 '잘'과 '못'으로 표현한다고 하면 잘하기는 했다. 하지만 그 업적을 '잘했다'라는 말로 표현할 수 있는 것인가? 렌게의 지휘는 3배 이상 많았던 로니에르군을 단칼에 양단했고, 그 방법은 역사적으로도 위대한 업적으로 남을 만한 것이었다. 렌게는 그런 것을 어린아이가 산수 시험에 만점을 받고 칭찬을 보채듯이 말하고 있었다. 브레멘에게 그 괴리감은 부담스러울 정도였다.

「예, 잘 했습니다.」

「그치 그치? 근데 왜 아무도 칭찬을 안 해주는 걸까?」

「전 국민이 기뻐하고 있지 않습니까.」

「그건 내가 낸 결과물에 만족하는 거고 칭찬하고는 다르잖아.」

「신하가 왕에게 칭찬을 어떻게 합니까. 억지입니다.」

렌게는 뽀루퉁하게 입에 바람을 집어넣었다.

「난 내 그렌제에게 칭찬받고 싶어.」

브레멘은 '어린애처럼 왜 이러십니까'하는 추궁이 턱밑까지 차올랐지만 차마 내뱉지 못하고 삼켰다. 렌게라면 그럴 수 있었다. 너무 어렸을 때부터 홀로 서 왔다. 성인식을 전쟁터에서 해치워버릴 정도로 행동파였지만 이젠 다시 볼 수 없는 가족을 그리워하는 마음까지 극복할 수는 없었다. 꼬맹이

때부터 누구에게도 의지할 수 없이 자랐다. 책을 읽다 모르는 것이 생겨도 물어 해결할 수 없었고, 시녀 도움 없이 머리를 땋는 법을 익히기 위해 묶여 버린 머리를 수도 없이 잘라내야 했다. 어머니의 18번 요리 레시피를 밝혀 내기 위해 밤새도록 홀로 주방에서 씨름했고, 초경이 찾아왔을 때에도, 다음날 시녀가 더러워진 침대를 보고 달려와 안아줄 때까지 홀로 화장실에서 울었다.

자칫 치미는 허무나 공허함에 여린 심성이 희롱당할 수 있었을 그러한 때에, 그녀의 고독을 채워준 것이 브레멘이었다. 그녀가 홀로 무언가를 해내는 것을 중요하게 생각한다는 것을 알기에 팔을 걷어붙이고 돕지는 않았지만 묵묵히 단 한 순간도 놓치지 않고 소녀의 옆을 지켰다.

그래서 브레멘은 역사 이래 처음일 일을 저지르기로 각오를 다졌다. 굳은살이 잡혀 거칠기 그지없는 손으로 작은 금발 소녀의 머리를 쓰다듬었다. 마치 살얼음판을 걷듯이, 말랑한 젤리를 집어 올리듯이, 물에 젖은 종이 위에 펜을 굴리듯이, 조심스럽고 사랑스럽게.

「그대의 손은 따듯하구나.」

렌게가 살며시 브레멘의 품에 머리를 뉘였다.

「잠이 드는 게 귀찮아. 감정이 사무쳐서.」

자연스럽게, 머리 전체를 감싸는 큰 손이 정수리에서부터 렌게의 고독을 쓸어내렸다. 한없이 길면서도 찰나처럼 짧은 접촉이었다. 렌게는 브레멘의 남는 손을 잡아끌어 자신의 다리 위에 올렸다.

「날 사랑해 줘..」

소녀가 남자의 손을 도망가지 못하도록 꼭 움켜쥐었다.

「날 사랑해 줘..」

브레멘은 말없이 소녀를 꽈악 끌어안았다.

잠시 뒤, 렌게의 막사에서 브레멘이 걸어 나왔다. 그의 표정은 언제나처럼 목석같았다. 옷매무새를 정돈하고 하늘을 한 번 쳐다보더니, 한숨을 깊이 쉬며 왁자지껄한 무리 속으로 스며들었다. 은은하게 조명이 떠 있는 넓은 막사 안, 다섯 명의 마도기들이 침대에 둘러서서 렌게를 끌어안고 있었다. 어깨 밑으로 흘러내린 옷을 추스르며, 렌게는 상체만 세운 그대로 자신의 머리카락 끝을 쓸어내렸다. 조명 탓에 렌게의 표정은 그림자에 가려 보이지 않았다.

「보지 마.」

소녀의 고개가 숙여졌다. 그럴수록 마도기들은 그녀에게 더욱 밀착했다.

「내 얼굴을 보지 마.」

렌게의 목소리가 떨렸다. 뒷덜미를 타고 마왕魔王의 숨소리가 느껴졌다. 소녀는 자신의 가슴팍에 얼굴을 묻은 유에의 머리를 양손으로 잡아 자신과 마주 보게 했다.

「나 대신 울어주는 거야?」

목 놓아 울음을 터뜨리고 있던 유에는 강하게 고개를 끄덕여 긍정했다.

「아아, 그래.」

렌게는 유에의 머리를 부서져라 끌어안았다. 그렇게 잠시 그녀의 체온을 느끼더니, 머리채를 휘어잡아 바닥으로 던져버렸다. 짧게 신음을 흘리며 나가떨어진 유에는 당황하여 두려운 표정으로 자신의 주인을 올려다보았다.

「그 눈은 뭐지? 쇳덩어리면 쇳덩어리답게 내 앞에서 웃어.」

렌게는 바닥에 쓰러져 멀뚱히 자신을 관찰하는 유에를 노려보았다.

「웃으라니까? 너도 내 말이 들리지 않니?」

렌게는 침대를 박차고 일어나 수납함을 열어 카라모스 라이딩 용의 짧은 채찍을 꺼내 들었다. 그대로 유에에게 성큼성큼 다가가 팔을 치켜들었다. 유에가 몸을 웅크리는 것보다도 빠르게, 아리스가 그 붉은 머리를 휘날리며 렌게 앞에 꿇어앉았다.

「유에의 몸은 너무나 여립니다. 부디 저에게….」

「그러던가.」

불편한 파열음이 울렸다. 얼굴이며 어깨를 가리지 않고 렌게는 사정없이 있는 힘껏 채찍을 휘둘렀다. 뺨을 내려친 흉기에 아리스의 볼이 흉측하게 찢겨져 나갔다. 그럼에도 아리스는 귀신들린 것 마냥 웃었다. 아리스의 연약한 살점을 도려내는 소리와, 렌게의 숨소리와, 바닥에 체액이 뿌려지는 소리가 살벌하게 하모니를 이루며 막사를 채워나갔다. 마도기들은 서로 손을 잡고, 자신들의 강인했던 주인이 무너지는 모습을 놓치지 않고 모두 담았다.

# 3장

# 렌게 패러다임, 후後

그 뒤로 렌게는 일변했다. 본래 성격이 바뀌거나 한 것은 아닐 것이다. 잠재되어 있던 것들이, 판도라의 상자를 연 틈새로부터 뿜어져 나와 렌게를 장악했다.

통치하는 틀에 있어서 렌게의 방식은 거의 변함이 없었다. 그녀는 신분의 구분을 인정하지 않으면서도 현재의 사회를 유지하는 데에 방해가 되는 것들은 최대한 조심스럽고 점진적으로 진행시켰기 때문에, 그동안의 렌게의 방식과 크게 차이를 보이지는 않았다. 다만 훗날 사람들이 렌게 더 엘슈나인을 회고함에 있어 렌게 패러다임의 전/후로 그녀를 나누어 생각하는 것은, 그녀가 후에 '코드'들로 불리는 마도기들을 대하는 태도가 달라진 것에서 나아가 상과 벌에서 벌罰의 비중을 현격하게 높여 법을 책정한 점 때문이었다.

역사학자들은 그녀의 통치 전기/후기를 통틀어 성왕이라고 평가하기도 하지만, 후기의 렌게만을 평가할 때엔 엄하다 못해 잔혹하기까지 한 공포의 마왕魔王으로 표현하기도 했다. 물론 이전에도 그녀가 자신을 가르치러 온

학자들에게 모욕을 주거나 하는 일은 많았지만, 그 일들은 어린 렌게의 위대함을 회자하기 위한 우스갯소리로 말해지는 것들에 불과했다. 후기의 렌게는 신하들을 숨도 제대로 쉬지 못할 정도로 압박했다. 많은 학자들과 뛰어난 인재들이 그러한 렌게를 피해 은둔하거나 타국으로 가서 명성을 떨치고자 했다. 이러한 현상은 모두 렌게 패러다임 이후 1년 안에 일어난 것들이었다.

렌게의 가장 큰 변화는 엄격한 틀을 갖춘 것에 더해 폭력적이 되었다는 것이었다. 그녀는 종종 주위에 있는 것을 집어던지거나 하여 물건을 부수기도 하고 신하나 측근에게 손찌검을 하기도 했다. 상황이 그러하니 렌게는 언제 폭발할지 모르는 시한폭탄과도 같았다. 그럼에도 렌게는 자신의 눈치를 살피며 아부하는 것으로 득세하려는 무리들조차 용납하지 않았으니, 백성은 평안하지만 공무원들은 죽어나갔다.

마지막으로 렌게는 자신의 그렌제를 무시했다. 그것이 유치한 투정의 차원에서 출발했는지는 몰라도 브레멘은 렌게 패러다임 이후로 생을 마감할 때까지 렌게에게서 진심 어린 어떠한 말도 듣지 못하게 되었다. 렌게는 오히려 길프 랜시스를 중용하여 브레멘을 대체하여 항상 자신의 곁을 지키게 했다. 결과적으로 브레멘은 올림페와 많은 시간을 보낼 수 있었는데, 렌게는 결국 그러한 결정과 변화들이 자신을 더욱 벼랑으로 몰고 있다는 것을 알지 못했다. 얼마 지나지 않아 그것들은 파국으로 치달았다.

한편, 길프로서는 입장 때문에라도 불편한 삼각관계에서 벗어날 수가 없었다. 그는 본래 뮤라곤 펠렉서스에게 고용되어 렌게를 지켜보고 보고하는 임무를 띠고 있었으므로, 렌게가 이미 눈치챘다는 사실을 보고하면 그 길로 임무 실패라는 명예 실추와 더불어 실업자가 될 것이었다. 렌게는 그런 길프를 오히려 최측근으로 두어 비밀스럽게 처리해야 하는 일들을 도맡게 했다. 길프는 그 어두운 임무들을 거절할 수 없었고, 뒷조사나 암살 등의 질 낮은 일들을 렌게를 위해 처리해야 했다.

어느 날, 렌게는 그를 불러 여느 때와 다른 근엄함으로 임무를 전달했다.

「고용인으로서는 마지막 임무를 줄게.」

바로 본론을 말하지 않고 한 뜸을 들이는 모습에 길프는 형언할 수 없는 불안을 느꼈다. 아니나 다를까 렌게가 내민 조건과 임무 내용은 실로 파격적이고 믿기 힘든 것이었다.

「올림페를 죽여. 그때부터 그대가 셰라프다.」

올림페를 죽이라 명했다. 현재 자신의 그렌제의 연인을 죽이면 길프를 셰라프로 만들어 주겠다고 하였다.

'제정신인가?'

길프는 대답하지 않았다. 렌게가 진작 폭군의 면모를 드러내고 있었음은 누구보다 잘 알고 있었으나, 너무나 사적인 데다 잔혹하기까지 한 명령이었다. 무엇보다도 그 일은 수행자인 길프 자신에게도 이해관계가 엮여 있는 일이었으니.

예로부터 왕의 비밀 임무를 맡은 그림자가 존재하는 것은 그리 드문 일이 아니었다. 문제는 그 비밀 유지를 위해 그 그림자는 여러 가지 이유로 반드시라고 할 만큼 처단 당했다는 것이었다. 하지만 길프는 렌게가 누군가를 배신할 위인이 못 된다는 확신을 가지고 있었다. 올림페를 처단하면 그림자에서부터 끌어올려 셰라프로 삼겠다는 것은, 요컨대 이런 것이었다.

'임무를 성공하면 목숨을 살려줄 뿐만 아니라 명예까지 주겠다.'

사실 길프에게 선택권 같은 것은 없는 것이나 다름없었다. 올림페를 죽이지 않으면 자신이 죽을 뿐이었으니까.

「하나만 여쭈어도 되겠습니까?」

렌게는 길프의 얼굴을 빤히 쳐다보았다. 그가 자신이 처한 입장을 정확하게 이해하고 있다는 확신을 그의 표정에서 건지자, 그녀는 그러하라고 했다.

「언제부터 그러하시고 싶으셨습니까.」

렌게는 양피지에 쓰던 글을 한동안 멈추지 않았다. 그녀는 질문을 한 길프를 10분 넘게 세워둔 채 쓰던 것을 마무리 할 때까지 답하지 않았다.

「그대는 사랑해본 적 있어?」

렌게가 마무리한 글을 둘둘 말아 봉하고 자신의 뒤쪽으로 던졌다. 이미 수북이 쌓인 양피지 말이 더미가 일부 무너져 내렸다.

「사랑은 쟁취하는 거야. 그것이 위엄이지.」

렌게는 그녀의 폭력조차 카리스마로 승화시켰다. 그녀가 노탈리콘을 이용하지 않고 양피지에 자필로 쓴 〈위엄론威嚴論〉은 비록 미완성이었지만 엄밀한 논리 전개로 많은 애독자를 만들게 되는 책이었다. 한낱 기사가 그녀의 위엄론에 대항하기에는 무리가 있었다. 렌게에 적응한 탓일까, 길프는 반박하기를 포기하고 방을 나섰다.

머릿속이 새하얗게 되어 아무 생각도 나지 않았다. 하지만 그 와중에도 저주스러운 몸뚱이는 라슈비크 가의 저택으로 향하고 있었다.

그날 렌게는 라슈비크 공작 부부를 궁성으로 초청하였다. 브레멘의 그동안의 노고를 치하하며 약소한 파티를 준비한 것이었다. 브레멘을 포함해 공작부부를 한 자리에 모아놓고 담소를 나누었다. 실로 브레멘은 오랜만에 자신에 대한 이야기를 해주는 렌게를 보며 안도의 한숨을 쉬고 있었다.

하인들만이 집을 지키는 허전한 라슈비크 저택의 문을 두드리자, 이내 올림페가 길프를 맞이했다. 길프는 저택의 정문 앞에 서서 들어오라는 올림페의 손짓을 거부하며 슬쩍 안을 살폈다. 거실 중앙에 놓인 고급스러운 단상 위에 바람의 마도기가 본래의 모습으로 전시되어 있었다. 길프가 그것을 지긋이 바라보자 마도기가 작게 진동음을 냈다.

길프는 의문스러운 얼굴로 눈을 마주쳐 오는 여인을 심장에 깊이 박았다. 그녀의 마지막 모습, 그 사랑스러운 모습을 가능한 머리와 가슴 깊숙한 곳에 묻었다. 비명조차 울리지 않을 것이다. 그의 실력이라면 무방비로 서 있는 연약한 여자가 눈도 깜빡하기 전에 목숨을 끊어놓을 수 있었다. 고통조차 느끼지 않도록 단숨에 끝장내야 했다.

길프는 왼손으로 올림페의 오른손 끝을 예의 바르게 쥐고 올렸다. 온전한 신사의 그것으로, 손등에 가볍게 입을 맞추었다. 올림페의 시선이 길프의 눈동자에서부터 자신의 손으로 잠깐 이동하는 사이, 길프는 검의 손잡이를 잡았다.


브레멘은 그리 늦지 않은 시간에 저택으로 돌아올 수 있었다. 간만에 양친과 오붓하게 길을 걸으며 이야기를 나누는 시간은 근래 렌게와의 냉전으로 얼어붙었던 마음을 녹여주기에 충분했다. 또 더해서 얻은 휴가로 올림페와 함께할 기대로 브레멘의 발걸음은 가볍기만 했다.

그러나 저택으로 들어서자, 낯선 제피의 잔향이 브레멘의 촉각을 곤두세웠다. 검의 모습으로 있어야 할 베르타로스가 올림페 대신 걱정 가득한 얼굴로 그들 눈앞에 나타나자 브레멘은 그의 휴가가 무너지는 소리가 들리는 듯했다. 그는 올림페를 소리쳐 불렀다. 자신의 팔을 붙잡는 베르타로스를 뿌리치고 자신의 방과 올림페의 방문을 열어젖히며 그녀의 모습을 찾았다.

「브레멘, 브레멘. 제 말을 우선 들어 주세요.」

「올림페는 어디 있어. 그것부터 말해.」

그는 가능한 감정을 억눌렀지만 목소리가 떨리는 것은 어찌할 수가 없었다.

「왕의 그림자가 왔었습니다.」

「그림자? 렌게님의? 그런 것이 있었어?」

「길프 랜시스.」

브레멘은 철퇴를 얻어맞은 듯이 정신이 혼미해졌다.

「제 주인은 당신입니다. 제 말을 들어 주세요. 자매들이 알려준 것에 따르면 렌게님이 그림자에게 올림페님의 살해를 명했습니다.」

「그럼 네가 지켰어야지! 올림페 어딨어!!」

「길프 랜시스는 올림페님을 죽이지 않았습니다. 손등에 키스하고 돌아갔어요. 올림페님은 제가 피신시켰습니다.」

그제서야 브레멘은 치밀어 오르는 감정을 자제할 수 있었다. 살아 있다면 되었다. 살아 있다면.

「그럼 길프는…?」

「그는 렌게님께 살해당할 것을 각오하고 돌아간 것입니다. 우리는 한시라도 빨리 그레이피스를 떠나야 합니다.」

브레멘은 자신의 부모를 바라보았다. 라슈비크 부부는 손을 맞잡았다. 따로 이야기를 나누지 않아도 그러한 것이겠지. 공작의 자격에 매인 그들이 죽음의 위협 앞에서 국가를 버리고 도망할 리가 없었다. 그 긴박한 순간 속에서도 의연하게 서 있는 부부의 모습을 보며, 브레멘은 어쩔 수 없음을 깨닫고 부부의 앞으로 다가갔다. 짧은 순간 부부의 뒤로 돌아들어간 불효자가 손날로 양친의 뒷목을 때려 기절시켰다. 그 순간조차 어머니와 아버지 양쪽에 힘 배분을 다르게 하는 침착함을 잃지 않았다.

「하인들도 모두 올림페와 함께 있어?」

「네, 몸만 오시면 돼요. 망명에 필요한 것들은 이미 준비가 끝났습니다.」

「장소는?」

「당신이 가장 두려워하는 곳이라고 하면 알 것이라 했습니다.」

「숲 속 빈터군. 거기라면 리폰으로 직행하기에 편하겠지.」

베르타로스가 공작 부부를 공중에 띄우고 문을 나섰다. 베르타로스가 휘파람을 불자 메디치가 달려와 브레멘의 앞에서 등을 내렸다. 브레멘은 메디치에 타고 베르타로스를 뒤따라 가다가 이내 멈춰 섰다.

「베르타로스. 올림페에게 찾아갈 수 있겠어?」

「네.」

「그럼 부모님을 모시고 먼저 가 줘.」

베르타로스가 처음으로 어두운 얼굴을 하고 취조하듯이 말했다.

「당신은요? 느낌이 좋지 않습니다. 지금 왕성은 살기로 흉흉해요. 가지 마세요.」

브레멘은 메디치의 고삐를 비틀어 방향을 바꾸었다.

「마지막 인사는 하고 가야지.」

「음…. 상황에 따라 저희는 먼저 출발할 수도 있습니다.」

「어떻게든 찾을 테니까 걱정마.」

「알겠습니다. 그렇게까지 말씀하신다면야.」

붉은 바람이 힘차게 날아올랐다. 지붕들을 밟고 뛰어 단계적으로 고도를 높여 왕성의 첨탑보다도 수 배나 높이 올라갔다. 밤하늘 속으로 사라진 브레멘과 메디치가, 긴급시를 위해 경계망을 풀어둔 단 하나의 루트를 가로질러 렌게의 침소 가까운 곳에 착지했다. 브레멘은 한달음에 렌게의 침소로 향했다. 그의 걸음은 빠르고 은밀했다. 이미 잠에 빠진 렌게는 브레멘이 그녀의 바로 옆에 올 때까지도 알아차리지 못했다.

브레멘은 그의 졸렌의 목을 향해 손을 뻗었다. 처음부터 그럴 의도는 없었다. 10년 넘게 같이 살다시피 한 그녀와의 정을 끊기 힘들었던 이유도 있고, 단지 본인 입으로 하는 변명 정도가 듣고 싶었을 뿐이었다. 그러나 자신을 초청해 놓고 마음을 푼 듯이 웃으며 뒤로는 올림페를 제거하려 했던 그 가증스러운 얼굴을 숨기고 천진난만하게 잠을 자고 있는 것을 보자 주체할 수 없는 역정이 이성을 감정 뒤로 끌어낸 것이었다.

렌게가 컥 소리를 내며 눈을 떴다. 갑작스럽게 찾아온 죽음의 공포에 패닉에 빠졌을 법도 했지만 그 상황에서조차 렌게는 예측했다는 듯이 발버둥조차 치지 않고 브레멘의 얼굴을 만졌다. 목을 조르는 브레멘이 오히려 두려움을 느낄 정도였다. 렌게는 웃고 있었다. 이렇게 되기를 바라기라도 했던 듯이 만족스러운 미소를 짓고 있었다. 조금만 더 지속한다면, 혹은 손에 힘을 조금만 더 넣는다면, 그레이피스의 위대한 왕은 그 목숨을 떨어뜨릴 것이었다. 그때, 밖에서 일순 섬광과 함께 폭발음이 울렸다. 브레멘은 손에 힘을 풀어버리고 말았다. 그것은 결코 외부에서 발생한 소음에 놀라서가 아니었다.

브레멘은 렌게 이마의 흉터를 손으로 만졌다. 언제부터였을까. 렌게는 항상 앞머리를 내리는 머리를 고수했다. 업무를 보거나 할 때엔 곧잘 머리를 모두 모아 뒤로 쪽져 묶곤 했었음에도 그것조차 하지 않았다. 브레멘의 뇌리에, 데우의 팔을 대신 맞고 날아가던 모습이 흘러갔다. 브레멘은 결국 그녀의 가슴에 이마를 묻고 흐느꼈다. 그 울음소리는 왜, 왜 그랬냐고 원망

하는 듯했다.

「…떠날 거야?」

잠긴 목소리로 렌게가 물었다.

「노테오로 갈 겁니다.」

떠나지 않겠다고 한 약속은 그렌제이기에 유효했다. 이미 렌게가 그를 더 이상 자신의 그렌제로 인정하지 않았으니, 브레멘 또한 약속을 지킬 이유가 없었다. 렌게는 홀로 그렇게 납득했다. 자신이 왕이 아니었다면 어땠을까. 권력을 쥐고 있지 않았다면 어땠을까. 감정을 거부당한 슬픔이나 혹은 그 뒤를 따라 괴롭히는 치졸한 복수심들도 훗날 웃으며 이야깃거리로 삼을 수 있지 않았을까. 이 모든 상황이 그녀 자신 스스로가 야기한 것이라는 확신이 들자, 그 허무함에 처음으로 자살 충동이 들었다. 어쩌면 그래서 브레멘의 살의가 사랑스러웠는지도 몰랐다.

「놀랄 건 없어. 반란의 조짐이 있었던 건 알고 있었으니까.」

국가 내의 불안정함을 로니에르 측에서 놓칠 리가 없음은 자명했다. 렌게에게 좋지 않은 감정을 가진 가신은 얼마든지 있었고, 로니에르는 그곳을 공략해 반란을 유도하고 병사를 침투시켰다. 브레멘은 그 때문에 망설이는 기색이 역력했다. 두 명의 졸렌을 가진 자로서, 두 명의 그렌제인 자로서, 너무도 분명한 딜레마였다. 사실 어느 쪽을 선택하더라도 그의 명예는 첨예해질 것이었다. 문제는 오직, 최후의 최후에 렌게를 용서할 것인가 아닌가 뿐이었다.

「고민하지 마.」

렌게는 초점 없는 눈으로 천장을 멀거니 응시하며 말했다.

「올림페와 나, 둘 중에 누구를 선택할지 누구의 곁에 남을지 고민하지

마. 그만 돌아가.」

브레멘이 뛰듯이 하여 한 걸음에 창문 밖으로 뛰었다. 메디치의 바람소리가 금세 멀어졌다. 렌게는 눈을 감고 싶었다. 자고 일어나면 모든 것이 원래대로 돌아올 수 있을 것 같았다. 그녀의 그렌제가 다정하게 머리를 쓸어주며 악몽을 꾸었느냐고 위로해줄 것만 같았다. 하지만 바로 이것이 현실이라는 것을 새삼 깨닫고 몸서리쳐지는 현실감에 그저 눈물만을 흘렸다.

「그대는 처음부터 내 곁에 있지 않았는걸….」

양손을 모으고 침묵을 삼키던 렌게가 무심히 일어나 브레멘이 뛰어내린 창문으로 다가갔다. 여섯 개의 손이 렌게의 등을 붙잡았다. 마도기들이 일제히 안 된다며 고개를 가로저었다. 렌게는 피식 웃으며 마도기들을 뿌리쳤다.

「나는 이 나라에서 일어나는 모든 일에 대한 책임을 지는 자, 곧 이 나라의 왕이다. 더 이상 약속을 어길 수는 없어.」

'나는 전쟁을 끝낼 왕이 되어야 해.'

렌게의 눈에, 지상을 달리는 붉은 바람이 들어왔다.

메디치를 최대 속도로 몰며, 브레멘은 자신의 바람에 몸을 밀착시켰다. 시속 100페르킬로미터가 넘는 강렬한 바람이 얼굴을 때리고 귀를 먹먹하게 했다. 하늘로 가면 눈에 띄일 우려가 있어 지상을 택한 것이었는데, 왕성 내로 진입하는 적들이 시야에 들어왔다. 얼핏 봐도 100명이 넘었고, 전부 중무장하고 있는 것이 어중이떠중이들을 모아 놓은 잡병이나 민병이 아니었다. 왕성이 돌파당할 것은 쉽게 예상할 수 있었다. 물론 마도기들이나 파란 여인들 때문에 렌게를 해하지는 못할 것이었지만 왕성 내부가 적군에 의해 농락당할 것은 분명했다.

「재 속을 벗어나도 불 속인 건 마찬가지군.」

브레멘이 고삐를 틀었다.

「이랴!」

왕성으로 달려가는 병사들의 옆에서부터 파고들어 그 흐름을 끊었다. 적병을 베어 넘기면서, 브레멘은 그의 눈을 의심했다. 그 병사들을 인솔하던 자는 그도 익히 알고 있는 사람이었기 때문이었다. 그는 이빨을 부딪치며 그에게로 메디치를 끌었다.

「비쉬렌 리차드————!」

브레멘의 살초가 리차드의 목덜미를 노리고 뿌려졌다.

「브레멘 라슈비크…!」

격앙된 감정을 숨기지 못하고 배신자를 불러 위치를 노출시킨 것은 기사된 자의 자존심이었을까? 브레멘은 리차드와 정면에서 검을 맞부딪쳤다. 그와 검을 맞댄 것은 그야말로 10년 만이었다. 당시 리차드의 일방적인 결투 요구에 마지못해 응했던 그는 적당히 상대하여 명실공이 패배했었다. 검술의 수준은 그 당시 브레멘이 한 수 위였으니, 그가 리차드를 불러 세운 것은 그 기회에 명예를 바로 세우고자 함도 있었을 것이다.

카라모스들이 먼저 맞붙었다. 메디치는 상대 카라모스의 부리를 앞발로 쳐내고 그것의 목덜미를 물었다. 탁월하게 강한 카라모스인 메디치와의 기마전은 언제나 이처럼 강했다. 브레멘은 적 말의 머리에 검을 꽂아 마무리를 지었다. 단 한 순간에 말을 잃은 리차드가 바닥에 굴러 떨어졌고 브레멘은 빠르게 선회해 적의 목을 베러 달려갔다.

그때, 브레멘의 옆구리가 흔들렸다. 어디에서부터 날아온 것일까. 가늘고 긴 나무 살이 브레멘의 배를 꿰뚫었다.

「허억——.」

브레멘이 중심을 잃자, 메디치가 몸부림치며 자신의 파트너를 바닥에 떨어뜨렸다. 멀리서 그것을 본 렌게가 창문을 넘을 듯이 몸을 기울이고 소리를 질렀다. 그의 이름을 길게 불렀다.

정신을 차린 리차드가 먼저 태세를 정비하고 브레멘에게 칼을 겨누었다. 렌게는 기어코 창문에서 뛰어내렸다. 뒤이어 줄줄이 마도기들이 뛰어내려 비행의 공정마법으로 그들의 주인을 지켰다. 렌게는 목이 터져라 '글렌'의 이름을 불렀다. 동시에 일곱 줄기의 파란 섬광이 메디치보다도 빠르게 쏘아져 나갔다. 틀림없이 10초 안쪽으로 브레멘에게 당도할 터였다. 점차 가까워지는 브레멘의 모습을 보며, 렌게는 자신의 상태에 대해 확실하게 깨달을 수 있었다.

그렇다. 그녀가 브레멘을 미워할 수는 없었다. 그녀에게 있어 브레멘은 아버지이자 오빠였고, 친구이자 조언자였다. 비밀을 공유하는 단 한 사람이었고, 자신을 지켜주는 그렌제였고, 또한 사랑하는 사람이었다.

그것은 그런 감정이었다. 다시는 손에 넣을 수 없는 것을 눈앞에 두고 가질 수 있다고 착각하게 하는 것. 자기 자신을 용서할 수 없게 되지 않기 위해 결국 찾게 되는 것. 그 후회스러움――.

렌게는 이대로 브레멘을 보낼 수 없었다. 반드시, 반드시 미안하다고 사과해야 하고 자신의 진심을 올바르게 전달해야 했다. 구하지 못할 리가 없었다. 파란 여인들은 일합에 건물을 날려버리고 1만 페르미터 밖을 감시할 수 있으며 저토록 빨랐다. 이제껏 그녀들이 수행하지 못했던 것은 없었다.

브레멘의 목이 떨어졌다.

고작 10여 페르미터를 앞둔 곳에서, 렌게는 떨어지는 브레멘의 눈과 마주쳤다. 고통스러웠다. 자신의 목이 도려내진 것처럼. 이것은 꿈이라고 되뇌었다. 모두 자신 때문이었다.

리차드를 포함한 적의 군세는 파란 여인들과 마도기들에 의해 학살당했다. 렌게는 브레멘의 목을 안아 들고 바닥에 털썩 주저앉았다.

브레멘은 이미 올림페의 그렌제였음에도 렌게의 그렌제가 되었다. 양쪽 모두를 사랑하고 지켜야 한다는 갈등은 일생 벗어날 수 없는 것이었다. 렌게의 그렌제로서 싸우느냐, 올림페의 그렌제로서 약속 장소로 돌아가느냐의 마지막 기로. 어느 쪽을 선택해도 브레멘의 명예는 훼손될 것이었다. 브레멘은 반란군과 맞닥뜨려 싸우다 전사함으로써 위대한 그렌제의 명예를 실추시키지 않게 되었다. 그러나 그것이 다 무슨 소용이겠는가.

렌게는 브레멘의 목을 시신 옆에 내려놓고 그 옆에 쪼그려 앉았다. 주위에서는 적군이 죽어나가는 비명이 처절하게 울려 퍼졌지만 렌게 주위로는 피 한 방울조차 범접하지 못했다.

렌게는 아무도 뒤따르지 못하게 하고, 성으로 돌아가 양피지와 필기도구를 챙겨 브레멘의 시신 곁으로 돌아왔다. 그때는 이미 반란군에 대한 대응이 끝난 후였다. 브레멘의 곁을 지키는 주인 잃은 카라모스 메디치에게 등을 기대고 앉아 렌게는 무엇인가를 공들여 적기 시작했다. 날이 밝고 다시 어두워지는데도 렌게는 그 자리에 꼼짝 않고 앉아 양피지를 채워나갔다. 이윽고 작성을 끝낸 양피지를 둘둘 말아 봉하더니 자신의 방으로 돌아갔다.

렌게는 브레멘의 사체를 장례하지 않았다. 그저 올림페에게 전하는 편지를 그 위에 놓고 돌아갔다. 아나나 다를까, 브레멘의 시신과 메디치는 다음 날 아침이 되어 보니 편지와 함께 사라졌다.

양껏 늘어지게 늦잠을 잔 렌게는, 생전 처음으로 느껴보는 나른한 잠기운을 애써 떨치려 하지 않고 창문을 열어 신선한 공기를 마셨다. 차를 한 잔 마시고 느긋하게 몸을 씻은 후에 편안한 옷으로 갈아입었다. 그녀는 기분이 좋아 보였다. 렌게 패러다임 이후 그렇게 웃는 모습을 보는 것은 시녀들조차 처음이었다.

그녀는 전날 자신이 작성한 양피지 문서를 손에 들고 나와 왕좌에 앉았다. 예복이 아닌 평상복, 그것도 왕족이 입을 만한 것이 아닌 옷을 입고 왕의 자리에 오르니 신하들은 무언가가 달라진 이유를 가늠하지 못해 어찌할 줄을 몰라 했다. 렌게 더 엘슈나인은 가신들에게 뮤라곤 펠렉서스를 당장 이곳으로 데려오라고 하였고, 마도기들에게는 자매들을 모두 불러 달라 하였다.

뮤라곤이 도착하기 전까지 렌게는 마도기들과 이야기를 나누었다. 그녀는 올림페의 곁에 있던 베르타로스에게 올림페가 슬퍼하였고 시신을 양도한 렌게에게 감사하고 있다는 말을 전해 들었다. 렌게는 너무도 담담하게 그것을 들어서 반사적으로 무언가가 날아올까 눈을 질끈 감았던 베르타로스가 스스로 무안하기까지 했다.

저녁나절, 명을 받고 바로 저택을 떠난 뮤라곤이 궁성에 도착하자 렌게는 자신이 작성했던 문서를 그에게 넘기고 모든 일이 끝나면 열어보라 했다. 렌게는 마도기들과 뮤라곤 펠렉서스를 포함해 중요 가신들을 자신에게 집중시켰다.

「음, 그대들에게 묻겠다. 이 세상에 변하지 않는 것은 무엇이 있는가.」

아무도 대답하지 않았다. 브레멘이 있었다면 무어라도 말을 해 렌게가 가장 싫어하는 질문 뒤의 침묵을 넘겨주었을지도 몰랐다. 렌게는 어쩔 수 없이 장난꾸러기인 자식을 보듯이 눈웃음을 쳤다.

「그것은 과거過去다. 그대들이 태어나고 내가 태어나고 선왕이 적에게 죽고 또한 내가 그들을 격퇴하고, 그대들에게 묻고 그대들이 대답하고, 그리고 내가 했던 모든 약속들이 그렇다.」

한 걸음 앞으로 나아가 신하들에게 다가간 렌게의 어투는 더 이상 보챌 것도 없다는 듯이 평온하기만 했다.

「내가 내뱉은 모든 말들은 변하지 않고 변해서도 아니 된다.」

렌게가 허리를 숙여 계단 아래쪽에 서 있는 유에의 머리를 쓰다듬었다. 유에는 손을 모으고 자신의 주인이 다시 돌아왔음을 기뻐했다.

「그러니 그대들에게 묻겠다. 나는 전쟁을 끝낼 왕이 되겠노라 약속했다. 하지만 나의 몸은 이내 늙고 병들 것이고 로니에르의 마왕 칸트릭스 대제처럼 살찌고 병져 누울 것이다. 내 약속은 과거에 일어났음에도 그것이 변할 수 있으니, 지킬 수 없는 약속이 되지 않기 위해서는 어찌해야 되겠는가.」

「소인 뮤라곤 펠렉서스가 전하께 한 말씀 올리겠습니다. 말은 과거로 흘러갔으나 그것은 지금 이 자리까지 지속되고 있으니 근심할 것이 없는 줄로 아뢰오.」

렌게는 고개를 가로저었다.

「아니다. 그게 아니다. 억수같이 쏟아지는 비는 며칠 뒤면 마르지만, 거품을 만들며 조금씩 올라오는 물은 강이 되고 바다를 이루는 법이다. 약속이 변할 여지가 있는 것은 그 주체가 세월에 금세 스러지는 샤란이기 때문이다. 샤란은 불완전하여 진리에는 도달할 수가 없으니. 요컨대 문제는 내가 샤란이라는 것이다.」

그 순간부터였다. 모인 모두에게 왠지 모르는 싸늘한 불안이 엄습한 것은.

「개라는 개념은 짖지 않는 법이라 했다. 개의 개념은 짖을 필요가 없기 때문이다. 그러니, 내가 개념이 되겠다.」

곧 숨 쉬는 소리만 들릴 정도로 조용해졌다. 그 누구도 렌게의 말을 이해하지 못했기 때문이었다. 렌게는 냉각한 토론장에서 베르타로스와 슬레그로스를 손짓하여 불러냈다.

「너희들이 나와 함께 개념이 되어 줬으면 해.」

너희는 브레멘에게 속해있던 아이들이니까. 렌게는 그렇게 덧붙이는 듯이 속 깊은 눈빛으로 그녀들을 바라보았다. 그들은 질량마저 변화시키며 육체를 마음대로 재구성할 수 있는 마도기였다. 렌게가 그 연성에 제 몸을 직접 내던질 심산이었던 것이다.

「저희는 저희 각 개체로 존재합니다. 저희끼리라도 섞일 수 없고, 또한 분리될 수 없습니다. 다시는 돌아올 수 없어요. 저희도, 렌게님도. 그래도 괜찮으신 건가요?」

「난… 응, 결정한 거니까. 너희가 괜찮아야 해.」

샤란들은 어느 누구도 현재의 상황을 파악하지 못했지만 마도기들은 알았다는 듯이 렌게를 둘러싸고 저마다 이야기를 했다. 그것은 이야기를 나누는 것도 아니었고 그저 말을 나열할 뿐인 이상한 대화였다.

「우린 샤란의 형태로 구성한 이 모습을 절대로 바꾸지 않아. 누구의 마음 속에 있는 우리도 동일했으면 좋겠어.」

「슬레그와 베르는 사라지는 게 아냐. 언제나 같이 있는 거야.」

「렌게와 한몸이 되어 버리겠네?」

「우리가 지킬게.」

렌게는 양손에 각각 슬레그로스와 베르타로스의 손을 잡고 다시 가신들을 바라보았다. 그 표정에 슬픔은 전혀 찾아볼 수 없었다.

「나는 이 자리에서 '전쟁을 끝낸다'라는 개념을 만들 것이다. 그러나 여전히 그 개념을 수행하는 것은 샤란이라는 것에서 벗어나지는 못한다. 그러니 그대들이, 그대들의 후손이, 그 개념을 지켜가라.」

그 와중에 뮤라곤 펠렉서스만이 무언가를 알아챈 듯이 렌게가 건넸던 양피지가 구겨질 정도로 꽉 쥐며 언성을 높였다.

「전하! 무슨 생각이십니까!」

「나는 창조주를 만날 준비가 되어 있다. 아르테미오스께서 나를 만나야 하는 시련에 준비가 되어 있는지는 모르겠지만.」

그 무뚝뚝하고 짧은 말에 뮤라곤의 수십 년 동안 물기를 머금지 않았던 눈이 아플 정도로 감정을 쏟아냈다. 렌게는 측은하게 그를 보며 왕으로서 다독였다.

「왜 우느냐. 내가 평생 살 것이라고 생각했느냐?」

그렇게 말하고 렌게는 양옆의 마도기들을 둘러보며 소녀처럼 물었다.

「아파?」

「아마도…. 최대한 안 아프게 해볼게요.」

「아니, 그러지 마.」

렌게는 지긋한 노인이 세월을 담아내듯이 웃었다.

「내가 살았다는 것을 잊지 않도록 각인시켜 줘.」

그것은 일순간에 일어난 것이었다. 베르타로스와 슬레그로스가 기형적으로 팽창한다 싶더니 렌게를 집어삼키며 회전했다. 그것은 그저 물질이었다. 비명 같은 것은 없었다. 한순간에 찌그러져 분쇄되어버린 렌게의 몸뚱이는 압축되고 짓이겨져 단지 재료에 불과하게 되었다. 세 명이었던 것이 점차 하나의 형상으로 만들어지기 시작했다.

180페르센티미터에 이르는 키에 폭은 불과 42페르센티미터. 그 무게는 66페르킬로그램. 넓적한 직사각형 모양의 상체는 그 끝에 날카로운 날이 달려 있었다. 상체 길이만 130페르센티미터로, 그 넓적한 면은 문양과 장식으로 아름답게 떨어졌다. 태양의 모습을 닮은 힐트는 직경 40에 이르고, 그것을 관통하며 튼튼하면서도 매끈한 손잡이가 주인의 손길을 기다리는 듯했다.

엄청난 질량을 과시하듯이, 공중에서 완성된 그것은 곧바로 렌게의 왕좌 바로 앞에 서듯이 떨어져 대리석 바닥을 뚫고 세워졌다. 그 충격은 오래토록 이어졌다. 한두 명의 가신들이 울음을 터뜨리자, 뮤라곤 역시 렌게의 유언을 수행할 생각조차 못하고 오열했다.

유에는 그들 앞에 서서 다그쳤다.

「렌게는 죽은 게 아냐. 그러니 장례를 치를 필요는 없어. 이제부터 이것을 제8의 마도기, 렌게 더 엘슈나인이라 부르겠어. 뮤라곤은 렌게의 유언을 읽고 수행하도록 해.」

엎드려 울던 뮤라곤 펠렉서스가 벌겋게 된 얼굴로, 냉소적인 표정의 유에를 올려다보았다. 그는 주섬주섬 촛농에 낙인을 찍은 봉인을 뜯고 양피지를 펼쳤다.

뮤라곤 펠렉서스는 유언장 첫 마디에 소리 내어 읽으라는 명을 충실히 수행했다. 헛기침으로 잠긴 목을 풀고 또박또박하게 읽어 내렸다.

하나. 그레이피스는 무력적 중립국가가 된다. 어떠한 경우든 전쟁을 종결짓기

위한 최선의 방법을 모색하며, 지금 이후 일말의 영토 확장도, 축소도 있어서
는 아니 된다.

하나. 노예제를 폐기한다.

하나. 왕좌는 비워두고, 그 한가운데에 나를 둔다. 어떠한 장식도 하지 않는다.

하나. 마도기들에겐 자유를 부여한다.

하나. 그레이피스는 민주정을 기본으로 의회제를 운영하여 공화국으로 한다.
귀족이나 비귀족이나 투표권은 오직 하나이다.

하나. 공화국 그레이피스의 초대 대통령은 뮤라곤 펠렉서스이다. 물리적으로
불가능할 경우에 한해 셀리온 펠렉서스로 대체한다.

렌게의 유언은 철저하게 감정이 배제된 일종의 선언문이었다. 총 여섯
개의 조항으로 이루어진 그것은, 뒤편에 자세하게 그것을 수행하기 위한 방
침과 내용 숙지에 착오가 없도록 하기 위한 참고서적 등이 세세하게 적혀
있었다. 이것은 미래에 그레이피스가 무력적 중립국가로서 기틀을 다지게
하는 시발점으로 인정되어 '그레이피스 변혁 6조항' 혹은 '렌게의 여섯 가지
유언' 등으로 불리게 되었다.

공허한 가운데 렌게의 바람이 조곤조곤 흘러갔다. 그 틈에서, 이즈프리
그가 아무도 모르게 섞여 작게 중얼거렸다. 그녀는 연기처럼 나타나, 렌게
였고 슬레그로스였고 베르타로스였던 것을 측은한 눈길로 보듬어 주었다.

그녀의 손에는 렌게에게 주었던 피리가 들려 있었다.

'아름다운 당신이 있던 역사는 잊혀지지 않아요. 이제 웃어요.'

뮤라곤은 천장에 오스스하게 들어찬 별을 보며 이를 사려 물었다.

그레이피스의 성 위에 깔린 검은 바다,

하늘엔 그저 하늘만, 땅에는 그저 땅만 있을 뿐이었다.


올림페의 행군은 순조로웠다. 브레멘의 시신을 거두러 갈 때에 죽음을 각오했으나, 렌게는 오히려 편지를 남기기까지 하여 올림페를, 올림페와 브레멘을 보내주었다. 무엇보다 놀라웠던 것은 브레멘의 전사 소식을 알려준 것이 그 길프 랜시스였다는 것이었다.

올림페, 길프, 라슈비크 부부를 포함하여 열일곱 명의 무리가 리폰에 이르러, 한 건물에서 묵을 수가 없어 하인들을 다른 건물로 보내고 숙소에 들어섰다. 올림페는 브레멘을 눕힌 관을 방 안에 끌어다 놓고 길프와 공작부부들의 침묵의 애도를 주최했다. 브레멘의 양친은 비교적 담담하게 받아들이고 있었다.

새벽달이 구름을 벗어났을 때, 문득 멜리오스 라슈비크가 말을 던졌다.

「우리는 수도로 돌아가겠다.」

죽음의 위협이 있었어도 남을 생각이었던 그들이었던 만큼, 그럴 위협도 사라졌으니 리폰에 남아 있을 이유가 없었다. 또한 올림페를 따라 여행을 할 체력도 없었다. 올림페라면 당연히 예상했을 말이었음에도, 그녀는 당차게 거절했다.

「안 됩니다.」

「안 된다?」

그런 표현은 올림페로서 할 수 있는 것이 아니었다. 여태껏 그랬던 적도 없었다.

「100일 정도만 저랑 같이 있어 주세요.」

멜리오스가 무슨 말이냐며 다그치려 했다. 그것을 브레멘의 모친이 가로막았다.

「아가야, 설마….」

순간적으로 올림페를 부르는 호칭이 전에 없이 다정하게 되어 말꼬리를 흐렸다. 렌게는 고개를 끄덕였다.

「6개월째예요. 전 느껴집니다. 틀림없이 사내아이입니다.」

구조화의 샤란은 뱃속에 있는 아이를 느낄 수 있었다. 약하지만 그 피가 흐르는 올림페는 자신의 안에서 자라고 있는 아이의 성별을 느끼는 데에 전혀 문제가 없었다. 다만 올림페는 잠시 멜리오스를 이상한 시선으로 바라보았다가 거두었는데, 그것은 심술 같은 것이었을까? 무엇 하나 명확하지 않았다.

「그러니 아이가 태어나면, 아이를 부탁드립니다.」

「그게 무슨 말이니, 아가야.」

「전 메디치와 함께 노테오로 가겠어요. 허락해 주신다면요. 저는 메디치가 자신의 파트너로 인정하는 사람만이 브레멘의 유지를 이을 사람이라고 믿어요. 어쩌면 이 아이가 될 수도 있겠지요.」

「아이를 놔두고 떠나겠다는 것이냐?」

올림페는 단호하게 자신의 머리와 가슴을 정돈했다.

「예, 전 브레멘을 다시 이 땅에 세울 것입니다. 그래서 브레멘이 하고 싶어 했던 것들을 이룰 겁니다. 가족을 지킬 힘이 없는 자들, 연인을 지킬 수 없는 자들, 자신의 농장을 지킬 수 없는 자들을 위해 싸우겠어요.」

　부부는 다시 손을 맞잡았다. 감동할 것도, 슬퍼할 것도 없었다.

　「아이는 맡겨다오. 아이가 자랄 때까지 세월도 미루어 두겠다. 같이 해주겠소? 부인. 아니, 안네 라미아.」

　멜리오스 펠렉서스는 안네 펠렉서스가 결혼하여 성을 바꾸기 전인 처녀적 성을 부르며 동의를 구했다. 멜리오스에게 있어 브레멘은 원래 없던 자식이었다. 원래 없던 사람이 생김으로써 사랑할 대상이 생겼던 것에 대해서는 신께 감사드릴 일이었지만 그런 브레멘이 다시 그의 곁을 떠난 지금, 그의 대를 이을 사람은 더 이상 브레멘일 수 없었다. 모든 것이 처음으로 돌아간 것과 같았다. 마치 청혼하듯이 그의 부인에게 처녀적 성을 부른 것은 그런 이유에서였을 것이다.

　안네 라미아는 우아하게 웃음으로써 답했다. 다음 순간, 줄곧 침묵을 지켜오던 길프 랜시스가 싱긋 웃으며 끼어들었다.

　「혹시 검 잘 쓰는 동료가 필요하진 않습니까?」

　「당신은 뮤라곤 펠렉서스 공작님께 속하신 입장이 아니신가요?」

　「길프 랜시스는 여왕의 그림자로써 숙청당했습니다. 전 일개 떠돌이 검사에 불과하죠. 귈피 유우이라 불러주십시오, 레이디.」

　올림페는 귈피의 손을 양손으로 감싸 쥐었다.


　훗날, 수많은 양민을 구하고 독재적인 나라에 철퇴를 내리는 세력의 가장 선두에 서서 역사적인 공을 세우는 올림페기사단의 첫발 디딤이었다.


　해는 그녀의 집이 어디인지 알지 못했고

달은 자신이 가진 힘이 무엇인지 알지 못했고
별들은 그들의 자리가 어디인지 알지 못했다.

그러므로 이 시詩는,
이런 일들이 일어나기 전에 대한 이야기이다.

# ✝ 에필로그

상큼한 청과의 속살을 품은 하늘. 유난히 가까운 동녘의 하늘에서 힘껏 밤을 밀어내고 굴곡진 산세 위로 황금알이 고개를 내밀어 하늘 한가운데로 떠올랐다.

싸늘하고 약간은 텁텁한 공기를 깊게 들이마셨다. 항구에 위치한 집 옥상에서 바라본 옌셴 항은 자연의 신비를 느끼게 해주었다. 옌셴 항은 바다, 고운 모래사장, 녹지, 사암지대를 한 곳에서 볼 수 있는 천혜의 도시로, 사막의 건조하면서 뜨거운 성질과 바다의 눅눅하면서 시원한 성질이 한데 어우러져 있었다.

어로를 위한 건축물이 즐비하게 늘어서 있고 모래사장 근지엔 건조장들을 효과적으로 사용하고 있으며, 붉은 사암지대를 파내 만든 거대한 주상복합단지는 세계적으로 유명한 볼거리였다. 사암들이 협곡과 언덕을 이루고 크고 작은 산을 품은 지역은 언뜻 불모지처럼 보였지만, 세우는 자들은 그 내부를 파내 사람이 살 수 있도록 만들었다. 겨울에는 따뜻하며 여름에는 서늘하게 하고 바닷바람 특유의 소금기를 벽이 흡수해 사암가택의 내부는 매우 쾌적하였다. 이러한 주택, 상업의 복합단지는 '불의 벽'이라 불리는 사암지대 전반에 걸쳐 분포되어 있는데, 이곳의 상권은 어마어마한 규모를 자랑했다.

그래. 그래서 한눈에 이곳으로 결정했다.

「어머니, 무슨 생각하세요?」

사내가 자신의 옆에 허리를 펴고 꼿꼿이 서서 낯선 세계를 바라보는 여인에게 넌지시 물었다. 여인은 자신의 배를 쓰다듬으며 먼 곳에 시선을 고정했다.

「별거 아냐.」

노테오는 전 세계에서 가장 자유로운 종교생활을 할 수 있는 국가였지만, 옌셴 항의 영주 옌셴의 영향으로 탄생과 질서를 상징하는 불의 신 아르테미오스를 섬기는 신도가 90%에 이르렀다. 리디아 대륙은 물론 류멘슈타인이나 가이아 전 세계에 있는 어떤 제국에 의해서도 침탈된 역사를 가지고 있지 않았기에, 노테오의 역사는 자수성가하여 찬란하게 문명을 꽃피울 수 있었다.

「난 내려가 볼게. 일해야지.」

「네. 저도 이만 가보겠습니다.」

여인은 사내보다 먼저 계단을 내려가 자신이 있어야 하는 곳으로 향했다. 20평은 될 정도로 넓은 휴게실. 수수해 보이는 청년 한 명만이 앉아 시간을 음미하고 있었다. 분명 쉬라고 만들어 놓은 몇 개의 휴게실 중 하나이지만 일이 워낙 바쁜 터라 텅 비어 있기 일쑤인 곳이었다.


「땅콩, 커피 줘?」

「고마워.」

남자는 따끈한 김이 올라오는 잔을 내밀었다. 여자는 흘리듯이 대답하면서 내민 컵을 낚아채 한 모금 입에 가져갔다.

「오늘 점심도 여전히 아름다운 가슴이군.」

여자는 컵을 기울이다 말고 눈을 동그랗게 뜨며 혀를 길게 내밀었다. 얼굴엔 살짝 주름이 보였지만 마음만은 여전히 청춘인 듯했다.

「오늘 점심도 여전히 저급한 혓바닥이군.」

「이걸로 300번 째 같은 대답이니 약속대로 만져보게 해주는 건가?」

여자는 기억이 잘 나지 않는다는 표정으로 고개를 갸웃하면서 테이블에 걸터앉았다.

「네가 온 첫날 주물러 놓고서?」

여자는 양손으로 커피의 열기를 느끼다가 테이블에 옮겨놓고 문으로 걸어갔다.

「조금 있다가 나가지?」

「왜~~에?」

여자는 문틀에 손을 짚고 허리에 탄력을 주며 사내를 바라보았다.

「지금 뜨내기들이 와서 고르고 있는데 여간 까탈스러운 게 아닌 거 같아. 괜히 시비 엮이면 귀찮잖아. 나이도 있는데 몸 좀 사리지?」

「사양할게. 1/4이긴 해도 여전히 엘프거든요. 그리고 난 누구랑 달리 성실해서요.」

여자는 복잡한 표정으로 배웅하는 남자에게서 고개를 팩 돌리며 문을 나서다가 다시 멈춰 섰다.

「아, 한 번만 더 땅콩이라고 하면….」

「예이 예이, 내 땅콩들을 차버린다고요.」

「칫.」

그녀는 혀를 차며 휴게실을 나섰다. 일거리를 찾을 필요도 없었다. 그녀의 일터에서의 시선은 언제나 한 곳에 집중되기 때문이었다. 그날은 모처럼 언제나 홀로 앉아 있던 그녀의 오랜 벗에게 사람이 붙어 있었다. 그 덩치 큰 카라모스 주위에 선 두 명의 여자와 한 명의 남자에게 다가가던 중, 붉은 머리의 여자와 눈이 마주쳤다. 붉은 여성이 손을 들어 직원을 호출했다. 땅콩이라 불린 여성이 쪼르르 달려가 마치 계속 옆에 붙어있었던 것처럼 다가갔다.

「이 아이 출신은요.」

직원은 기록을 볼 필요도 없다는 듯 안경을 치켜 올렸다.

「그레이피스의 군마 출신입니다. 맹장 브레멘의 애마였죠.」

「브레멘이라면 100년 전쟁의 '검은 유령'?」

「네. 주인 브레멘의 시신을 후송할 군대가 도착할 때까지 그 곁을 지켰다는 이야긴 유명하죠.」

「잠깐잠깐. 브레멘의 카라모스라면 그쪽에선 어지간히 유명한 아이잖아. 정말 이 아이가 그 아이라고?」

붉은 머리의 여자가 호들갑을 떨자 직원은 '엣헴!' 하며 가슴을 폈다.

「네. 바로 그 아이입니다. 우리 가게 카라모스들의 무리군주죠.」

「뭐야… 그럼———!」

붉은 머리 여성의 표정이 굳어졌다.

「완전 노친네잖아. 안 사.」

직원의 어깨가 움츠러들었다.

「아, 아니 그건… 저 일단 무리군주이니까요.」

직원은 애써 웃어보였다. 다른 여성이 말을 이었다. 파란색의 긴 머리칼과 그 진지하고 무거운 음색이 어디선가 들어봤던 것 같았지만 선뜻 기억나는 얼굴은 아니었다.

「음. 그건 알지만 군마 출신이라 역시 불안하네요. 저나 이쪽이라면 문제없지만 정작 선택받은 쪽이 퍼스트라이더first-rider거든요. 더구나…」

「잠깐만요. 선택 받았다고요? 메디… 이 아이가 먼저 선택했나요?」

직원 여성은 선택받았다는 청년을 빠르게 훑어보았다. 그 흑암과 같은 머리와 눈동자는 명백히 자신이 그토록 그리워하던 그것이었다. 멋쩍은 표정을 하고는 있었지만, 그의 몸은 단련되어 있었고 눈빛은 흔들림이 없었다.

「네.」

직원은 작게 한숨을 흘리며 정말로 안쓰러운 얼굴을 하고 그 카라모스의 부리를 쓰다듬었다. 메디치는 청년의 곁에서 떨어질 생각이 없어 보였다.

「이 아이가 이곳에 온 지 수 년이에요. 누군가에게 반응하는 건 처음… 숨기고 싶진 않네요. 이 아이 나이가 벌써 50줄이에요. 얼마나 여행하실는지는 모르지만 마지막 여행일 겁니다. 마구간에서 죽기엔 아까운 아이에요. 틀림없이 누구보다 빠를 겁니다.」

흐응~하는 비꼬는 듯한 신음을 흘리며 붉은 머리의 여성이 청년과 함께 카라모스의 이곳저곳에 집중하고 있을 때, 파란 머리의 여인이 직원의 뒤로 다가와 조용히 말했다.

「줄곧 여기 계셨던 겁니까? 그의 유지를 이을 자를 찾기 위해서?」

직원 여성은 에? 하는 순수한 당황을 보였다. 파란 생머리의 여성은 인자하게 미소지었다. 올림페의 눈이 점점 커졌다. 올림페가 '당신은…' 하고 감정을 보내기도 전에 파란 머리의 여성이 차단하듯이 말을 덧붙였다.

「메디치가 그를 선택했습니다. 올림페.」

# 그렌졸렌

**지은이** 장우승

1판 1쇄 발행 2012년 8월 28일

**발행인** 김소양
**책임편집** 이윤희
**마케팅** 김지원, 이희만, 장은혜

**발행처** 봄솔
**출판등록번호** 제 312-2010-000113호
**출판등록일자** 1998년 6월 3일

**주소** 서울 서초구 양재2동 299-5 남양빌딩 6층
**전화** 02-566-3410 **팩스** 02-566-1164
**홈페이지** http://www.dameet.com **블로그** blog.naver.com/wrigle